写楽百面相

泡坂妻夫

創元推理文庫

ONE HUNDRED FACES OF SHARAKU

by

Tsumao Awasaka

1993

目次

一九温泉　九
久二郎代参　五四
笑三の女　八〇
半四郎《はんしろ》鹿《か》の子《こ》　一三一
菊五郎お半役　一五九
庄六の貸本　二一〇
七面参り　二六五
八丁堀地蔵橋　二八七
施《し》写《しゃ》第十九　三一三
消えた十郎兵衛　三五五
解説　澤田瞳子　三七二

写楽百面相

一九温泉

「ねえ、二三《にさ》さん。酔っていなさるのかえ」

「判るか」

「はい。顔が赤《あけ》えもの」

「顔に出るほど飲んじゃいない。雪焼けだろう。今日、近所の子供に雪達磨《ゆきだるま》を作る手伝いをしてきた」

「……いいねえ。呑気らしくて」

日本橋浜町堀《にほんばしはまちようぼり》沿い、橘町《たちばなちよう》の裏にある「よし辰《たつ》」という小ぢんまりした料理茶屋の二階。四畳半に三尺の床の間、化粧柱は煤竹《すすだけ》で、正月らしく七福神の軸が掛けられている。酉《とり》の市の熊手が真新しい。

「呑気らしく見えるか」

二三が不服そうに言ったが、卯兵衛《うへえ》はおっとりした顔のまま、台の上の徳利《とつくり》を手に取ろうとした。

「いや、酒はもう止《よ》しにしよう」

二三がそう言うと、卯兵衛は素直に台へ戻した。二三はそうした卯兵衛の姿をとっくりと見て、

「いいな。俺はお前の静かな物腰が好きだ」

「……そう言ってくれるのは二三さんだけ。いつもお前は陰気臭いと内証《ないしょう》から叱られてばかりいるわな」

「そりゃ、叱る方が分からず屋というものだ。男の陰気はよくねえが、お前は姿でものが言える女だ。俺は喧《やかま》しい女は苦手だな」

「これまで、二三さんのように言ってくれる人には出会わなかったよ」

「俺もだ。最初、吉原《よしわら》で一目見たときから、寝ても覚めても思うはお前のことばかりだ」

「……そう言われると、嬉しくて涙になるわな。でも」

「そら、またいつものがはじまった。俺が心底話《しんていばなし》を持ちだすと、決まって、でもと言う」

卯兵衛は何も言わず媚茶《こびちゃ》の阿《あ》波縮《わちぢみ》の襟《えり》に、細い顎《あご》を埋《うず》めた。引締め島田に挿された細い銀《ぎん》簪《かんざし》がきらりと光って二三の方を向いた。二三はおや、と思う。並の品ではない。

「せっかく会いに来たんだ。無理を言うつもりはねえ。もう一緒に所帯を持とうなどとは言わないから、お前が今挿している簪をちょいと見せてくれ」

卯兵衛は髪に手を当てて簪を引き抜き、みす紙で油を拭き取ってから、耳搔きの方を二三

に差し出した。

二三は簪を手に取って見て、最初の勘が当たったのが判った。派手ではないが、実に精巧な作りである。簪の飾りは五枚の木の葉を蝶の形に組み合わせた透し彫りで、葉の縁の部分に朱漆《しゅうるし》を研ぎ出している。簪の足には花の毛彫りが美しく、地の部分は極微な魚子《ななこ》彫りだ。岡場所《おかばしょ》（私娼《ししょう》）の芸者の持ち物とは思えないほど贅沢《ぜいたく》な作りである。

「滅法界《めっぽうかい》に素敵な簪だ。どこで手に入れたか、などと訊くのは野暮だろうな」

「知りとうござんすか」

「知りたくもあり知りたくもなし。金持の客が誂《あつら》えてくれたんだろう」

「そんな人などいやあしませんよ」

「そうか。ところで、この前、友吉《ともきち》が話していたむせさんとはどんな客だ」

「……ただのお客さんさ」

「立派な侍だと誉めていたじゃないか」

「そうでしたか」

「何の、むせさんだ」

「……吹殻咽人《ふきがらのむせんど》で、むせさん」

「長《なげ》え付き合いか」

卯兵衛はそれには答えず、簪を髪に戻した。どこの座敷からか唄が聞こえてくる。このあたり、表向は料理屋の看板を出しているが、よし辰のように客の注文で女が呼ばれてくる店が多い。

〽去年《こぞ》のままなる乱れ髪
　こぼれかかれるさし櫛《ぐし》に
　誰結べとか、しどけなや——

「皮肉な富本《とみもと》だ。そのむせさんとやらが結べと言ったのか」

卯兵衛は簪から放した指先きをちょっと小鬢《こびん》に当てて、二三の言葉をはぐらすように、

「むせさんはどこぞの藩のお侍。気紛れな人だわな」

「吹殻咽人などととぼけた名を付けているところをみると、江戸の侍か」

「はい。江戸詰《づめ》のお留守居役《るすいやく》。ですから、お国表へは行ったことがないそうですよ」

「どこの国だ」

「知りません。二三さん、今日は少しおかしいわな」

「……そうか」

「さっきは、わたしに見せたいものがあって来たと言いなすったよ」

「そうだった。どうもお前の顔を見ると、なにか気になって仕方がない」

二三は懐《ふところ》から半紙四半截《しはんせつ》の本を取り出して卯兵衛に渡した。卯兵衛は芥子《からし》色の表紙に貼ってある題簽《だいせん》を読んだ。

「『誹風柳多留《はいふうやなぎだる》』——」

「実は、今日がこの本の初荷だったんだ。朝から誹諧師《はいかいし》の先生方の家を廻って年始方方この本を届けて挨拶《あいさつ》をして、それから内祝《うちいわ》い。皆が祝酒に酔うのを待ってそっと家を抜けお前に会いに来たんだ」

「……それじゃ、忙しかったでござんしょう」

「まあ、生憎《あいにく》な雪だったが、お前の顔を見りゃ疲れも忘れた」

「それでは、わたしもご開板のお祝いをしましょう」

卯兵衛は本を押し戴《いただ》き、改めて表紙を見て言った。

「『柳多留』も二十五篇になったんですねえ」

「うん。だいたい毎年一冊ずつ出して来た。家《うち》はちっぽけな本屋だから、この『柳多留』だけが米櫃《こめびつ》なのさ。俺はこの本のお蔭で飯を食って来たようなもんだ」

「一口に二十五年と言うけれど、ずいぶん長い年月だわな」

「そうさ。親父も気の長い方だが、今思うと川柳《せんりゅう》宗匠も偉かった。何しろ、宗匠のところへ投句された数が十三万五千を越えた年もあったんだから、他の宗匠とは桁違いだった」

柄井《からい》川柳は江戸で最も人気のあった前句付《まえくづけ》の選者だった。誹諧では選者のことを点者という。

前句付というのは、点者がいくつかの下《しも》の句を出題し、応募者は上《かみ》の句を作って入花料《にゅうかりょう》と一緒に取次の組連《くみれん》へ投句する。たとえば題が「恐いことかな恐いことかな」だったとすると「かみなりをまねて腹がけやっとさせ」というような前句を作る。江戸中の組連は寄句を川柳のもとに届け選句が行なわれる。その優秀作には作者にいろいろな賞品が贈られる。

「川柳宗匠が宝暦《ほうれき》七年（一七五七）に興行をはじめてから七十三歳で亡くなるまで、三十三年間で、二百万以上の句を集めていたんだ」

「内《うち》の番頭どん、あれで句をひねるのが好きですよ」

「そうか。以前、元飯田町《もといいだまち》の組連〈にしき〉には田安《たやす》様も入っていらっしゃった」

「御三卿《ごさんきょう》と同じ遊びができるなんていい道楽だねえ」

「まあ、そんなのは前句付だけだろうな」

上は松平越中守《まつだいらえっちゅうのかみ》の父御三卿田安宗武《むねたけ》から下は長屋住まいの者まで、雅俗混交《がぞくこんこう》しているのが前句の面白さである。川柳は選んだ句を「川柳評万句合《せんりゅうひょうまんくあわせ》」という摺物《すりもの》にして参加者に配った。二三の父親、花屋久次郎《はなやきゅうじろう》がこの摺物に目を止めた。川柳は万句合で忙しい身体《からだ》なので、誹諧師の呉陵軒有可《ごりょうけんあるべし》に頼んで万句合の中から更に秀句を選び抜いて一冊にした。明和《めいわ》二年（一七六五）に下の句がなくとも意味の判る句を七百句ほど集めた『誹風柳多留』を板行《はんこう》するとたちまち人気が沸騰《ふっとう》、それから毎年、続篇が開板されるようになったのである。

二三が生まれた年、『柳多留』の三篇が板行された。『柳多留』の方が兄貴分なのだ。その二三が茶屋で遊ぶような年になっている。

「覚えていねえか、二十三篇が出た年を。ほら、お前がまだ卯《う》の里《さと》という名で吉原にいた年だ」

「……昔のことは、全部忘れましたわな」

「そうか。俺はよく覚えている。俺がはじめて吉原の丁字屋《ちょうじや》でお前と会った年だからな。それまでは毎年『柳多留』が出て、その年で二十三篇、開板の祝いを丁字屋で開き、そのときお前が俺の相方で出たんだ」

「あのときも正月、七草の日」

「なんだ、覚えているんじゃねえか」

「二三さんのことだけさ。あとはどうでもいいことばかり」

「珍しく嬉しがらせることを言う。その年、川柳宗匠が患いついて翌年の九月亡くなったんだ。肝心の大黒柱に死なれて、翌年はとうとう『柳多留』が出なかった」

よくここまで続篇が続いたと思うが、全てが順調だったわけではない。

「『柳多留』が板行できなかった年は大変だった」

と、二三は述懐するような口振りで言った。

卯兵衛にはどうでもいいことか知れないが、川柳が亡くなった年はよくないことばかりだった。年号が天明《てんめい》から寛政《かんせい》へと改まった次の年である。四年ほど前だった。

八月に降った大雨で各地に洪水が発生し、十一月の夜には大地震が起こった。と思うと空から不思議な光り物が落ちてきて江戸城の牛込門《うしごめもん》が焼けてしまった。

天明の大飢饉《だいききん》から天明の打毀《うちこわ》し。老中田沼意次《たぬまおきつぐ》が失脚して、松平越中守定信《さだのぶ》が老中筆頭の座に任じられ、町人はこれで世の中は良くなるだろうと思ったのだが、この定信がはじめた寛政の改革は、朱子学の精神を重んじ、文武を奨励し奢侈《しゃし》を戒めるという厳しいものだった。まず、旗本、御家人《ごけにん》の借金を棒引きにするという棄捐令《きえんれい》にはじまり、公儀公認の吉原以外の岡場所を片端から槍玉にあげた。

政道に触れる本は一冊残らず出板《しゅっぱん》禁止。異説、浮説、つまり異国の事情や世上の噂《うわさ》なども同断。勿論《もちろん》、贅沢な錦絵や好色本などは板木没収。

寛政三年（一七九一）には地本問屋《じほんどいや》の蔦屋重三郎《つたやじゅうざぶろう》が全財産の半分を没収され、作者の山東《さんとう》京伝《きょうでん》は手鎖《てぐさり》五十日の刑を受けた。町触《まちぶれ》に違反した罪である。

芝居町《しばいまち》の方も大変で、贅沢な衣裳《いしょう》は法度《はっと》、火気も厳禁されたから夜の興行が不可能となり、文字通り火が消えたよう。

今、思うと二三の父親、花久《はなきゅう》が川柳の死後『柳多留』の出板を見送ったのは、そうした改革の嵐が吹き荒れていた年だったので、じっと様子を見守っていた姿だったかも知れない。

何しろ、『柳多留』には公儀をからかったり、男女のきわどい句がいくらでも選ばれているからだ。それでなくとも吹けば飛ぶような花久の店が財産没収にでも遭ったら、一家は路頭に迷わなければならなくなる。

花久が川柳の没後、追善として選者に花洛庵一口《からくあんいっこう》を立て、『柳多留』の二十四篇を出板したのが寛政三年で、次の二年は板行を見送り、今年、やっと二十五篇を開板する運びとなったのである。

そういう事情に通じない卯兵衛は、真新しい本を繰りながら、

「沢山売れるとようござんすね」

などと無邪気に言う。

「そんなに売れると思うか」

「……さあ。わたしは難しいことは判りませんけど」

「お前だって、以前とは違い、木綿《もめん》物を着ているじゃないか。絹物は扱えなくなったから、呉服屋もずいぶん潰れたそうだ」

「でも、前句は着物じゃないわな」

「まず、今年のに限っちゃ、木綿だな。気風《きっぷ》のいい句を載せちゃ危ねえから、まるで面白くなくなった」

「なぜ面白くちゃいけないんでしょう」

「面白がっている奴を見て、面白がる茶人《ちゃじん》はいないからな。他人がいい着物を着ているのを

見ても面白くはねえのさ」

「〈鶴《つる》に蔦こたつの上に二三さつ〉」

『柳多留』を拡げていた卯兵衛は一つの句を口にした。

「この鶴というのは本屋の鶴屋《つるや》喜《き》右衛《え》門《もん》さんでござんしょう」

「そうだ」

「蔦は蔦屋重三郎さん」

「うん」

「二三は花屋二三さん」

二三は苦笑いした。

「そりゃ、読み過ぎだ。この花屋二三、句に詠まれるほど有名じゃない」

「でも、そう解釈すると三軒の本屋が揃うわな」

「しかし、面白い句を見付けたな」

卯兵衛は本を開いたまま二三に差し出した。その手を引き寄せて、

「お前は頭の巡りのいい女だ。俺もこの本の校合《きょうごう》を手伝い、何度も読んでいるはずなのにそこまでは考えが及ばなかった」

と、袖口《そでぐち》へ手を入れる。

「誹諧の心得がある」

「……ただ、読むだけ」

「敷島《しきしま》の道にも明るいだろう」

「そんな道は知りんせん」

卯兵衛は少し身をよじった。

「敷島の、は枕詞《まくらことば》だ。ちっと、枕にかかろうか」

「……また手妻を使う気かえ」

「……手妻は嫌なのか」

「あい。身の程が判らなくなるもの」

「いいじゃあねえか。客も芸者もねえ。俺とお前の間だ。……ほれ、もう、こうだ」

「本当に悪い手だねえ。そんなにからかわねえで早く……」

「ものには順序だ。手妻でも最初は裏表を改める」

「……もう、堪忍して」

「堪忍して、どうしろだと?」

「………」

「口で言わざあ、判らねえ」

「あ……意地悪だねえ」

「お前が言わねえからだ」

「言うよ……我開令入給《がかいれいにゅうきゅう》」

「何だ、それは」

「……そのこと」

「よし、こうだな」

二三は卯兵衛を抱き上げて床に運び、屏風《びょうぶ》を立て廻した。


「ここへ来る道道、ずっと考えていたんだがな」

「いい句ができたかえ」

「なに、句じゃあねえ。お前のことだ」

「……今日はどんな手妻を使おうとか」

「いや、真面目《まじめ》な話だ。さっきもちょっと言ったが、お前とはじめて丁字屋で会ってから、もう六年目だ」

「長い間、よくしてくれたねえ」

「どうしてか判らない。お前の扱いが特別だったわけでもねえのに、最初に逢ったその夜から、俺はお前に夢中になった。親しくなってよく聞くと、あと四年でお前の年季が明け、自由な身になると言う」

「……はい」

「それを聞いて空に舞う思い。四年が十年でも待とうじゃないか。年《ねん》が明けたら俺と所帯を持とう、生涯、苦しい思いはさせないと口説いたが、そのとき、お前は何と言ったか覚えているか」

「……吉原では歳を隠して勤めていたけれど、本当はお前より随分歳を取っている。今、お前は分別がなくなっていようが、わたしがすぐお婆さんになってしまえば飽きて若い子が良くなるに決まっている。だから、嫌でございます」

「まだ、他に言ったはずだ」

「……忘れました」

「それなら思い出させてやろう。二三さん、悪いがわたしには約束した人がござんす。わたしには勿体《もったい》ないがこの話はなかったことにしておくんなんし——そうだったな」

「……またその怨《うら》みでござんすか」

「未練なようだがまだお前を思っているからさ。そのときは、お前にいい人がいるなら仕方がない。どんな奴かしれないが、とんだ果報者がいるもんだと思い、お前がその方を望むならそれ以上言うことはない、辛《つれ》え気持で諦《あきら》めたんだが、後がいけねえ」

「わたしがここで働きはじめたのが気に入らないんでしょう」

「そうさ。年が明けてお前が吉原からいなくなるとすぐにだ。俺のところへ手紙が来て、今、橘町で芸者で出ているから遊びに来てくれと書いてある」

「わたしみたいな年寄の上、座敷がつまらない女だから、なかなかお客が付きませんでしたのさ」

「はじめてここに来て驚いた。吉原の花魁《おいらん》が転び芸者になっている。お前のそんな姿が不憫《ふびん》でならなかった」

「……」

「俺はてっきり前の男と別れたものだと思った。ところが来てみると話は違う。最初に約束した男と所帯は持ったものの、男の稼ぎじゃやっていけないゆえ、働き出したのだと言う」

「そのときも恐い顔をして怒りましたのう」

「怒らずにいられるものか。長い苦界をやっと抜けて自由になったのだ。そんなに甲斐性のねえ男なら、とっとと別れて俺のところに来い、と言ったはずだ」

「ありがたい話でござんすね」

卯兵衛が本心からそう思っているのが判る。元元、嘘の言えない質《たち》なのだ。二三の気持は嬉しいのだが、卯兵衛はその男に義理がある、と言う。

「だがな、よく考えてみねえ。世の中は段段息苦しくなるばかりだ」

「……そのようだわな」

「他人事《ひとごと》じゃねえ、俺が見ていると足元に火が付いたと同じだ。この橋町だって早晩お上の手入れがある。そうなると、五年前のときのように手温《てぬる》い処置じゃ収まるまい」

卯兵衛は話に身を入れたくないように、腹這いのまま煙草盆《たばこ》を引寄せた。

「越中守様が老中になられて、その翌翌年年号も天明から寛政へと変わって、改革がはじまった。その第一が岡場所の大掃除だ。江戸中にある岡場所は数え切れねえほどだが、下等なところから四十カ所が取潰されてしまった」

卯兵衛は煙管《きせる》に火を付け、二三に手渡した。二三はその煙草を吸って、

「取潰された茶屋の主人や娼家《しようか》はたまらなかっただろうが、元元は禁制を承知で稼いでいたんだ。だが、娼家に使われていた女たちは取潰しとともに主人からもらった前借りは棒引き、その身は自由。年季証文を反故《ほご》にして好きな男のところに行っていいというんだから、こんなに粋なお触れはなかろう」

二三は煙管の火皿の火を灰吹きに叩き落とした。

「橘町はそのときの取潰しをくぐり抜けて生き残ったが、改革は厳しくなるばかりだから明日にも手入れがあってもおかしくはない。そのときにゃ、先のような情のある処置が望めないという意味が判るだろう。改革を承知で店を開けて芸者に客を取らせているんだ。深川《ふかがわ》の真似かしらねえが、芸者に権兵衛名《ごんべえな》までついている。そんなことが見付かったら、お上も容赦しまい。店が潰されれば、女は全員吉原へ送られてしまう。吉原だって丁字屋のような大店《おおだな》じゃない。切見世《きりみせ》にでも出されて、悪い病でも背負ってみろ」

「生きて廓《くるわ》を出られないわな」

「判っているんじゃねえか。それだったら、そんな男のところから逃げ出して、俺と一緒になるんだな」

「……もう、わたしはご覧の婆あでござんす」

「また、前のを繰り返すのか」

「はい。二三さんにゃ済まないが、わたしには亭主がござんす」

「亭主が承知で芸者に出ているのか」

「へえ」

「どうも……呆れたもんだ」

二三が寝返りを打ったとき、屏風の内側に貼ってある絵が目に止まった。女方《おんながた》の立姿だった。絵は肉筆で綺麗に彩色が加えられている。

「怒らせたかえ」

卯兵衛が顔を寄せてきた。

「いや。お前はつくづく不思議な女だと思っているんだ」

「不思議なのは二三さんの手妻さ」

「まだ、お前の生国も知らねえ。生まれはどこだ」

「ご当地でござんす」

「それも嘘だな。西の方の訛《なま》りが混っている」

「亭主の癖が移りました」

「この野郎。亭主は家でぶらぶらしているのか」

「いえ、日本橋の店で働いています」

「何という店だ」

「……虎屋《とらや》」

「何を商っている」

「二三さん、面白くねえよ」

「じゃ、名だけ聞かせてくれ。その、羨《うら》やま太郎兵衛《たろべえ》の名は何という」

「……ヒョウさん」

「虎屋の、豹《ひょう》さんだと」

ふと、また目が屛風の方へ行く。二三は何かその絵が気になっているのだ。二三は起き直り、屛風を動かして行燈《あんどん》の光が絵に当たるようにした。

女方は桜の花散らしの金糸縫の振袖、緋繻子《ひじゅす》に黄縮緬《きちりめん》の帯、紅裏《べにうら》の頰冠《ほおかぶ》りをして手に鈴付きの駒《こま》を持っている。筆に勢いがあり着物の模様も丹念に彩色されているが、何よりも驚いたのは、その役者の顔だった。

「これは……菊五郎《きくごろう》じゃねえか」

江戸で名優といわれていた初代尾上《おのえ》菊五郎の息子で、大坂で二代目を襲《つ》いだ菊五郎である。

「その絵がどうかしましたかえ」

二三は卯兵衛の声で我に返った。

「この役者を芝居で見たことがあるか」

「はい。わたし、ちょうどこの芝居を見ましたわな」

「ほう……これは、何の役だ」

「春駒《はるごま》のおきく」

春駒は年頭の門付《かどづけ》芸人。作り物の馬の頭を持って戸毎《とごと》に唄ったり舞ったりして銭をもらう。

二三は芝居が好きで、評判になった芝居はたいてい見逃さないが、菊五郎のおきくは何の狂言の振り事だったか急には思い出せない。二三は改めて役者絵に目を近付けた。振袖の紋がはっきりと描かれている。「重ね扇に抱き柏《がしわ》」尾上家代代の紋である。

「お前が菊五郎を見たのは、いつごろのことだ」

「……はじめて見たのは十年も前かのう」

「それじゃあ、俺の方が古い。初代がまだ元気で江戸にいて、二代目は丑之助《うしのすけ》と言っていた。市村座《いちむらざ》でまだ十歳だった丑之助は〈外郎売《ういろううり》〉をやって、これが大当たりだった」

「それは、わたし見ていないわな」

しかし、考えると不思議である。二三はこの絵を見て、一目で菊五郎だと判ったのだ。

世の中には役者の似顔絵を描く絵師は多いが、これほど真に迫った顔を描く者をまだ知らない。二三がなおよく見ると、化粧された下の地顔、つまり、男の骨格が見えて来るのである。普通、絵師は女方の顔を描くとき、役者の面影に注意しながらも、より女らしく筆を使う。それで、出来上がった絵には男の痕跡はなく、女そのものにしか見えないものだ。ところが、この絵師にはその斟酌《しんしゃく》はない。菊五郎が扮装した女そのままを描き切っている。当然、男が女装するという根元的な醜悪さも現れ、それが絵全体に不思議な衝撃を巻き起こしている。

「その絵が気に入りましたかえ」

「うん、凄《すげ》え絵だとは思わねえか」

「……変わった描き方をしている、とは思いましたけど」

「それから？」

「よく見ると、気味が悪い」

「そうだろうな。あまりによく似せているからだろう」

絵の左下端に文字が見えるが、「東」の一字だけであとは墨の汚れで全く読めない。

「これは落款《らっかん》かな」

「さあ……描き損じとか言っていたわな。筆でも落としたようだのう」

卯兵衛にそう言われて見ると、菊五郎の右袖のあたりにも何やら乱雑な筆使いが見える。しかし、それがかえって袖に躍動感を与えているのだから、この絵師は只者とは思えない。

「それじゃ、この絵師を識《し》っているのか」

「いいえ。お客さんからもらった絵だわな」

「何という名だ」

「……熊《くま》さん」

「虎、豹、丑、熊。べら棒め」

「ねえ、二三さん。今夜、お前はどうして詮索《せんさく》好きなんだろうねえ」

「……詮索好き、か」

「この絵だって、誰が描こうがいいじゃないか。好きなら黙って感心していられないものかねえ」

「なるほどな」

「だから、わたしのことをも何にも言わずにいつものように、のう」

「お前の素姓を訊かず、ただこうしろと言うのか」

二三は卯兵衛の胸に手を入れた。卯兵衛の耳が赤味を取り戻した。

「わたしは堅気のお神さんになって家の中にいるなど気詰まり。こうしているのが気楽でいいのさ」

「……これが、いいのか」

「二三さん……」

「手を、こう置きねえ」

「あ……」

卯兵衛は眉根《まゆね》を寄せていたが、二三の耳元に口を寄せた。

「二三さん、頼まれてくれないか」

「手妻は嫌か」

「そうじゃあない。わたしに猿轡《さるぐつわ》をしておくれ」

「……猿轡？」

「はい。声を聞かれると、外聞が悪いわな」

卯兵衛の目が妖しくうるんでいる。二三は手拭《てぬぐい》を取って、しっかりと卯兵衛の口に嚙ませ、項《うなじ》に廻して縛った。

「これで、いいか」

卯兵衛は嬉しそうにうなずくと激しくすがり付いてきた。


夜の白白明けによし辰から卯兵衛に送り出され、二三が半分はまだ床の内にいるような気分で雪道を歩いているうち、明けの鐘で我に返ると、柳原《やなぎわら》土手にかかっていた。

紫がかった東の空が、少しずつ白く輝きはじめる。中天はまだ灰白色だが、どこにも雲は見えない。雪を被った柳の並木、土手下に軒を連ねている床見世《とこみせ》も雪に閉ざされて人影もなく静まり返っている。神田川《かんだがわ》の流れの対岸、向《むこ》う柳原の土手も見渡すかぎり無色で、墨絵さながらの雪景色だが、二三の目には今別れたばかりの卯兵衛の姿がさまざまにちらついて、色のない世界もどことなくなまめいて見えてしまう。

だが、なまめいた記憶は肌の感覚だけで、胸の底にはざらついたものが残っていた。卯兵衛の口からはっきり亭主と別れる気のないのを知らされたことと、卯兵衛の忍び声に、必死でなにかに堪《こら》えているのを感じたからだった。それは亭主がありながら芸者に出ている苦労だけではないことも伝わってきた。猿轡は苦しいはずだが、それを願う卯兵衛の心の内もよく判らない。

昨夜より雪が深くなっているのは、夜のうち降りなおしたらしい。高下駄《たかげた》が埋まるほどの積雪だが、歯が細く黒漆で仕上げた松葉屋《まつばや》の下駄は切れがよくて粘りのある春の雪でも歯の間に詰まり込まない。

二三が柳森稲荷《やなぎもりいなり》のあたりに来たとき、気になるものが目に入った。

柳森稲荷は土手下に建っていて、その鳥居の横に、大人の肩あたりの高さに雪の山が見えたのだが、その形が普通ではないのだ。五年ほど前、島原《しまばら》の雲仙岳《うんぜんだけ》が崩れ、その騒ぎはすぐ江戸にも伝わって瓦板にもなった。稲荷の横の雪の山はそのときの絵を思い出させた。雲仙の山頂から中腹が大きく抉り取られていたその形とよく似ているのだ。

更に近付くと、雪の山は最初、雪達磨の形をしていて、それに何かがぶつかって崩れてしまったように見える。更に、雪の上には奇妙な足跡も残っている。

その一本の足跡は、突然、雪の山の中から現れ、一目散に鳥居前の広場を駈け抜けていった、という形で残されている、草鞋《わらじ》の跡だった。二三が全く解せないのは、稲荷は床見世の続く道の右側にあり、鳥居の前は見世が途切れていて、ちょっとした原になっている。そのあたりの雪は降り積ったままで、いくら目を凝らしても、足跡はその一本だけだったからである。

とすると、何者かが空から雪達磨の上に落ちて来て、そのまま広場を駈け去って足跡を残し、どこかに姿を消したとしか考えられない。雪達磨から床見世の道までは五間（約九メートル）以上の距離があり、とても人が飛び越せるとは思えない。あるいは、近くの木の上か、鳥居の上から飛び降りたか、というと、近くの木や鳥居の上に積った雪も綺麗に降り積ったままの状態で、猫一匹這い登った痕跡がないのである。

二三はぼんやりと空を見上げた。どう見ても人間が降る空模様とは思えない。それなら、考えられるのは唯《ただ》一つ。何者かが雪達磨の中に隠れ潜んでいて、雪が止《や》むのを待って中から飛び出し、広場を駈け抜けて立ち去った。床見世の並ぶ通りにはすでに通行した足跡や、人が転んだような跡が沢山あって、そこからは謎の人物を追うことはできない。だが、その人物はなぜ雪達磨の中に閉じ籠もっていなければならなかったのか。

二三がぼんやり考えていると、和泉橋《いずみばし》の方から、竹箒《たけぼうき》と雪掻きをかついだ五十ぐらいの男が柳森稲荷に向かって歩いて来た。

男は持ち物を柳の木の根元に立て掛け、派手に柏手《かしわで》を打って参拝したあと、竹箒を手にして社殿の雪を掃《はら》いはじめた。二三も銭を賽銭箱《さいせんばこ》に放り込み、ざっと手を合わせてから男に声を掛ける。

「ご信心で結構ですね」

「なんの、二日酔いにゃこれが一番効く」

男は口を開けて笑った。前歯が何本か欠けている。

「年のせいか二日酔いでも烏《からす》より早く目が覚めちまう。家でごそごそしていると嬶《かか》あが嫌がるんで外に出ているのさ」

「それにしても、雪達磨が毀れてしまいましたね」

二三はさりげなく鳥居の外を見て言った。

「ああ、あれか。大方、酔っ払いでも抱き付いたんだろう。まあいいさ、すぐに作り直す」

「すると、雪達磨はおじさんが作ったんですか」

「ああ、近所の子供と一緒に作ってやった」

このあたりは武家屋敷と町が入り組んでいる。子供も多いのだろう。

「ちょっと、変なことを訊くようですが——」

「なんだ」

「この雪達磨を作ったとき、中に人を入れませんでしたか」

男は箒の手を休めて二三の顔を覗《のぞ》き込んだ。

「正月だから仕方がねえが、お前さん朝から酔ってるのか」

「いや……雪達磨の中に入ったら、どんな気分かな、と思いましたんで」

「冗談じゃねえ。凍えちまわあ。それともお前、人間の氷餅《こおりもち》になりてえのか」

「それはご免ですが、ねえおじさん。この足跡をご覧なさい。雪達磨の中から人が出て来たとしか見えねえでしょう」

男はしばらく雪の上を見ていたが、二三の言う意味が判ったようで、

「お前、朝っぱらから妙な問答を仕掛けるのか」

と、嫌な顔をした。

「いや、そうじゃねえんで。あまりこの足跡が不思議だったんで」

「そうか、どこかで見掛けた顔だと思っていたが――」

男は記憶を確めるように目をぱちぱちさせた。

「竹町《たけちょう》の花久。二三ですよ。経師屋《きょうじや》の幸吉《こうきち》さん」

「……はて、どこで会ったかの」

「広小路《ひろこうじ》の〈老住屋《おいずみや》〉で」

「うん。蛸《たこ》の船場煮《せんばに》はあすこでしか食えねえ。判った。あんたは手妻の名人だ」

「別に名人じゃございませんが、たまさか披露します」

「うん、思い出した。老住屋の親父も手妻が大好きだったな。あの日は二人で腕を見せ合っていて面白かった。だが、手妻の方はあまり覚えていねえ」

「覚えていないくらいですから、大したことはありません」

「だから、この足跡も、お前さんが何か細工をして、また俺を誑《たぶら》かそうとしたな」

「ち、違いますよ。人を欺《だま》すのは好きですが、こういうのは考えも及びません」

「そうか、すると——」

男はさっき二三がしたと同じように空を見渡した。

「烏天狗《からすてんぐ》でも落ちたかの」

「……烏天狗ですか」

「ああ。天狗様だって飛び損うこともあるべい」

男はそのまま箒を使いはじめた。摩訶《まか》不思議な現象を目の前にしても、すぐ天狗のせいにして自分の仕事を続けられる生き方が羨《うらや》ましい。二三の頭の中は卯兵衛の姿と雪達磨と足跡が変にもつれあい、夢でも見ているような気持になった。

筋違橋門《すじかいばしもん》に出ると、見附門《みつけもん》内外の雪はすでに掃き清められていた。広場にはなお二十人ほどの臥煙《がえん》たちが畚《もっこ》で雪を運んでは神田川に落としている。

筋違橋を渡ると、目の前が花房町《はなぶさちょう》、竹町はその裏通りだが、二三はすぐ家には戻らず、御《お》成《なり》街道の左側、藁店《わらだな》にある湯屋に足を向けた。

〈一丁目の湯〉の前も、雪は片付けられ、あたりが静かなので、湯屋のざわめきが外に洩《も》れてくる。

中に入ると、番台に三方《さんぼう》が置かれ、おひねりが山になっている。二三は番頭から手拭を借り、湯銭の他に銭三枚を紙にひねって三方の上に置き、着物を脱いで石榴口《ざくろぐち》をくぐった。

正月三日、早朝のことでいつものように混んではいない。誰かが湯の中で唄を唸《うな》っているのを聞くと、今、流行《はやり》の富本や新内《しんない》ではなく、心中物を避けて長唄の「七福神」だったりするのがおかしい。そんなに気を使うのは自分の歌が本物だと思っている証拠だ。

ざっと湯に入って出ると、

「こりゃあ、星運堂《せいうんどう》の若先生じゃございませんか」

小桶を持って近付いて来た者がいる。二三より少し年上、色白で尖《とが》った割には穏やかな感じの顔だった。

「真っ裸でなんですが、まず、お目出度《めでと》うさんで。お年玉にお流ししやしょう」

大坂と江戸の言葉をちゃんぽんに混ぜながら有無を言わせない。二三の後ろに廻って、形なりに背中を流す。二三に負担のかからぬほどの心配りがある。蔦屋の店で食客《しょっかく》になっている余七《よしち》という男だ。

「先生、朝帰りだね」

「……判るかね」

「そりゃ判ります。星運堂花屋さんの家なら通り向こうの竹町だ。竹町の湯屋に行かず、わざわざ隣町まで来たのは、顔見識りの湯屋をはばかってのことでしょう」

「よく頭の廻る人だな」

「ついでに場所も当てましょう。吉原だとちと遠い。こう早くには帰れねえから——」

「猪牙《ちょき》を使う手がある」

「……なるほど。あの船だったら早い。じゃ、矢張り北州《ほくしゅう》ですか」

「いや、違った。吉原じゃない」

「人が悪いね。人の気をそらせたりして」

「だが、いい勘だった。余七さんの言う通り、近くさ。浜町堀の千鳥橋《ちどりばし》の茶屋さ」

「こりゃあ驚いた。今いる家の近くや。そんなところに隠れ里があるとはちいっとも知らなんだ。ほんまに燈台元暗しという奴や」

驚くと訛《なま》りが出るのがこの男の癖らしい。余七は二三の小桶も持って、陸湯《おかゆ》を汲み替えて来た。

「余七さんも朝帰りかい」

「へえ。この先き、湯島《ゆしま》の大根畠《だいこんばたけ》を探検して来やした」

「……大根畠というと、若衆《わかしゅ》だ。余七さんはそっちが好きなんですか」

「いえね、この節、お上の取締りが厳しいでしょう。大根畠もいつ取潰しに会うか判らねえ。何事も経験ですから嫌嫌……しかし、なんですな。矢張り普通のおしゃらくがよろしい」

「……おしゃらく？」

「こりゃあまた変な言葉が出た。お女郎をおしゃらくという国がありやす」

「よくいろいろなことを知っているね」

「その代わり、まとまった学問はからございやせん」

「余七さん、蔦屋さんの店に来て、どの位になるかね」

「去年の秋だったから、ほぼ半年になります」

「じゃあ、旦那の気心もだいぶ知れただろうね」

「……そうですなあ。難しい方ですな。なにしろ一代であの身代《しんだい》を作った人です」

「その旦那について、尋ねたいことがあるんだけど」

「あ、『柳多留』の一件ね」

余七は相変わらずもの分りが早い。

二人は石榴口を出て着物を着、二階に登った。

二階には湯上がりの客が五、六人、将棋盤を囲んだり草双紙《くさぞうし》を読んだりしている。余七は壁に貼ってある芝居の辻番付を見渡して、

「どうやら、やっと初狂言が出揃ったようだ。これで芝居町の景気が盛り返してくれると明

るい春や」

と、つぶやいた。

二三が番付を見ると、三座の正月吉例の曾我《そが》狂言が並んでいるが、正月から興行をはじめているのは木挽町《こびきちょう》の河原崎座《かわらざきざ》だけ。葺屋町《ふきやちょう》の桐座《きりざ》と堺町《さかいちょう》の都座《みやこざ》はいつ初日が開くのかまだ決まっていないようだ。

階段の傍《わき》で二階番頭が茶釜から福茶を入れている。余七は小まめに二つの茶碗を持って来て、一つを二三の前に置いた。

「年上の方に働かれると困ります」

二三が恐縮すると、余七は腰から煙草入れを抜きながら、

「なに、これから先、本屋さんにはいつ世話になるか判らねえ。そうすりゃ、年下でも旦那さんでさ。ねえ、先生」

「その、先生にも困るよ」

と、二三は言った。

「お前さんだって近松《ちかまつ》余七、狂言作者の先生だというじゃないか」

「なに、近松余七なんて名は、さっぱりと大坂へ捨てて来やした」

「……じゃ、何と呼んだらいい」

「一九《いっく》と呼んで下さい。数の一に九で一九で」

「判った……じゃあ、多分、上の名には十の字が入っているね」

「……これはこれは。当今の名は十返舎《じっぺんしゃ》。確かに十の字が入っていますが、どうして判ります」

「そりゃ、俺の名も同じだから」

「と言うと？」

「親父が付けた名が二三。屋号は花屋だから数字にすると八七八《はなや》となる。これを数え合わせると二十三、つまり二三。無精な名の付け方だ」

「なあるほど。十返舎一九に花屋二三。こう並べると他人とは思えねえ」

「だから、先生は止《よ》しにしなよ」

「でも、れっきとした本を書いていなさる。『仙術日待種《せんじゅつひまちぐさ》』結構な手妻の伝授本でした」

「……読んだのかね」

「ええ。序文には花山人撰《はなさんじんせん》、最後には東叡山下竹町《とうえいざんしもたけちょう》花屋久二郎としてありましたから、てっきり親父さんが書いたのかと思ったら、悴《せがれ》さんだという」

「久二郎の字が違っていただろう」

「そうでした。親父さんは音は同じ久次郎でも次の字なんだ」

「家の仕来たりでね。子供が成人すると二の字の久二郎となる。親父が隠居して俺が家を継げば二を次に変えて久次郎。でも、普段はそれじゃ親父と紛らわしいから二三なのさ」

「そして、表徳《ひょうとく》（雅号）は花筏二想《はないかだにそう》」

「……よく知っているね」

「まあ、あたしも江戸の作者の仲間入りをしたいので、もう、いろいろなことを勉強していやす。二想とは華やかで色好《いろよ》い名やなあ」

一九は大坂弁が出ると、掌《てのひら》で軽く頰を叩いた。

「ところで、日待種には同じ伝授本を近刻する、と出ていましたね」

「またその本の話かい」

「ええ。お嫌ですか」

「うん。もう十年も前のことだ。若気のいたり。冷汗ものだ」

「十年前というと、二三さんが──」

「十七」

「本の絵も描きなさったわけでしょう」

「うん、家は上手な絵師を頼めるほど大きくないんでね」

「しかし、大したもんでっせ。それでその本に近刻の予告案内があった『奇妙不測智慧《きみょうふしぎちえ》の山《やま》』は板行なさったんですか」

「……いや。まだちょっと材料不足でね」

「そりゃ勿体ない。どんどん続きを出せばよろしいのに。こういう時節がら、ああした当り障りのねえものがいっちいいのさ」

一九はまた掌で頬を叩いた。今度は取って付けたような江戸弁だったからだ。

「今年、正続の『たわふれ草《ぐさ》』が、めと木屋で再刻されましたよ」

「うん。あれはいい本だから、いつまでも売れる」

「確か二三さんの本が出た同じ年に京で『盃席玉手妻《はいせきたまてづま》』が板行された」

「たまたまね。どっちが上だと思う」

「……甲乙は付けられませんな」

「はっきり言っていいんだよ。俺は玉手妻を見て参ったと思った。なにしろ、向こうには〈葛籠《つづら》抜け〉という大物が載っている」

「でも、それだけでっしゃろ。あとは勝負なし。引分けです」

だが二三はそうではなかった。前から上方へ修業に行けと言われていた、そのきっかけを玉手妻が作ってくれたことになる。二三は『盃席玉手妻』が板行された年、大坂に旅立ち書物問屋柏原屋清右衛門《かしわばらやせいえもん》のところで働くようになった。その本の著者、高雅堂利兵衛《こうがどうりへえ》に会い利兵衛から手妻以外にもいろいろなことを教わった。

「二三さんなら本屋の事情はよくご存知でしょう。これは手妻の本に限らない。今まではいい本の多くは上方で開板されている」

「そう。江戸の手妻の本は二、三冊しかない」

「でも、これからは違いまっせ。江戸の本がどんどん多くなります。『たわふれ草』が再刻されたのがいい機会や。もっと手妻の本をお書きなさいよ」

「そう言うところは一九さん、蔦重《つたじゅう》さんそっくりだ」

「そうでしょうねえ。しばらく蔦屋の飯を頂戴《ちょうだい》していますによって」

一九は仕方なさそうに笑った。一九とはその蔦屋の店で会ったのだが、親しく口をきいたのははじめてだ。一九は大坂から江戸に下り、日本橋通油町《とおりあぶらちょう》の地本問屋、耕書堂《こうしょどう》蔦屋重三郎の店の食客になっている。蔦屋にはその直前まで、曲亭馬琴《きょくていばきん》が寄食していて、元飯田町中《なか》坂《さか》の伊勢《いせ》屋《や》という下駄屋に入婿《いりむこ》したばかり。一九は馬琴の後釜で飯を食べさせてもらっているのである。

「蔦重の旦那は偉い人ですな。なに、厄介《やっかい》になっているから世辞を言うわけじゃねえが」

と、一九が言った。

「何しろ、江戸吉原に生まれて小さいときに養子に出された。吉原大門口《おおもんぐち》の五十間道《ごじっけんみち》に出した蔦屋はちっぽけな貸本屋だったというじゃありませんか。はじめのうちは吉原通いの客のために『吉原細見《よしわらさいけん》』なども売っていた。そのうちに自分でも工夫して細見を作りはじめる。ここからが凡人とは違って来ますな。北尾重政《きたおしげまさ》の絵を入れて売出したらこれが大当たり。二十四、五のときです。それからはとんとん拍子で、喜多川歌麿《きたがわうたまろ》を売出し、恋川春町《こいかわはるまち》、大田南《おおたなん》畝《ぽ》、京伝。皆、蔦重のお蔭で世に出た作者や絵師だ。今の日本橋通油町に本拠を移したのが三十四。それからはどんどん付き合いを広めて蔦重の息の掛からない文人画家はほとんどいない」

「なるほどねえ。無精な家《うち》の親父などとは偉い違いだ」

「でもねえ、二三さん。あれが良くてこれが悪い、てえことは言えないと思う。現に、今度の改革で、ご存知のように京伝の洒落本《しゃれ》『錦の裏《にしきうら》』や『仕懸文庫《しかけぶんこ》』が禁令違反の廉《かど》で作者は手鎖五十日、出板元の蔦屋は身代半減てえ厳罰を受けた。出る杭は打たれるのたとえでしょう」

「ところが、蔦重さんはそんなお仕置きでもびくともしない」

「まあ、内心は応えているでしょうがね。まず、普通の者ならがっかりして死んでもおかしくはない」

「その太っ腹な蔦重さんが、なぜ家《うち》の真似などする気になったんだろう」

「それ、そのことですがね」

一九は考えをまとめるように、ちょっと口をつぐんだ。

蔦重が花久のところへ、今度『古今前句集《ここんまえくしゅう》』を出したい、と言って来たのは昨年の暮だった。

『柳多留』は柄井川柳の興行に寄せられた句の中から選んで編集されているのだが『古今前句集』は文字通り、川柳一人の興行でなく、これまで興行した古今の宗匠の選句から秀句を拾い出そうとする、無精な花久の頭の中からではとても出て来そうにもない、遠大な計画である。

前句付という応募式誹諧の遊びは、元禄《げんろく》ごろ上方で流行し、それが江戸に移って大発展を遂げたので、これまで前句付を興行してきた宗匠の数も多い。その全ての句となると何百万あるか見当も付かない。まず、その数に圧倒されてしまうが『古今前句集』は『古今和歌集』に倣い、句を春夏秋冬、賀、離別、羇旅《きりよ》、恋、以下二十の部立《ぶだて》を作り、序文や凡例も古今集の文章を模すという、雑然と句を並べた『柳多留』と違い、よほど学識のある選者でなければできない凝りに凝った句集になるらしい。

しかも、全十冊、同時発売。一年一冊『柳多留』を出している花久の十年分の分量である。その句集には、勿論、点者の第一人者、柄井川柳の選句を外すわけにはいかない。『柳多留』の中から選句されることもあろうと思われるので、予《あらかじ》めご了承をたまわりたい、と蔦重は花久に言った。

いつも呑気な花久も、このときだけは頭を抱えた。『柳多留』の売行きは順調といっても高《たか》が年に一冊ずつの板行である。それが、大手の蔦重から一度に十冊もの句集を出されたら、当然、『柳多留』の売行きに影響しないはずはないのである。

といって、無下《むげ》にその企画に反対することはできない。というのがこの年、花久は板行物を検閲する地本問屋の「行事役」という役員に選ばれているからである。小店《こだな》の花久が異例に取り立てられたのは、蔦重の強力な後押しがあったためだ。今思えば、そのころから蔦重は『古今前句集』を編纂《へんさん》するため、その布石を敷いていたのだと判ったが、今となってはもう手遅れだった。

一九は鉈豆煙管《なたまめぎせる》で一服吸って火鉢に吸殻を落とし、

「ねえ、二三さん。蔦重は『古今前句集』が世の中にどっと出れば、『柳多留』もそれにつられて売行きがよくなる、と言やしませんでしたか」

と、話し掛けた。二三はうなずいて、

「確かに、そういう意味のことを親父に説明したらしい」

「それが蔦重の考え方なんです。芝居町をご覧なさい。同じ場所にいろいろな芝居小屋が集まっているから賑《にぎ》やかになって、それでまた人が寄る。これが、一軒一軒別別のところに散っていると、こうはいきません」

一九は壁の辻番付を見た。

「芝居の狂言もそうだ。河原崎座が『御曳花《ごひいきのはな》 愛敬曾我《あいきょうそが》』、都座が『初曙《はつあけぼの》 観曾我《かおみせそが》』、桐座が『舞台《ぶたいの》 花若栄曾我《はなわかやぎそが》』、皆、曾我狂言ばかりでしょう。知らねえ人なら、一座ぐらい別な狂言にしたらよさそうだと思うだろうが、そうはいかない。三座の作者が曾我狂言でそれぞれ趣向を立て、役者も他に負けねえよう競り合うから芝居がよけいに面白くなる」

「しかし……今度の『古今前句集』全十冊ってのは多過ぎやしないか」

「蔦重だったら、十冊でも大人しいくらいのもんです」

「……十冊でも大人しい？」

「ええ。蔦重は前に『大絵錦摺百枚続《おおえにしきずりひゃくまいつづき》』を出そうとしたことがあったんですよ」

「……錦絵の百枚続き？」

二三は聞き違えではないかと思った。錦絵の三枚続き、五枚続き。同じ蔦屋から出た哥麿の「青楼十二時《せいろうじゅうにとき》」の十二枚続きが最も数多い記憶があるが、百枚とは前代未聞である。

「絵師は北尾政演《きたおまさのぶ》――というのが京伝先生の絵の名前ですが、その政演が描くのは吉原青楼の遊君、百人のおしゃらくだ。その遊君一人一人が自筆で自詠の歌を書き、正月初衣裳の姿を写すことになっていたんです」

「……」

「ねえ、考えるだけでも豪華絢爛《ごうかけんらん》でしょう。その百枚の錦絵が出揃ったらまるでお祭騒ぎだ。本屋が活気付くばかりじゃない。吉原だって共に栄える、てなもんや」

「しかし、それが成らなかったのは、矢張り無理だったんだ」

「いえ、蔦重には充分成算があったと思います。自分の姿が一枚絵になりゃ、遊君は大喜びで絵を買い込んで客に配るでしょうし、楼主だって開板《かいはん》の金主《きんしゅ》になってくれるはず。蔦重はそうした計算がきちんとできる男だ。ただ、読めなかったのは、同業者の反対でした」

「……」

「そのころ、蔦重は通油町に移ったばかり。商売は上り坂で評判は日に日に高まっていましたが、店としてはまだ新参で小さかった。大問屋の株仲間にも入っていなかったんで、そこから横槍が入ったんです。お前の店はまだ錦絵を扱う分際ではない。不遜も甚《はなは》だしい、とかね。昔からの大店にしてみれば、蔦重のような男は目の上の瘤《こぶ》だ。中でも錦絵の板元永寿堂《えいじゅどう》が大反対をして、蔦重の企画を叩き潰してしまったんです」

「……蔦重さんも、人の嫉妬《しっと》心までは見抜けなかった」

「そう。だが、今は違う。店は半分没収されたが、それが逆に闘志を燃やすきっかけになったと思います。見ていてご覧なさい。きっと蔦重はそのうちにやりますから」

「錦絵の百枚続きを？」

「そう。あのときの口惜《くや》しさを忘れるはずはありませんからね。百枚続きは蔦重の夢や。だが、今はだめ。改革の嵐の最中だから。でも、嵐なんてのはすぐに通り過ぎるもんでさ」

「……すぐに通り過ぎますかねえ」

「大丈夫。去年、改革の張本人、越中守が退官したでしょう。こりゃあ大きな声じゃ言えねえが、あまり倹約を強いられるんで、大奥の方が音《ね》を上げてしまい、越中守を退官に追い込んだそうや。改革は膝元《ひざもと》から崩れはじめたんですから、嵐も峠を越したと見るべきでしょう」

「……そういえば、正月に出た役者絵が評判になっているね」

「ええ。歌川豊国《うたがわとよくに》、どれもいい出来で、芝居に花を添えていやす。芝居町が活気を取戻せば役者絵も売れるようになる。美事な錦絵が世間にどっと出廻れば、それでまた芝居町が賑わいます。そうすると、草双紙、小説の売行きもよくなる。文が栄えれば国が豊かになる。蔦重は日本の陶朱《とうしゅ》になろうとしていますよ」

「トウシュ?」

「そう。范蠡《はんれい》なら知っていましょう」

「春秋戦国時代の范蠡だね」

「へえ、越《えつ》の王、勾践《こうせん》に仕えて呉《ご》を滅ぼした名将。後に陶朱と名乗って、産業の道を開き、巨万の富を築き上げた大人物です。蔦重はその陶朱に倣い、文によって国を栄えさせようとしているのや」

とても娼家で生まれたとは思えない、蔦重は途方もなく広い視野を持っている男なのだ。

「そう言われてみると、川柳宗匠が亡くなって、花屋がただ手をこまねいているのを見て、蔦重さんはさぞ歯痒《はがゆ》く思っているんでしょうねえ」

「まあね。蔦重なら川柳宗匠が亡くなれば、すぐ追善板行に取り掛かります。そして、適当な人物を選んで二代目川柳を継がせ、派手に二代目の披露興行に持って行きます」

二三は苦が笑いした。

「親父が川柳追善の『柳多留』二十四篇を出したのは、宗匠が死んだ翌年。更に二年休んで、やっと今年、二十五篇が出る運びとなった」

「それじゃ、せっかくつかんだお客さんを手放しちゃいますよ」

「しかし……『古今前句集』の十冊、本当に売れますか」

一九は人懐こく笑った。

「それは、神様にしか判らねえ」

「……前句集は、一体、誰が選句しているんです」

「まず、狂言作者の中村重助《なかむらじゅうすけ》」

一九は慎重に一人の名を言った。とにかく、膨大な数の句が相手だから、一人だけでは手に負えそうもない。何人かが組んで選句を進めるはずだが、その中に花久や川柳に関係している者がいるとすると、事が穏やかでなくなる。一九は自分の口から面倒が起こるのを嫌っている様子だった。中村重助とは二三の父、久次郎が催主の句会で何度か顔を合わせている。

一九はそれを知らないようだが、二三は何も言わなかった。

「狂言作者の片手間に？」

「ですから、重助さんは今年のうち、作者を引退して前句集に専念する、と言っています」

作者を辞めて選句に取り掛かるのでは本物である。一九は付け加えた。

「重助さんは昔から誹諧に打ち込んでいます。俳名を故一《こいち》、勿論、作者の腕も良く人気者だった。今年、確か五十だからまだ引退するには若い。けれども、元元、多芸な人でね。絵を描かせても本職以上。まず、一つことにとどまっていられねえ人なんだ」

二三は絵という言葉を聞いて、よし辰の部屋にあった絵を思い出した。蔦屋に寄食している一九なら、その絵師のことを知っているかもしれない。

「一九さん、話はちょっと違うが、東の字の付く絵師を知っていますか」

「うん。東洲《とうしゅう》という絵師がいる」

一九は即座に絵師の名を言った。

「どんな絵を描きますか」

「三木《みき》東洲、文人画の先生です」

二三は首を捻《ひね》った。あの絵は山水や南画の筆ではない。

「役者の絵を描く人なんですがね」

「役者ね……村上《むらかみ》東洲という絵師もいるが、この先生も固い絵だから違うな。とすると、山東京伝先生だろう」

北尾政演はいい絵を描くが、穏やかな画風だ。よし辰の部屋にあった、一目見たら忘れられなくなるような強烈さはない。

「勝川春潮《かつかわしゅんちょう》の号は、確か東紫園《とうしえん》といった。ほら、難波屋《なにわや》おきたと谷風《たにかぜ》を並べて描いたでしょう」

「……そう、あれは奇抜な取り合わせだったけど、ちょっと違うな」

「とすると、東川堂里風《とうせんどうりふう》かな。懐月堂《かいげつどう》流の大和《やまと》絵師なんですがね。他には一舟東窓翁《いっしゅうとうそうおう》、英《はなぶさ》一蝶《いっちょう》の門人だった人がいる。万徳斎東月堂《まんとくさいとうげつどう》――もっともこの人はよほど前に亡くなっていますがね」

「まだ、あまり有名ではない絵師かもしれない」

と、二三は言った。数多く絵を描いていれば、どこかで目に止まっているはずである。

「東国屋《とうごくや》の庄六《しょうろく》、という男がいる」

と、一九が違う名を口にした。

「神田錦《にしきちょう》町の下駄屋でね。芝居町に出入りして、役者衆の下駄を誂《あつら》えている。下駄のついでに貸本も背負って来る。この庄六というのが絵が好きです」

「上手に描くかね」

「まああ。素人《しろうと》に毛の生えたぐらいでさ」

二三が口をつぐむと、一九は顔を覗き込んで、

「一体、その東の字の付く絵師がどうかしたんですか」

と、訊いた。

二三はあるところで、これまで誰も描かなかったような役者絵を見た、と言った。その顔は当人を生写《しょううつ》し、女方は男が化粧したことまで判るほどだ。

「そりゃあ、二三さん。その絵師は玄人《くろうと》じゃありませんよ」

と、一九はすぐ断定した。

「京伝先生でも清長《きよなが》でも哥麿でも役者絵を描くが、生写《しょううつ》しじゃないでしょう。本人の面影を残しながら美しく描く。つまり絵空事の上手なのが商売人でさ」

「……それはそうだ」

「この目で見たわけじゃないから、何とも言えませんが、そう似せて描ける、というと芝居に関係している者だと思いますがね」

「そうかな」

「だって、女方の素顔まで見えるってのは、本物の素顔を知っていなきゃ描けるはずはねえでしょう」

「……その通りだ」

「待って下さいよ。芝居の連中で東の字の付く者というと——いるいる。狂言作者の瀬川如皐《せがわじょこう》。この人の号は東園《とうえん》です。作者は辻番付や絵番付を書かなきゃなりませんから絵の心得があります。それから如皐の弟がいる。人気女方の瀬川菊之丞《きくのじょう》でこの人の号が東籬園《とうりえん》でちゃんと東の字が入っています。あとは大谷広次《おおたにひろじ》と中村此蔵《なかむらこのぞう》の俳名が同じで東洲。大谷一門の大谷鬼次《おにじ》、この俳名も十州《とうしゅう》……こりゃあ、同じトウでも十の字だからいけませんか。音が同じなら司馬江漢《しばこうかん》という先生がいる。この人の号が桃言《とうげん》ですね」

二三は一九の記憶と、それを手繰《たぐ》り出す早さにびっくりした。二三は東の字の付く人の名を考えあぐねても、有名な山東京伝の名さえすぐには連想できなかったのだ。

「おっと、肝心なのを忘れていましたよ」

と、一九が言った。

「坂東《ばんどう》家一派。坂東彦三郎《ひこさぶろう》、坂東三津五郎《みつごろう》以下、さあ、何人いますかねえ。こう数えだすと、東の字の付く人間はうじゃうじゃといますね」

「……そう多いとは思わなかった」

「その他、芝居が大好きな通人がいるでしょう。凝り屋になると芝居者より物事をよく知っている人がいますから、その中にだって絵師には考えられないような描き方で役者の似顔絵を描いている者も少なくねえでしょう。まあ、素人の天狗連といった工合にね」

二三は憮然《ぶぜん》として言った。

「天狗というと、さっき天狗のようなものを見て来ましたよ」

一九が名を並べたうちの一人、瀬川如皐、号東園がその正月の二十三日に亡くなった。享年五十六。法名、春皐院静心《しゅんこういんせいしん》。葬儀は本所押上村《ほんじょおしあげむら》の大雲寺《だいうんじ》だという。

久二郎代参

駕籠《かご》屋は大雲寺の門の手前でそっと駕籠を地面に降ろし、

「旦那、大変な人ですから、ここから歩きなすった方がいいですよ」

と、駕籠の中の二三に声を掛けた。

駕籠から出て見ると、駕籠屋の言う通り、大雲寺の門前は若い娘たちでごった返している。

「一体、どなたが亡くなったんで？」

と、駕籠屋の先棒《さきぼう》が訊いた。

「狂言作者の瀬川如皐先生だよ」

「なあるほど。それで葬式に来る役者衆を見物しようてんで、沢山娘っ子が集まっているんだな」

二三は駕籠賃を払い、門の方を見ていると、今、駕籠から出て来たのが、黒羽織は着ているが頭は楽屋《がくや》銀杏《いちょう》。一目で芝居の女方と判るから、たちまち娘たちにわっと取り巻かれる。

「大和屋《やまとや》っ」

「粂三郎《くめさぶろう》様っ、こっちを向いてっ」
岩井《いわい》粂三郎、若手の女方で、まだ二十歳《はたち》前だから咲きはじめた花のように水水しい。家柄もよくて、父親の岩井半四郎《はんしろう》は、瀬川菊之丞と女方の両横綱と呼ばれているほどの名優だ。若い娘たちが声を嗄《か》らして嬌声《きょうせい》を送るのも無理はない。

二三がその騒ぎが収まるのを待って寺に行こうと思っていると、一挺《いっちょう》の駕籠が横に止まって、中から背の高い頑丈そうな体格の男が降りて来た。降りるなり両手を空に伸ばして鞴《ふいご》のような息をしてから、

「押上なんていつ来てもばかに遠い所だ。来るだけで腹が減っちまった。なあ、二三さん」

と、声を掛けた。

芝居町の大道具方の棟梁《とうりょう》、長谷川《はせがわ》勘兵衛《かんべえ》だった。道具方より役者にしたいような目鼻立ちの堂堂とした男で、黒羽《くろは》二重《ぶたえ》五つ紋の羽織袴《はかま》。駕籠脇について来た若い者は、隅切《すみき》り角《かく》に一つ銀杏、中村座の紋のある半纏《はんてん》を着ている。勘兵衛は門の方を見て、

「いつも相変わらずだ。如皐先生も若いときにゃ、大変な人気だった。思い出すねえ。引退するときに踊った『娘道成寺《むすめどうじょうじ》』。よかったねえ」

「確か瀬川乙女《おとめ》という名で出ていましたね」

「その前は瀬川七蔵《しちぞう》といった」

「……そこまでは知りません」

瀬川如皐、元文《げんぶん》四年（一七三九）大坂道頓堀《どうとんぼり》の生まれである。はじめは女方で市山《いちやま》七蔵と名乗って大坂の芝居に出ていた。三十歳のころ、江戸に下って、二代目瀬川菊之丞の門人となり、名を瀬川七蔵と改めた。その後、一度大坂に戻り、四年ほどで再び江戸に下って、瀬川乙女。四十五歳まで女方を勤め、役者を引退して、立作者瀬川如皐になったのである。天明三年（一七八三）に女方を引退する時、中村座で一世一代の『娘道成寺』を三日間舞納めた。十一年前のことだ。

というようなことを歩きながら勘兵衛が聞かせてくれた。

大雲寺はほとんど江戸の外れ。あたりには静かな田畑が広がっているが、門前は若い娘たちで花畑を見るようだ。大雲寺は役者寺《やくしゃでら》と呼んだ方が通りがいい。瀬川菊之丞や中村勘三郎《かんざぶろう》、市村羽左衛門《いちむらうざえもん》など多くの役者が檀家《だんか》になっているからだ。

この見物人の整理を手伝っているのが、二十人ほどの若い相撲取りだった。手に手に六尺棒を横に構え、門前の通りに娘たちが入らぬように守っているのだが、人気役者が来ると娘たちは夢中になるようで、着ている浴衣《ゆかた》をぼろぼろにされている相撲取りもいる。

「どこの部屋の若い衆さんかな」

と、勘兵衛が一人の相撲取りに訊いた。

「へえ、艫綱《ともづな》部屋でごんす」

「なるほど、如皐先生は艫綱部屋の勢見山《せみやま》関が贔屓《ひいき》だった」

現金なもので、役者ではない二三や勘兵衛が現れても、娘たちは見向きもしない。退屈になって、相撲取りを相手にしている娘もいる。

「お前は身体《からだ》が小せえが、それでも相撲取りかい」

「そうよ。身体が小さくたって、力は十人力だわ」

「名は何と言う」

「わしゃ、三《み》つ石《いし》じゃ」

「転がりそうな名だの」

「お前こそすぐ転びそうじゃわい」

娘たちは相撲取りがもの珍しいのだ。

「隣の背《たけ》の高え相撲取りは？」

「吉野川《よしのがわ》じゃ」

「負けて相撲をよしの川かい」

「口の達者な娘じゃ。相撲取りは男の中の男だわ。お前たちも、のっぺりとして白粉《おしろい》を付けるような男など、いい加減にしたらどうじゃい」

「だって、相撲場へ女は入れねえもの」

「そりゃ、そうだ」

「なぜ女は千秋楽のほかは入れねえんだ」

「寺の勧進相撲だからな。坊主と女じゃ相性がよくねえ」

「そんなこたあねえよ。おれはお女郎買いをする坊さんを知っているもの」

「それは裏向きだ。〈背に腹を和尚《おしょう》の変える不行跡《ふぎょうせき》〉という奴じゃ」

門の内には記帳場ができている。記帳場には 裃《かみしも》を着た二人の男が帳面を前にしていて、勘兵衛の顔を見ると、

「や、こりゃあ頭《かしら》、ご苦労さんです」

すぐ、帳面に名を書き留める。四十代ぐらいだがどことなく役者めいた華やかさが感じられる男だった。

二三の方は簡単にはいかない。

「東叡山《とうえいざん》下竹町、星運堂花屋久次郎。父の代参であがりました」

二度ほど聞き返して、東永山下竹町、星雲堂花屋久次郎と書いて澄ましている。勘兵衛の名を記帳した男とは反対で、無愛想な顔だった。太い眉とぎょろりとした目が人を取り付きにくくしているらしい。

二三の名を横で見ていた記帳場の男が、

「おや、花久さんの若旦那でしたか」

と、声を掛けた。

「わたくし、中村重助。お父様にはいろいろお世話になっております」

「あ、故一先生ですね。ごぶさたをしております」

『古今前句集』に取組んでいるという中村重助だ。

「名前を覚えておいでとは嬉しい」

「父は風邪気味ですので、わたしがお悔みに参りました」

「それは遠いところ、ご苦労さまです」

記帳場を離れると、勘兵衛が訊いた。

「大将、風邪だって？」

「いえ……いつものですよ。お寺が遠いので出億劫《おっくう》になっただけです」

「それならいいが」

「どうも、相変わらず無精で弱ったもんです。句会の方も川柳宗匠が亡くなってから、そのままになっていて、頭《かしら》にも迷惑を掛けています」

「なに、俺は句がなくとも酒せえありゃ苦にならねえ」

二三の父久次郎は菅裏《かんり》という俳名で、人並みに催主になり、川柳を点者に立て「柳風《やなぎかぜ》」という集まりを作って、月月句会を開いていたことがある。久次郎の住んでいる竹町が菅原道《すがわらのみち》真《ざね》を祀《まつ》る湯島天神《ゆしまてんじん》裏に当たるので菅裏。前句は季語もなく何を詠もうが自由で、雅俗入り混ったところが面白いので、参加者には侍もいれば勘兵衛のような芝居町の者もいる。学者もいれば町人もいるといった工合で毎回盛大に寄り集まっていたが、元元、久次郎は大雑把《おおざっぱ》な性格で催主のような人の世話が好きではなかった。川柳が亡くなると、別の点者を探す気にもならず、柳風はお座なりに追善会を開いただけで、その後はうやむやになっている。

「重助先生の横にいたのも狂言作者の先生ですか」

と、二三は勘兵衛に訊いた。

「ああ、勝《かつ》つぁんだね。まだ二枚目か三枚目の作者だ」

「作者にしちゃ、あまりよく字を知りませんでしたよ」

「なに、作者なんざ字を知らねえでも面白《おもしれ》え芝居を書けりゃいいのさ」

「それはそうでしょうねえ」

「勝つぁんはときどき突飛なことを思い付くし、芝居てえものをよく知っている。年からすりゃ、とうに立作者になっていなきゃならねえ男なんだがな」

「重助先生と同じぐらいですか」

「いや、重さんは五十、勝つぁんは四十だったかな」

「……十も違うんですか」

「重さんが若いから同年輩に見えるだろう。勝つぁんは見てくれがよくねえ上に、人付き合いが下手なんだ。それが損なんだな。才知があるからつまらねえ奴にゃ世辞が言えねえ。今度だって、如皐さんが亡くなったんで、当然なら後釜に坐れるところだが、まず、そうはいくめえ」

本堂の中央には唐風の屋根を乗せた背の高い棺桶が置かれ、僧たちの読経《どきよう》の中で、縁者たちが弔問客に頭を下げている。

（二三が舞台でよく見る顔が揃い、悲しみの中にもある種の華やかさがただよっていて、普通の葬場とはかなり感じが違う。

その中でも、矢張り目を引くのが如皐の弟、三代目瀬川菊之丞。江戸中の人気を半四郎と分け合っている女方である。これは後で判ったのだが、菊之丞と半四郎は共に九百両という最高の給金を得ていた。ちなみに、江戸っ児《こ》役者の第一人者、五代目市川団十郎《だんじゆうろう》、このころ六代目に団十郎の名を譲り自分は鰕蔵《えびぞう》と改名していたが、その鰕蔵の給金でも七百両で、この二人には及ばなかった。

焼香を終えるうちにも、新しい弔問客が到着しているようで、そのたびに門のあたりに嬌声が湧き起こっては消え、起こっては消える。

春の空はうららかに晴れ上がっている。勘兵衛は感慨深そうに空を見上げ、数珠《じゆず》をまさぐりながら、

「如皐さんも気の毒だった。芝居の一番悪いときに亡くなって」

と、しんみりした口調で言った。

「今が一番悪いときなんですか」

「それは悪いさ。何しろ去年の暮は、とうとう江戸の芝居町三座が揃って千秋楽を打ち出せ

なかったんだからつくづく情ねえ。大体、芝居町の三櫓《やぐら》、中村座《なかむらざ》、市村座、森田座《もりたざ》の三座がなくなってしまったんだ。こんなことは芝居町がはじまって以来。江戸っ児だと言って威張れやしねえや」

「……去年の十月には、都座と桐座が焼けてしまいましたしね」

「そう。何から何までべら棒だ」

人形浄瑠璃《じょうるり》や見世物が寄り集まっている江戸の芝居町には、もともと公認の芝居が四座だけあった。日本橋堺町の中村座、隣の葺屋町の市村座、京橋《きょうばし》木挽町の森田座に山村座《やまむらざ》。この四座に限って、正面に櫓《やぐら》を構え「本櫓」と呼んで公儀公認の格式を誇っていた。

そのうち、山村座が正徳《しょうとく》四年（一七一四）に取潰されてしまった。原因は有名な江島生島《えじまいくしま》事件。江戸城大奥の女中江島と、山村座の役者生島新五郎《しんごろう》との密通が発覚したからである。

その後、芝居町は三座だけで本櫓の興行を続けてきたが、享保《きょうほう》十九年（一七三四）に森田座が倒産した。世は松平定信の祖父徳川吉宗《とくがわよしむね》が行なった享保の改革の最中で、倹約政策から生じた不景気の煽《あお》りを食ったのである。

ところが、うまいことを考える人がいて、芝居小屋は潰れてもいいが、櫓を降ろすわけにはいかない、というので、別の芝居小屋に櫓を移し、興行権は残すことにした。これを「控　櫓《ひかえやぐら》」という。森田座が潰れたとき、控櫓になったのが河原崎座である。

天明期に入ると、天明二年の異常気象による飢饉《ききん》、三年の浅間山《あさまやま》大爆発、六年には関東大洪水と、立て続けに災害が起き、不況のどん底。七年には大暴動が起こり、江戸市中八千軒の商家が叩き毀され無政府状態になった。世に言う「天明の打毀し」である。

このとき、老中首座に着任したのが松平越中守定信である。定信は祖父だった吉宗が断行した享保の改革を手本にして新しい改革に乗り出し徹底した勤倹尚武《きんけんしょうぶ》の政策を断行した。町人は田沼意次の失脚に喜び、定信に期待したのだが、世の中そう甘くはなかった。世の中は呑気な芝居見物どころではなくなった。芝居小屋は不入りが続いた。

森田座が潰れた後、まさかと思う市村座が天明四年に倒産した。このときの控櫓が桐座である。

年号が改まった寛政元年、改革は厳しく続けられ、三月には芝居町の重立った者が北町奉行所に呼ばれ、役者の衣裳髪飾りなど質素に倹約を旨とせよ、と申し渡された。

まだ、蔦屋が処罰される前だったから、芝居町の関係者はこの通達をまたいつものだぐらいに軽く見ていた。その種の勧告は享保の改革以来、慣れっこだったからだ。ところが、今度だけはいつもと違っていた。

奉行所の申し渡しがあってわずか十日後、再興された市村座に出演していた女方、瀬川菊之丞が逮捕されてしまった。勧告に従わず贅沢な衣裳を着ていたという廉《かど》である。

罰金五貫文、菊之丞はすぐ釈放されて一件は落着したが、江戸の人人ははじめて事態が容易でないことを思い知らされた。

これを皮切りに、奉行所は矢継ぎ早に次次と芝居町に禁止令を発した。

夜間興行及び小屋内での明り灯しを禁止。これは、火の用心と照明費の倹約のためである。それ以降、無数の蠟燭《ろうそく》を赤赤とかかげ、人通りも絶えなかった芝居町の夜は、本物の幽霊でも出そうな淋《さび》しさになった。

次に芝居茶屋の小座敷と離れの禁止。芝居小屋の席の予約や、道中の休息のために、昔から芝居と茶屋は密接な関係にあって、芝居終演後には、茶屋の密室で役者買い、色子買いが半ば公然と行なわれていた。江島生島の出会いも芝居茶屋からであった。その風紀取締りが行なわれたのである。

それでなくとも世の中は不景気なのである。歌舞伎芝居は美しく華やかな夢を人人に与えるのが命。その花が片端から毟《むし》り取られてしまうのだからたまったものではない。

芝居は不入りが続き、寛政四年に堺町の中村座が事実上倒産。「寛政の改革中相休《あいやすみ》申候《もうしそうろう》」という札を出した。もう、やけっぱちなのである。市村座の方も客が集まらず、窮余の策として江戸城内の宝蔵に侵入した盗賊事件を芝居にした。この際物《きわもの》はかなり評判を呼んだが、城内の事件を芝居にしたというのでたちまち上演禁止。翌、寛政五年にはとうとう持ち堪《こた》えられず市村座は休場。中村座は都座に、市村座は桐座にそれぞれ櫓を渡した。伝統ある江戸の三座は、これで全て控櫓になってしまったのである。

十一月は顔見世興行。翌年一年間の契約を結んだ一座の役者が総出で見物人に目通り披露する大切な興行である。低調を続ける芝居町に何とか活を入れなければならない。各座がその準備に忙しい十月の末、湯島から出火した火が神田、日本橋一帯に広がり、隣町同士の都座と桐座が焼失してしまった。木挽町の河原崎座はその二座から離れたところにあったので、そのときの火災は罷《まぬか》れた。

泣きっ面に蜂もいいところ、都座と桐座は仮普請《かりぶしん》でともかく興行をはじめたが、あまり成績は振るわず、桐座の方は一月も保《も》たなかった。ついに、昨年は三座揃って千秋楽を舞納めることができなかったのである。

芝居町はかつてないところまで落込んでいた。この新年を迎えて何としてでも盛況を取戻したいというのが芝居町全員の悲願なのだ。芝居町には芝居茶屋、料理屋、土産物屋、絵双紙屋などが軒をつらね、町中が芝居の浮沈に関わっているのだ。

それまで、ただ一座順調な入りを続けて来た河原崎座だけはこの年の正月の三日から早早に春狂言の初日を開けている。まずまずの滑り出しで、都座は二月一日、桐座は二月九日に初日が開く予定とすでに辻番付が出廻っている。やっと長い冬が終り、明るい陽差しが見えはじめたようだ、と勘兵衛は言った。

「それで、肝心の芝居小屋の再建は大丈夫なんですか」

と、二三は訊いた。

「うん、都座も桐座も九分通り普請が終っている。今度の小屋はずいぶん良くなった。本舞台の屋根をはずしたから、大臣柱や目《め》付《つけ》柱も奥に引っ込んで目障りじゃなくなった。それに、新しい廻り舞台が今見せたいほどいい出来だ。八間の舞台に三間の廻り舞台、大迫《おおぜ》りに、すっぽん、たこ十《じゅう》が死にもの狂いで作りあげた。小屋の方はもう大丈夫《でえじょうぶ》。矢でも鉄砲でも持って来い、てなもんだ」

「たこ十さんというと、大坂の芝居で働いていた道具方の重次郎《じゅうじろう》さんですね」

「識っているのかい」

「ええ。大坂にいたとき世話になりました」

「そうか、二三さんは大坂の本屋に行っていたことがあったな。修業は半分であとは芝居見物かい」

　二三は言い当てられて苦が笑いした。これまで世に出た手妻の優れた伝授本『たわふれ草』や『天狗《てんぐ》通《つう》』などは例外なく京大坂で板行されたものだ。多賀谷《たがや》環中仙《かんちゅうせん》の『璣訓蒙鑑草《からくりきんもうかがみぐさ》』を読み、からくり芝居の盛んな大坂へ憧れていたことは確かだ。

「たこ十は生まれは江戸だったが、しばらく大坂にいたんだ。去年、紀伊国屋《きのくにや》（沢村宗十《さわむらそうじゅう》郎《ろう》）が連れて来て、はじめて大坂流の廻り舞台を作った。今度は二度目だから、先《せん》のよりはずっと上出来だ」

　廻り舞台のはじめは、江戸の狂言作者、中村伝七《でんしち》が作り出した「ぶん廻し」だった、という。

これは、舞台の上に、滑車をつけた台を置き、この上に道具を作り、廻すときには道具方が舞台に出て棍棒で押し廻した原始的なものである。これが大坂で初代並木正三《なみきしょうぞう》の手で盆の形に変えられた。そのときはじめて舞台下の奈落が使われ、道具方は舞台に姿を見せなくなったが、盆はまだ滑車式で舞台に置かれた状態だった。その後、大坂で改良が進み、床板を丸く切り抜き、舞台そのものを回転させるようになったのである。

この方法をたこ十が江戸の中村座に移したのだ。

「作者の勝つぁんも、仕掛け物やからくりが大好きな男だから、たこ十の仕事を付きっきりで見ていたな。そう、そういえば二三さんは手妻が上手だ」

「いえ、大したことはできません」

「誰から教わったね」

「手ほどきは吉原の社楽斎万里《しゃらくさいばんり》さん」

「なるほど、元手が掛かっているって奴だ」

「浅草《あさくさ》の芥子之助《けしのすけ》からも習いましたけど、ずいぶん酒を買わされました」

「からくりと言えば大坂の竹田近江《たけだおうみ》、昔、竹田の一座が堺町に来たときの話をよく親父から聞かされたがね。人形が三味線を弾いたり道成寺を踊ったり、大変な人気で一日の揚り高が四十両を越えたという」

「竹田近江なら、大坂に行ったとき、とっくりと観て来ました」

「そんなに好きなら、本屋を止《や》めて手妻師になっちゃどうだい」

と、勘兵衛は言った。

「それなんですがね。いろいろ思案したんですが、本職になるとどうも辛いことの方が多そうです」

「そりゃ何だってそうだ。楽をして金になる商売なんてあるものか。さっき、親父さんのことを無精だなどと言っていたが、二三さんだって相当な茶人じゃねえか」

「……まず、親父のことは言えません。あたしが大坂の柏原屋へ勤めたのも、その本屋が手妻の本を出していたから。実はそのたこ十さんも手妻の仲間で、道頓堀の表具師、高雅堂利兵衛という人の家へよく遊びに行きました。この人の道楽が凄い。利兵衛さんの部屋の中はからくりの山。時計師に注文した物や、竹田近江のところから無理矢理買い取って来た人形など数え切れません。そのからくりを調整する番頭まで部屋に付いているほどなんです。この人は離夫《りふ》という名で『盃席玉手妻』という本まで書いてあたしが勤めていた柏原屋から板行している」

「……金持の道楽にゃ付き合い切れねえ。とすると、二三さんもその人みてえになりてえんだな」

「なろうことならね。からくりに囲まれてにこにこしていた利兵衛さんの顔が忘られません」

「そうなんだ。からくりの好きな人間は考えるだけでも楽しいらしい。たこ十も駕籠の中に入った役者がそのまま消えてしまう仕掛けを考えたなどと言っている。と思うと、役者が見物人の頭の上を飛び廻る仕掛けを作りましょうなどと言う」

「それで、作ったんですか」

「たこ十の言うことを一一聞いていたら、いつになって初日が開くか判らなくなる。また、作ったところで役者は軽業師じゃねえからそんな芸は無理だろう」

「それ、聞いたことがありますよ。熊次郎《くまじろう》さんの話じゃ、昔、大坂の芝居で天狗が自由に見物人の頭の上を飛んだ、って。たこ十さんはそれを覚えているんでしょう」

「……熊次郎というと坂田半五郎《さかたはんごろう》だな。昔、坂東熊次郎と言っていた」

「……違います。私が識っているのは中村熊次郎。音羽屋《おとわや》（菊五郎）の番頭をしていた人です」

勘兵衛は少し黙っていたが、すぐうなずいて、

「うん思い出した。江戸にいたとき市村座で振付師だった男だ。とすると二三さんが言う音羽屋は二代目だ」

「ええ、初代が亡くなったばかり。息子の丑之助は十七、八でしたか。あたしは初代の追善興行を観ました」

「そうかい。初代ならよく識っている。立役《たてやく》で時代物、世話物、どちらもよかった。音羽屋も気の毒だった。そうさな……十五年も前になるか。大坂へ行ったきり、一度も江戸へ戻っ

て来なかった」

「……そうでしたねえ」

「そうさ。幸四郎《こうしろう》と仲違いして、江戸を飛び出したきりだった」

安永《あんえい》七年（一七七八）まず、市川団十郎と松本《まつもと》幸四郎が不仲になった。幸四郎が自分の悴高麗蔵《こまぞう》を五代目団十郎に立てようとしたのが原因だ。これを芝居町では「犬猿の争い」と呼んでいる。団十郎の雅号が白猿《はくえん》、幸四郎の屋号は高麗屋《こうらいや》で、狛犬《こまいぬ》だというのだ。このとき幸四郎は悪役にされてしまった。

次に、幸四郎は菊五郎ともおかしくなった。今度は金銭上のいざこざである。

安永九年の五月、菊五郎は市村座の舞台から見物人にむかって幸四郎を非難し、そのまま舞台を降りるという思いきったことをした。その後、団十郎の引き立てで、菊五郎は中村座に出演したものの、芝居が終ると息子の丑之助を連れ、上方へ行ってしまった。「葺屋町松王梅王つかみ合い」という川柳が出来た。松王は松本幸四郎の松、梅王は菊五郎の俳名「梅《ばい》幸《こう》」に『菅原伝授手習鑑《すがわらでんじゅてならいかがみ》』の車引《くるまびき》の段をかけたのである。それ以来、菊五郎は二度と江戸の土を踏むことはなかった、という。

「音羽屋は大坂の芝居で人気を集めていたが、天明三年（一七八三）の暮に病死した。その後、悴の丑之助が襲名して二代目、これも評判がよくて、角座《かどざ》の座本までになったんだ」

と、勘兵衛が言った。

「その二代目を披露するため、菊五郎はなぜ江戸に来ないんですか」

「生きていりゃ、きっと来たな」

「……すると？」

「惜しいことに若死をした。防州《ぼうしゅう》（山口県）三田尻《みたじり》に巡業中、死んだという」

「……それは知りませんでした」

小でっぷりとしたもの怖じしない顔立ちで、黒羽二重の羽織袴、紋は富士山形に鬼蔦《おにづた》。蔦屋重三郎が十返舎一九と連れ立って弔問客の中にいるのが見えたが、二三は目の隅で見ただけ、頭は他のことで一杯だった。

よし辰で卯兵衛は二代目菊五郎の舞台を見た、と言った。そのときは何気なく聞き流してしまったのだが、丑之助は二代目菊五郎を継いでから一度も江戸へ下らなかったのだから、卯兵衛は大坂で菊五郎を観たのでなければならない。しかも、卯兵衛は屛風に貼ってあった絵を、春駒おきくだ、とはっきり言った。二三が大坂の柏原屋で働いていたのが天明四年から六年の足掛け三年の間。そのときの記憶をたぐると、大坂の嵐他人座《あらしたにんざ》で初代菊五郎の追善芝居があったのが天明四年の五月。そのときの丑之助が演じたのが桂川《かつらがわ》のお半《はん》だった。だから、おきくを観たという卯兵衛は、その後の二代目菊五郎襲名披露の興行に来ていたのだ。

二三は、そのときの芝居が『義経千本桜《よしつねせんぼんざくら》』、二代目菊五郎は春駒おきくを踊ったのを思い出した。

もしかすると、二三は嵐座で卯兵衛と顔を合わせていたかもしれないのだ。

「頭《かしら》、二代目が亡くなったのは、いくつの年でしたか」

と、二三は勘兵衛に訊いた。

「俺もはっきりは知らねえのだが、まだ二十歳にゃなっていまい」

「菊五郎を襲名したばかりでしょう。それがなぜ防州くんだりまで旅に出なきゃならなかったんですか」

「二代目は襲名して座本になったというから、きっとそれだな。座本と言っても、江戸の座元とはちょっと違う。江戸じゃ芝居小屋の櫓主を座元と言うが、上方じゃ小屋の持主は別にいて名代《なだい》と呼ぶらしい。多分、その名代あたりとごたごたを起こしたんじゃねえかと思うんだが」

「……少しも知りませんでした」

「広い江戸でも、二代目が死んでしまったのを知っているのは、芝居町の者ぐらいだろう。旅先きのことだから、どんな寺に葬られたのかさえ判らねえんだ。その一座にゃ、きっと熊次郎もいたと思う。熊次郎もそれ以来行方が判らねえらしい。熊次郎が生きていれば、そのあたりのいきさつが聞き出せると思うんだがな」

「すると、あたしが江戸へ帰ってから、菊五郎はごたごたを起こし、大坂を出て旅先きで亡くなったんですね」

そのとき、焼香を済ませた一九が近寄って来た。

一九は勘兵衛を識らなかった。二三が勘兵衛に紹介し、大坂の狂言作者だったと言うと、

「それじゃ、中村熊次郎を識っているかね」

と、勘兵衛は一九に訊いた。

「……熊次郎というと、音羽屋の番頭だった人ですか」

「そう、今、二三さんと話していたところだ。これから芝居を背負って立とうてえ音羽屋が、どうして死んでしまったのか、と言ってね」

「……音羽屋なら、小六玉《ころくだま》一座と巡業中に船の中で病死した、と聞きましたが」

「で、墓所は？」

「さあ……知りまへんなあ」

「そうかい。あっちの人でも知らねえのか」

勘兵衛は詰まらなそうな顔をして、たまたま弔問を終えた坂田半五郎の方へ歩いて行った。

一九は声を低くした。

「音羽屋の話を持ち出したのは勘兵衛さんでしたか」

「いや……俺が熊次郎さんを向こうで識っていたから」

「そうですかい。じゃあ、音羽屋のことは、忘れた方がようござんすよ。大坂じゃ、音羽屋は一切禁句や」

「……一体、あっちで、何が起こったのかい」

「喋《しゃべ》ってもいいが、今は時期が悪い。ねえ、越中守が退官して、世の中は少しは楽になると思ったがそうじゃねえ。退官したのは越中守一人、あとの老中はそのまま居坐って改革を進めている。現に、越中守が退官した翌月、当分の儀や浮説の儀を禁止するというお触れが出た。世間の噂話は勿論、火事騒ぎがあっても摺物にして売り歩いたら厳罰だという。音羽屋のことが江戸で噂になり、あたしがその張本人だとお上に知れたら首がなくなる。だから言えねえのや」

そう言いながら、一九の口元はすぐ動き出しそうだった。二三は一九が喋りたいのだと思った。

「しかし、俺の口は固いぜ。言って悪ければ決して言わねえ」

「それなら……音羽屋は病死なんぞじゃなくて、殺されたのや。なんでも高貴なお方と密通していて、それが露見して殺された。これだけ。あとのことは言われしめへん」

「判った。ところで、さっき勘兵衛さんが、如皐先生は大坂の芝居で女方で出ていたと言ったけど、一九さんはその舞台を観たかい」

「いや、そりゃあずいぶん昔でしょう。あたしが大坂にいたころ如皐さんはとっくに江戸へ下って狂言作者になっていましたよ」

「すると、一九さんはずっと大坂にいたわけじゃないのかい」

「ええ。駿河《するが》府中の生まれで、元はこれでも生意気に二本差していやした」

「……そりゃあお見逸《みそ》れした。一九さんがお侍だったとは少しも気付かなかった」

「ちっともそう見えねえでしょう。そのくらいだから元元、侍が性に合わなかったんでしょう」

一九は他人事《ひとごと》のように言って笑った。

「小田切土佐守《おだぎりとさのかみ》に仕えていたんですが、小田切さんが大坂町奉行に就任したんで、それに食っ付いて大坂に行ったんです」

「小田切土佐守というと、今の江戸北町奉行じゃないか」

「そう、それが元の親分」

「じゃ、何かがあったら頼りになる」

「そりゃあ虫が良すぎやす。昔からの識り合いでも、小田切さんは大江戸の町奉行、こっちは碌《ろく》な仕事しねえで芝居見物や誹諧三昧《ざんまい》。武士の風上にも置けねえ奴でしたから、何かあって小田切さんの前に引き出されたとしても、目も掛けちゃくれません」

「いつごろまで侍をやっていたのかい」

「そうね……関東に江戸開府以来の大洪水が起こった年まで。両国橋《りょうごくばし》、新大橋《しんおおはし》、永代橋《えいたいばし》が流され、江戸中が水に潰《つか》ってしまったそうですね」

「そう、それを聞いて家のことが心配になって、俺は江戸へ戻ったんだ」

「そのとき、あたしは侍を辞めて、せいせいと羽根を伸ばしていた」

「じゃ、大坂で菊五郎の襲名披露の舞台を観ていたはずだ」

「……また、音羽屋ですか」

一九は様子を窺《うかが》うようにちょっとあたりを見てから、

「ええ、ちゃんと観ています。『義経千本桜』でした。まだ二本差していましたが」

「……菊五郎は春駒おきくを踊っていた」

「そうでしたねえ。水もしたたるというのはその菊五郎のためにある言葉だと思うほどでした」

二三はなにかほっとしたような気持になった。

よし辰の部屋にあった二代目菊五郎のおきくを描いたのが、もしかすると、絵の心得があり、東園の号を持つ瀬川如皐ではないか、と思っていたからだ。だが、如皐は菊五郎が襲名する以前に江戸に下って、立作者になっているので菊五郎のおきくを観ることができなかった。

問題の絵師が如皐でないとすると、その絵師はまだ同じような絵を描いていて、二三はどこかで出会う機会があるかもしれない。

そして、卯兵衛も菊五郎の襲名披露を見ていたはずだ。そう思うと、二三はどうしても卯兵衛に会いたくなった。

「そうや、肝心なことを忘れていた」

と、一九が言った。

「これは、蔦重からのお願いなんですがね」

「なんでしょう」

「蔦重が三月に富本節の正本《しょうほん》を開板しやす。その披露の会を上野池《うえのいけ》の端《はた》の根生院《こんじょういん》で来月早早に開くことになっているんです。披露といっても、ごく内輪だけの集まりなんですが、その景物《けいぶつ》に、二三さんの手妻が欲しいんです」

「俺みたいな手妻でよかったら、お見せしましょう」

「そりゃ、有難い。日が決まりましたら、すぐお報《し》らせします。と、蔦重がそう申しておりました。はて、あたしの役がこれで済んだ」

一九は少し離れたところにいた坂田半五郎の方を見て言った。

「今、あの正月屋《しょうがつや》（半五郎）が蔦重に話しているのをちょっと耳にしたんですが、如皐先生の死に方が変だったそうですよ」

「……変？」

「ええ。前の日まではぴんぴんしていたんですが、一晩寝て翌朝家の者が先生の部屋を見ると息がなくなっていたそうです」

「……卒中じゃないのかい」

「ただ、それだけでしたらね」

「それだけではない……」

「ええ。何でも、二階の先生の部屋に鹿の子餅《かのこもち》の食べ残しが見付かったそうです。先生がその日都座から帰って来たときにはそんな菓子は持っていなかった、と家人が言っています。それに、先生は家人に隠れて独りでものを食べるような人じゃあない」

「……客人は？」

「いませんでした。医者も少し首を傾《かし》げていたそうですが、亡くなってしまったんですから、仕方がない」

「仕方がないと言って――お役人へ届けなかったのかい」

「ですからね、実際の火事が起こっても、読売りなどにできねえご時世なんです。もし、役人の耳にでも入って、万一他人さまに迷惑になるようなことが起きたら事でしょう」

「じゃあ、誰も騒ぎ立てたりはせずに？」

「ええ、目出度く葬儀を、ってのも変ですが」

「如皐先生は誰かに怨《うら》みでも買っているのかい」

「まず、作者の頭に立つような人ですから、いろいろあるでしょう。あたしも下っ端の作者だったことがあるからよく判りますがね。さしずめ、あの勝つぁんてえ人など油断ができねえ。きっと、長いこと冷や飯を食わされてきたでしょうからね」

「……そんなことを言っていいのかい」

「二三さん、あんさん口が固いと言うたばかりやないか」

二三は人形町《にんぎょうちょう》にある鹿の子餅の店を思い出した。道化役者の嵐音八《あらしおとはち》が開いた店で、餅そのものは特別ではないが、店先きにからくり人形が置いてあって、その人形が餅の包みや茶を客の前に運ぶ。客がその包みや茶を手に取ると、人形は歩みを変えて元の場所に戻るのである。

店を出した音八はすでに亡くなっているが店はその人形の人気のために、繁昌《はんじょう》を続けているのだ。

二三は同時に、正月の柳原土手で、空を飛んだ天狗がもし実在するとすれば、夜、人知れず如皐の二階へ怪しい鹿の子餅を持って侵入することができるかもしれない、と思った。空を飛んだり姿を消したりする天狗や忍術使いが、二三の小さいときからの憧れだった。

笑三の女

門口に「即席御料理　よし辰」の看板行燈、まだ火は入っていないが、開かれた門の内は綺麗に水が打たれ、橘や万年青《おもと》の鉢が並んでいる。

二三が玄関の格子戸を開けて中に入ると、

「いらっしゃいまし。二三さん、お久しぶりですね」

戸の開く音を聞いて奥から娘分《むすめぶん》の浜《はま》が小走りに出て来た。年の頃十七、八、小柄で明るい娘だ。

「お浜か。俺の方はずっと働きずくめだった。こっちゃあ相変わらずか」

「悪い方に相変わらずですよ。今日はお早いんですね」

「ああ、押上の方に葬式があった。その帰りだ」

「それはお疲れさまです。どんな方ですか」

「芝居町の、狂言作者の先生だ」

「……芝居町の方の春の見通しはどうですか」

「うん、都座に桐座、立派に普請が成って、近いうち幕を開けるようだ。芝居町の連中は皆張り切っているから、今年は景気が取り戻せるだろう」

「そうなってくれると、こっちの方も賑わうんですがねえ」

浜はいつもの裏二階に二三を案内した。床の間の掛け物は光琳《こうりん》風の梅に変えられている。

「肴《さかな》の方は適当に誂えてくれ。それよりも卯兵衛は達者か」

「それが、ねえ……」

浜は口を濁《にご》した。

「なんだ。今日は障りでもあるのか」

「そうじゃあねえんです。卯兵衛さんは二、三日前から行方が判らなくなっているわな」

「……どこかに駈け出したのか」

「家《うち》じゃその相手は、てっきり二三さんじゃないかと言っていました。二三さん、しばらく顔を見せなかったから」

「……冗談じゃあねえ。そりゃ、俺は卯兵衛が好きだが、連れて逃げるほどいい度胸はしていない」

「そうですかねえ」

「なんだ。疑われていたのか。濡衣《ぬれぎぬ》もいいとこだ。卯兵衛は男と落ちたのか」

「それが、二三さん以外、誰も思い当たらないんざんす。二三さんとだけでした。あの人が声をあげていたのは」

「……」

「あら、なにその顔。本当だと思っているわな」

「こいつ……お前も男の困る顔を見て、面白がるような歳になったか」

「……二三さんがあんまり卯兵衛さんを嬉しがらせるからさ」

「そういう俺が憎らしいのか」

「舌を噛んでやりたい」

「そいつは恐れだ。ところで、誰もその心当たりはないのか」

浜はつんとした顔を和らげて、

「へえ」

「……知らなかった」

二三は唇を噛んだ。卯兵衛は二三にも相談できない問題を抱えていたに違いない。改めて二三はじっと堪えている卯兵衛の姿を思い出した。浜が言った。

「今だから言いますが、卯兵衛さんには旦那がいたわな」

「それは知っていた。卯兵衛が吉原で年《ねん》が明けたとき、俺と一緒にならないかと熱心に口説いたんだが、うんと言わなかった。卯兵衛が応じなかったのはその男のためだ」

「そうでしたか。卯兵衛さんの了簡《りょうけん》も判りませんよ。二三さんのような方のお神さんになれれば、願ったり叶ったりだわな」

「卯兵衛の旦那というのは、どんな男だ」

「さあ……あの人はご存じのように身の上話が嫌いでしたから、精《くわ》しいことは判らないんですが、日本橋の方でちゃんと本妻がいる。でも、妾《めかけ》に勤めをさせるくらいですから、大した人じゃねえと思いますよ」

「……卯兵衛が妾だと？」

「へえ、ご存知なかったんですか。もっとも自慢するようなことじゃないですからね」

「その旦那が、卯兵衛がいなくなった、と騒ぎだしたんだな」

「ええ。年だって二三さんよりずっと上、風采《ふうさい》のあがらない人でねえ」

二三は卯兵衛が妾だと聞いて、また卯兵衛の本心が判らなくなった。だが、卯兵衛がいなくなったといって、そのまま素っ気なく帰るわけにはいかない。

「じゃあ、卯兵衛と親しくしていた芸者でもいたら呼んでもらおうか。未練なようだが」

「いえ、二三さんは本当に実《じつ》のある人ですね。じゃ、友吉さんがいいでしょう。二三さんも顔見識りだし、卯兵衛さんはあの人とだけはよく話をしていましたから」

浜が部屋を出て行ったあとで、二三がそっと屏風の内を見ると、菊五郎の役者絵はなくなっていた。

すぐ、座敷に来た友吉は、卯兵衛よりも若く、ぽっちゃりした顔立ちで、話すと見た感じと違い、もの静かなところが卯兵衛と似ていた。

ちょうど届いた酒で二三に酌《しゃく》をしてから、三味線を引き寄せようとするので、

「まあ、唄はあとでいい。ちょっと聴きてえことがあるんだが」

と言うと、友吉はそのまま三味線を横に置いた。

「卯兵衛だが、お前とは仲が良かったそうだな」

「はい、本当の姉さんのように、いつも相談に乗ってくれました」

「それでだが、卯兵衛がいなくなるとき、お前にその理由《わけ》を言やしなかったか」

「……なんにも」

「俺は口が固《かて》えし、卯兵衛が悪くなるようなことはしねえ。困っているようなことがあったら何とでもして助けてやりてえ。それだけだ」

「わたしも、卯兵衛さんがいなくなったと聞き、勾引《かどわか》しに会ったのではないかと心配しているわな」

「まだ、俺を信じちゃいねえな」

二三は友吉の髪から目を離さなかった。友吉がはっとして髪に挿した簪に手を当てた。

「もう隠しても手遅れだ。そりゃあ、卯兵衛が挿していた簪だ。そうだろう」

「……はい」

「卯兵衛から貰ったのだな」

「姐《ねえ》さんがいなくなる、少し前に。でも、最初はなぜわたしにくれたのか判りませんでした。いなくなって、はじめてこれは形見のつもりだったのだ、と気付いたわな」

「そうか。じゃ、いなくなる理由はお前にも言わなかったのだ」

「あい」

「他に、あとになって気付いたことはねえか。卯兵衛がいつもとは違っていたと思ったようなことはなかったか」

「……いつも姐さんは静かな人でしたが、いなくなる前は何かじっと思い詰めているような顔を見たことがござんすわな」

「それは、いつからだ」

「……今、思い当たるといえば、あのお侍の座敷に呼ばれたときからだったと……」

「どんな侍だ」

「お侍だけれど遊びに馴れたような方で、よし辰で姐さんを呼んで、船を仕立てて姐さんと二人、大川《おおかわ》へ出たようです」

「それは馴染《なじ》みの客か」

「むせさん、と呼んでいたわな」

この前に来たとき卯兵衛が言っていた吹殻咽人だ。

「その簪は卯兵衛がむせさんから貰ったものじゃないのか」

「いいえ。姐さんはむせさんが来るようになる前からこの簪を持っていましたよ」

二三は船で川に出たと聞いて、船の遊びというより、他人の耳を警戒する密談の場所として使われたような気がした。友吉はその侍の本名も着物の紋も知らなかった。

「じゃあ、もう一つだけ訊こう。卯兵衛を囲っていた男の名を知っているか」

「姐さんはその人をショウさん、と呼んでいました」

「どういう字を書く」

「……さあ」

二三はいつか一九から聞いた、東国屋庄六という名を思い出した。だが、庄六は神田錦町に住み、日本橋ではない。卯兵衛がヒョウさんと言っていたのを思い出す。

「もしかして、ショウさんでなくヒョウさんだったんじゃねえのか」

「……判らないわな」

「お前は江戸生れか」

「はい。深川でござんす」

江戸の生れはどうもヒとシの音があいまいだ。それがヒョウさんだとすると、卯兵衛は二三に本当の名を言ったわけだ。妾宅《しょうたく》のことだから世間を憚《はばか》って表札などはないが、その家は橘町の南、村松町《むらまっちょう》の裏にある、と友吉が教えた。

「ところで、この前に来たとき、この部屋にゃ役者の絵があった」

「……」

「二代目菊五郎の春駒おきくの立姿だ」

「知りんせん」

友吉は拗《す》ねたように吉原の里言葉を使った。

「卯兵衛が熊さんから貰った、と言っていた」

「知りんせん」

「今、屏風を見たんだが、その絵がなくなっている」

「知りんせん」

「どうした……怒っているのか」

「知らぬわいな。さっきから聞いていりゃ、卯兵衛、卯兵衛。このわたしは一体、何なんでござんしょう」

「……こりゃあ俺が悪かった。何か、弾いてくれ」

「卯兵衛さんの唄でなきゃ、お気に入りんすまい」

「そうむきになるなよ。もう卯兵衛のことは言わないから、一杯やりねえ」

二三が酌をしてやると、好きな口らしく、友吉は続けて三杯盃《さかずき》を乾し、

「ほんに辛気な三瀬川《みつせがわ》、知る白浪の寄る辺さえ、名残はいとど増鏡《ますかがみ》……」

あとの方に少しだけ節を付けて言った。

「今はどこへ行っても富本節だな」

「上品ですからのう。富本でしたらお大名でもなさいましょう」

松江《まつえ》藩の藩主、松平宗衍《むねのぶ》は富本豊前掾《ぶぜんのじょう》を大いに支援して富本の全盛期を築きあげた。富本豊前に「長生《ちょうせい》」の詩を作り、鶴の丸の紋を与えたというから、大変な打ち込み方だ。宗衍の長男、不昧《ふまい》の名で知られる治郷《はるさと》も富本に熱心で二代目富本豊前太夫《だゆう》を支持した。不昧の弟の衍親《のぶちか》も雪川《せっせん》と号して浄瑠璃や誹諧の名手である。大名屋敷や大奥では、器量はもとより手踊《ておどり》と富本の上手な娘でないと女中奉公ができないほどだ。新曲ができるたびにその富本の正本を一手に独占販売している板元が蔦重なのである。

「俺は富本より鶴賀《つるが》がいいな」

と、二三は言った。それを聞くと、友吉は急に打ち解けた口調になった。

「おや、嬉しいねえ。わたしも鶴賀が大好きさ」

「じゃ、聞かせてくれ」

「お前さんが唄いなよ。わたしの糸では不満だろうけど」

「それは言わねえ約束じゃねえか」

「約束したのはお前の方さ」

「……じゃ〈あわ島《しま》〉がいいかな」

友吉は糸の調子を合わせた。

〽雨が降るとてふくる日も
いとし可愛《かわい》のかずかずが
積り積りし雪の朝
つい居続けが癖になり――

二三が小声でひとくさり唄うと、友吉が後を続けた。美声というのではないが、新内が好きだというだけに、心を剔《えぐ》るような節廻しを思い切って唄う。

「鶴賀は切なくって明るい。ふしぎな節だな」

と、二三が言った。

「本当だねえ。これを聞いていると、楽に死ねそうな気がするねえ」

「死ぬだと、滅相もねえ」

「二三さん、これからも呼んでくれるかえ」

「ああ、来る」

「口先きだけでお言いでないよ。卯兵衛さんがいなけりゃ、来るはずはねえもの」

「いや、お前の唄が気に入った。また、聞きに来る」

「いっそ、卯兵衛さんが憎いよ」

「ほう……どうしてだ」

「二三さんをこれほど惚れさせて、いなくなるんだものねえ」

「お前、卯兵衛はここに戻って来ねえと思っているな」

友吉はそれには答えなかった。

気まかせといった感じで流しを弾いていたが、ふと、句のような言葉が二三の耳に届いた。

「今、何と言った」

「こしかたを思うなみだは耳へ入り」

「……誰に教えてもらった」

「卯兵衛さんに。『柳多留』で覚えた句でしょう」

「……待てよ」

正月、卯兵衛に渡した二十五篇にはその句がなかったはずだ。

「また、そんなきつい顔をする。わたし、今日は酔いたくなったわな」

「よし、じゃあ大きい奴で飲め」

二三は茶碗の中を盃洗《はいせん》に空けて友吉に持たせた。

「二三さんは手があるというよ」

「……誰がそんなことを言った」

「さあね」

「手があるとどうなる」

「恐いけど、見たいよ」

「見せてやろう。その代わりもう一つだけ訊かしてくれ。卯兵衛には熊とか虎とかいう客がいただろう」

「……熊さんね」

「どんな客だ」

「熊さんならお医者さんだわな」

「……医者？」

「昨年の暮、二、三度来たきり。ねえ。もういいだろう」

友吉の顔が上気している。懐から紙を取り出し、友吉は簪を抜いてその上に置いた。

見覚えのある蝶の飾りのついた簪。卯兵衛が形見のつもりで友吉に渡したのなら、二度とよし辰へは帰らないはずだ。


星の光が淡い。少し風があり、浜町川《はまちょうがわ》の水面を白く掻き立てている。

友吉と浜に送られてよし辰を出た二三は、千鳥橋を渡って堀端に沿って北へ、通油町を過ぎたところで、よし辰で借りた提燈《ちょうちん》をそっと袖で被《おお》い、緑橋《みどりばし》を渡って橘町に引き返した。

迂回したのは友吉に知られたくないからだった。二三は村松町にあるという、卯兵衛の家を見ないではいられなかった。

橘町の裏を廻り、友吉から聞いた、玄関に高麗袖垣《こうらいそでがき》のある家。遠くから見当をつけ、その家に近付こうとすると、一足早く提燈の明りが向うからやって来て、その家の門口で止まった。

提燈でやっと男だと判るぐらいだったが、男は家の格子戸を開けて、内に声を掛けている様子だった。すぐ、内から誰かが出て来て、男は玄関に入り、格子戸が閉まった。

二三は男が持っていた提燈の紋が、結び柏《がしわ》だとかろうじて見て取ることができた。

二三がその家の前に近寄って、格子戸の奥を覗うと、玄関の障子が閉められていて、ほのかな行燈の明りが映されているだけで、もう人の声は聞こえなかった。

玄関には履物が三足。一足は品の良い阿波《あわ》草履で一足は普通の駒下駄。他に赤い鼻緒がすがって歯の磨《す》り減った下駄が隅の方に揃えてある。これは家の女中のものらしいが、二足の方はどれが主客か判らない。

二三が考えていると、どこかで犬が吠えはじめた。二三は急いでその場を立ち去った。

その翌日、卯兵衛のことが気になって家にじっとしていられず、二三は昼にならないうちに村松町へ向かった。家を出るとき、店にある『柳多留』を四、五冊風呂敷包みにして持つのを忘れなかった。村松町の家に行き、卯兵衛からの注文で本を届けに来たと言えば、話の接《つ》ぎ穂《ほ》になると思ったからだ。

だが、その本の必要はなくなった。

村松町に着くと、半纏《はんてん》を着た三人の男が、その家の家財道具を外に持ち出し、大八車に積み込んでいるところだった。

「引越しかね」

と、二三はそのうちの年嵩《としかさ》の一人に訊いた。

「多分ね」

「どこへ運ぶのかね」

「うちの店。昨日、この家の道具を全部買い取ったんだ」

「……そうですか。わたしはこの家の人に会いに来たんだが」

「この家には女中が一人いるだけだ。それから、この家の大家だという人が中にいるから、その人に訊くといい」

二三は道具屋の後から家の中に入った。

玄関に上がると四畳半、奥が六畳の部屋で、小さな女中が拭き掃除をしている。その傍《そば》で白髪の男がもう一人の道具屋に何かを指図していた。

二三は丁寧《ていねい》に挨拶《あいさつ》をしてから、大家に自分は識り合いなのだがこの家はどこに引越すのか、と尋ねた。

「そりゃあ、俺にも判らねえ」

大家は愛想よく答えた。

大家の話によるとこの家は、笑三《しょうぞう》という男が借りていて卯兵衛という芸者を囲っていた。ところが最近、笑三の本妻が何か気付いたようで、このあたりを内儀忠義の番頭がうろついていたのを見た、という。笑三は入婿した男だから、これが露見したとなると、真っ裸で本妻の家から追い出されてしまう、という。

「……それは、大変だ」

「それで、急に引越すことになったんだ。大家さん、そういう理由《わけ》で居所を変えるから、礼を欠くようだが引越し先きを告げずに行きたい、と言う。だから、俺は笑さんの新居がどこか知らねえんだ」

「そうでしたか……その、笑三さんはここには長いことお住まいで？」

「いや、半年足らずでしたよ。家賃の払いはいいし、家は綺麗に使うし、いい店子《たなこ》さんだったが」

「笑三さんの本宅はどちらでしたか」

「……お前さん、さっき、笑さんと識り合いだと言ったのにそれを知らねえのか」

大家は急に疑わしそうな目をした。二三は突嗟《とっさ》にいい考えがうかばず、吉原で識り合ったなどとその場を取り繕っていると、

「おい、そりゃあ、いけねえ」

と、大家が大声を出した。

道具屋が二人掛かりで欅《けやき》の長火鉢を持ち出そうとしていた。

「その火鉢は俺が笑さんから譲り受けたんだから持ち出しちゃいけねえ」

「でも……約束じゃこの家の家財は全部、ということでしたよ」

「なんだ、約束だと。利いた風なことを言うな。この家の人はよんどころねえ事情があって、急には道具が持ち出せなかったんだ。そういう足元を見て、お前は安く値を積もったはずだ」

「そんなことはございませんよ。うちの店はごく良心的でして」

「それじゃあ、長火鉢は持って行け。その代わり、簞笥《たんす》の中の着物だが、着物は家財じゃねえからそこに置いて行け」

「……それは」

「どうだ。さっき、ちょっと中を開けて見たんだが、さすが芸者をしている女だ。いい絹物ばかりが揃っている。それをそっくり置いて行くんだな」

「大家さんにあっちゃ敵《かな》わねえ」

「そうだろう。その着物だけで、出した金が倍になって戻って来るんだ。大体、この家のことでお前に口を利いてやったのが俺だ。どうだ、それでも火鉢を持ち出すか」

「いえ、置いて行きます。私の店に話を持ち込んでいただきましたお礼の方は、また改めまして出直します」

「話が判りゃ、それでいいんだ」

拭き掃除をしていた女中が、水を替えるらしく手桶を持ち上げて台所の方へ歩きはじめた。なりが小さいから桶はかなり重たそうだ。二三は桶を持ってやり、台所に入って小声で声を掛けた。

「お前、この家へ奉公に来て、どのくらいになる?」

「去年の秋からこの家に来たです」

「そうか、俺はその前からここの旦那と識り合いなんだが、しばらく無沙汰をしていたから、お前と会うのははじめてだ」

「へえ――」

「お前の名は何と言う」

「せん、と申します」

「せん……笠森《かさもり》お仙《せん》のせんだ。きっと美人になる」

「お前さん口が上手だね。口が上手なのは気をつけべいと、お父《と》うが言っていただ」

「こりゃあ参ったな。俺はそんなに悪く見えるか」

「いや、いい人だ。桶を運んでくれたもの」

「ところで、お前は旦那の引越し先きに行くのか」

「いいえ、今日でお暇《いとま》になっただよ」

「そりゃあ困るだろう」

「でも、給金は一年分、いただきましたし、これからの奉公先も旦那さんが決めてくれただ」

「……今度の家はどこだ」

「ええと、織物町《おりものちょう》だっただか」

「……あまり聞かねえ町名だな」

せんはこれからその家の若い者が迎えに来るのだと言い、少し淋《さび》しそうな顔をした。敏感な年頃だから、半年でも一緒に暮していれば、大人の付き合い以上に情が深くなっているのだ。

「お神さんはやさしい人だったな」

と、二三が言った。

「へえ、叱られたことはねえです」

「旦那の方はどうだった」

「旦那さんもやさしかっただ。でも、お仕事で毎日はお出《い》でがありません」

「ほう……何日に一度やって来た?」

「三日に一度ぐらい」

「その日は泊るのだな」

「いいえ。夜にはお帰りになります」

「旦那とお神さんは仲が良かったろうな」

「へえ。故里《くに》のお父うとお母《か》あみたいな喧嘩《けんか》は見たことがねえです」

「二人はどんな話をする」

「……あまりしません。旦那さんのお出では遅いので、おれはいつも先きに寝てしまうだよ」

「そして、朝になると、旦那はいなくなっているんだ」

「へえ」

「旦那が来ても、お神さんが仕事で呼び出されて留守のときがある」

「へえ」

「そんなとき、旦那は何をしている」

「……本を読んだり、書きものをなさっているだ」

「機嫌が悪くなったりはしねえか」

「お神さんがいなくとも、変わりはねえだ」

「旦那は昼のうちに来ることがあるか」

「ございますだ」

「そんなとき、お前は使いにやられるわけだ」

「いいえ」

「じゃ、湯屋か」

「いいえ」

せんは意外にはっきりと否定した。子供でも主人の二人がどういう間かは、とうに承知しているだろう。もしそうでも、せんにやさしいという卯兵衛が、あからさまに日蔭者だというような答はできなかったのかもしれない。

二三は質問を変えることにした。

「昨夜、この家に客が来たろう」

「あれ……よく知っていなさるね」

「前にも来たことのある人か」

「へえ。東国屋という本屋さんだよ」

「……何をしに来た」

「貸本を受取りに」

「東国屋というのは、貸本屋なのか」

と、二三は念を押した。せんはふっと思い出し笑いをして、

「東国屋さんて人は面白えよ。真夏でも足袋《たび》を脱いだことがねえだよ」

後になって、二三が歌川国貞《くにさだ》から聞いた話によると、東国屋庄六は下駄屋の傍ら、貸本屋

を商いにし、足の指が六本あるところから指六《しろく》、それが庄六に転じたのだ、という。名だけに拘《こだ》わるなら、卯兵衛を囲っていた笑三という名は有名な狂言作者、金井三笑《かないさんしょう》の名をひっくり返した名である。

人の話を聞けば聞くほど、卯兵衛の正体が判らなくなってくる。

卯兵衛は吉原で五年の勤めを終え、年《ねん》が明けてから村松町で笑三という男に囲われたことは確かだ。ところが、せんの話を鵜呑《うの》みにするわけではないが、普通に考えられる旦那と妾の関係とは、少し様子が違うらしい。

旦那が妾宅に泊らないというのは、本妻に気兼ねをしているからだと解釈することができる。けれども、卯兵衛が芸者として橘町の茶屋に出て、乞われれば禁制を破り、客と一夜を共にするときもある。しかも、笑三と卯兵衛にはなにか濃密な雰囲気《ふんいき》に乏しいような気がしてならない。

二三はこのまま卯兵衛を放っておけなくなった。

村松町を後にして二三は浜町川に出た。よし辰とは反対に、南に向けて足を運ぶ。

友吉から訊き出したのだが、よし辰がいつも船を誂えるのは高砂橋《たかさごばし》のわらび屋だという。

浜町河岸《がし》を川下に行くと、すぐ船宿わらび屋が見付かった。「三本蕨《わらび》」の暖簾《のれん》を掛けた店だった。

奥から出て来た女将《おかみ》に、二三がわけを話すと、すぐ若い船頭を連れて来た。二三が小粒を紙に包んで渡すと、船頭はよし辰から呼び出されて、卯兵衛と客の侍を船に乗せたことを覚えていた。

その侍はいい身形《みなり》の遊び馴れした江戸侍で、これという特徴はないが、船頭はその顔を前にも見たことがあるという。船頭は山谷堀《さんやぼり》の船宿から吉原帰りの侍を乗せたことがあり、柳橋《やなぎばし》の料理屋からも二度ほど。帰りは必ず八丁堀《はっちょうぼり》だった。小粒の効き目で船頭はそれ以上のことを思い出した。

「さる藩のお留守居役で、咽人様と申します。へえ、住まいは八丁堀亀島橋《かめしまばし》」

咽人ならよし辰に出入りしているという吹殻咽人に違いない。だが、八丁堀には大名屋敷が多い。北八丁堀には奥州白河《おうしゅうしらかわ》藩主、松平越中守の上《かみ》屋敷がある。友吉は咽人がどの藩の侍かは知らなかった。

各地の大名は江戸の藩邸に留守居役という侍を置いている。留守居役は参勤交代で主人が国元に帰っても藩邸に詰めきりの定府《じょうふ》である。中には一度も国元に行ったことのない侍もいる。

留守居役は重要な役で、各大名間の情報を交換し合い、公儀の意向が自分の藩に影響するようなときは敏速正確に掌握して、先手を打つようにしなければならない。

その寄合いには酒があると円滑である、というところからその場所には高級な料理茶屋が使われているが、勿論経費は大名持ち、財政にも関わる役という気持から、その派手な遊興費が目に余るほどになった。

老中松平定信は改革に当たって、この寄合い茶屋に目を付け、その大方を取潰してしまった。

咽人というのが藩の留守居役なら、矢張り粛正の矢面に立たされているはずで、それでも茶屋酒の味が忘れられず、密かに橘町のよし辰へ出入りするようになったのか。それにしては、よし辰が安手すぎるような気もする。

船頭は二三に言った。

「ですがね、旦那。何のために尋ねているのかは判りませんが咽人という人の名が、あっしの口から出たことは誰にも言わねえで下さいよ。橘町へ行くときはいつも笠を冠って、隠れ遊びでしょうからね」

二三は絶対に口外しない約束をしてわらび屋を出、北に向かい、浅草門を抜けて蔵前《くらまえ》に着くころ、浅草寺《せんそうじ》の九ツ（午後零時）の鐘を聞いた。

諏訪町《すわちょう》のけんどん蕎麦《そば》「瓢雲《ひょううん》」のしじゅう蕎麦で腹拵《はらごしら》えをしてから馬道《うまみち》を北へ、日本堤《にほんづつみ》から、元蔦重の店があった五十間道を通ると、新吉原の大門。

馴染みの引手茶屋《ひきてぢゃや》「玉助《たますけ》」で社楽斎万里を呼んでもらい、待っていると、目がうるみ腫《は》れぼったい顔をして万里がやって来た。

「珍しいですねえ、若旦那どうしたんです。こんな早くから」

「今日は遊びじゃないんだよ。ちょっと訊きたいことがあってやって来たんだ」

「……改まって、なんです。どんなことでしょう」

「実は、前にいた丁字屋の卯の里なんだがね」

卯兵衛の吉原での源氏名は卯の里だった。二三は久し振りに卯の里の名を口にして、胸に熱いものがこみあげた。万里はうなずいて、

「判りましたよ、若旦那。この節、すっかりお見限りで、皆が噂をしていた通りなんだ。あなたは卯の里と一緒にどこかへ鞍替えしていたんでしょう」

二三は気軽に笑えなかった。正直に卯の里に夢中だったと言い、橘町での卯兵衛の行方が判らなくなったので心配している。これには深い事情がありそうなのだが、思い返してみると、卯の里については ほとんど知るところがない。卯の里自身、自分の過去を全く話そうとしなかったし、年季明けの卯の里を囲っていた、笑三という男も、自分の素姓を知られるのをひどく恐れていたようだ、と二三は万里に言った。

「万里さんは廓《なか》のことなら、何だって知ってるじゃないか。吉原の歴史から、どの女がどんな彫物《ほりもの》をしているかまで、これぞ知らないものはないという」

「若旦那、少し会わねえうちに、ずいぶん世辞がうまくなったね」

「今日は遊びじゃなくて気の毒だが、何とか力になってもらいたいんだ。いつか、この穴埋

めはきっとするから」

「判りました。それほどまで卯の里に打ち込んでいなさるんでしたら、どんなことでもしやしょう――と言うものの、わたしも卯の里についちゃあどうも自信がない。大体、地味な妓《こ》でしたからなあ」

「わたしはそういうところが好きでならないんだ」

「判りましたよ。お惚気《のろけ》はもう充分。ちょっと丁字屋まで走って親父の長十郎《ちょうじゅうろう》と話して来ます。卯の里の抱え主なら、素姓は知っているでしょう」

二三が店先きで煙草を吸っていると、万里はほどなくして帰って来た。帰りが早いのはあまり成果がなかったのかなと思っていると、案の定万里ははかばかしくないと言う。

「どうも、長十郎親父も年を取ったね。すっかり物忘れが激しくなって、卯の里なんて子はいたかな、などと言う始末だ」

それでも、万里があれやこれや言い立て、やっと長十郎の記憶を引き出したのだが、年季明けのとき身請証文は処分してしまったので、卯の里の親元になった男の居所もはっきりしない。もっとも、吉原では多くの場合、身売りの仲介人、女衒《ぜげん》が親代わりになる例が多く、証文に書かれた親というのはほとんど当てにはできない。

ところが、卯の里の場合、証文を書いたのは実父でこそないが、きちんとしたもの堅い男だったという。その男が卯の里を連れて来たのは天明八年の秋、六年ほど前のことである。

卯の里は京都のさる大家の生まれで、成人して然るべきところに嫁ぎ、それまでは何一つ不自由な暮しをしてこなかったのだが、天明八年の正月の京都の大火災で家が焼失した。不運なことに、婚家と実家の全員が焼死し、全財産を失い、卯の里は頼るものがなにもなくなってしまった。

卯の里の親元になった男は江戸の人だったが、たまたま商用で京都に上り、卯の里の実家に出入りしていたのである。卯の里の家には恩義があり、この惨苦を放っておくことができず、相談を申し出ると、卯の里は苦しい思い出だけが残る京都にはいられない、どんな仕事でも辛棒するというので、一緒に江戸へ下って来たのだ。

卯の里はそのとき二十三歳だと言った。吉原では若くはないが、長十郎は卯の里の器量と京育ちの良さが気に入り、五年の年季を決めて証文を取り交した。その給金は親元が持って行った。その金で亡くなった卯の里の一家を弔い、残りは卯の里の年季明けにそなえるのだという。

「その、親元という男が、年明けにも来て、卯の里を連れて行ったそうです」

と、万里が言った。

「親元は卯の里が店に出てから、会いに来たことがあるのかな」

「わたしもそれが気になりましたがね。店で親元を見掛けた者はいねえようです」

「卯の里の馴染みの客は？」

「それはいろいろいたでしょう。でも、あまり評判のいい方じゃあなかった。上品すぎるのも良し悪しでね。座敷がどうも陰気だ。ねえ、若旦那。一体、卯の里のどこが良かったんですかい」

「だからさ、俺と同じような唐変木が、もっといたってよさそうじゃないか」

「ところが、卯の里も気に入っているいい人というと、二三さん、あんただけだ」

「いい人なもんか。本当のいい人だったら、年《ねん》が明けたとき、俺のところに来るはずだ」

「若旦那、そんな約束でもしたんですかい」

「いや、いろいろ持ち掛けたんだが、とうとう卯の里はうんと言わなかった」

「……勿体ねえ話ですねえ。きっと卯の里は融通の利かねえ女だったんだ。火事のとき助けてもらった親元に義理を立て通して、年《ねん》が明けるとその親元の囲い者になった」

万里の話は一応筋は通っているが、二三はそれでも納得できないところがあり、もっと奥が深いような気がした。だが、それ以上、卯の里にこだわり続けるのは万里に対してうしろめたい。

「まあ、長十郎が思い出したのはそんなところでさ。吉原奉公は身を沈めるというくらいですから、良い家で育ったような女はなかなか昔を言いたがらねえ。はるばるいらっしゃったのにはかばかしくなくて面目ねえんですが」

「いや、いつも言いたがらない卯の里の素姓を調べるのは、容易じゃあないと思っているから、親代りをした男がいたと判っただけでも来た甲斐があった」

二三はいくらかを紙にひねって万里の手に握らせた。万里は頂いて、

「話は違うんですがね、今、扇屋《おうぎや》に道陀楼《どうだろう》さんたちが集まっていますよ」

「……道陀楼さん？」

「ええ。朋誠堂喜三二《ほうせいどうきさんじ》の名で黄表紙を書いていた、道陀楼さん」

それならよく知っている。蔦重が出板した『文武二道万石通《ぶんぶにどうまんごくどおし》』の作者である。喜三二は松平定信がはじめた寛政の改革での文武奨励を面白おかしく諷刺《ふうし》して、これが黄表紙としては空前の売行きになった。これまで黄表紙などはいわゆる通人の読みもので大した部数は出なかったのだが、この本ではじめて一般の読者も手を出すようになったのだ。この黄表紙の絵を描いたのが哥麿である。

蔦重はこの大当たりに乗じて、恋川春町にすすめて『鸚鵡返文武二道《おうむがえしぶんぶのふたみち》』を書かせ、京伝や唐来三和《とうらいさんな》の黄表紙を出板、いずれも売れに売れたのだが、たちまち発禁、絶板処分になった。

恋川春町は駿河の小島《おじま》藩の留守居添役である。定信は春町を呼び出そうとしたが病気を理由に応じなかった。このすぐ後、春町は病死した。定信の召致を苦にしたため死期を早めたとか、自害したとも言われている。

喜三二も本名を平沢常富《ひらさわつねまさ》といい、秋田藩の留守居役で、春町と同じ立場だった。喜三二の本が絶板になって以来、改革批判を恐れた主家から命ぜられ、黄表紙の筆を折らなければな

らなかった。そのとき、喜三二の名を捨て、道陀楼主人の名を使うようになったのだ、という。

「道陀楼さんたちは、蔦重の接待ですよ。もっとも、蔦重は朝のうちに帰ってしまいましたがね」

と、万里は付け加えた。

蔦重の招待だとすると、なにか新しい出板の企画が進められているに違いない。二三は興味を持った。

「道陀楼さんの他には、どんな人が集まっているのかね」

「中村故一、吹殻咽人、捨来紅西《すてきのあかにし》」

万里は俳名を並べて、

「私も今までその座にいたんです。遊びに行きませんか」

二三は吹殻咽人の名を聞いて、落着かなくなっていた。よし辰でむせさんと呼ばれている留守居役だからだ。だが、渡りに船でのこのこ行っては無遠慮のような気がした。

万里はそれを見て、懐工合を気にしていると思ったらしい。

「二三さんに負担は掛けさせませんよ。全部、蔦重が持ちますから」

「……いいのかい」

「ええ。大威張りで。蔦重は花久さんのお株を奪おうとしているんですからね」

「すると……いよいよ『古今前句集』の段取りがはじまっているんだ」

「ご存知でしたか。それなら話が早い」

扇屋は江戸町《えどちょう》一丁目、廓《くるわ》を縦断する仲《なか》の町《ちょう》をすぐ右に入った三軒目の大店である。昼の通りは客もまばら、吉原見物の旅人や、大店には目もくれない勤番侍。目に立つのは道に出て遊んでいる子供と物売り。その様子は普通の町と変わらない。

扇屋も昼見世の時刻だが、格子の内の女は漫然と手紙を書いたり本を読んだりしている。

店の若い者に案内されて表階段を二階へ。

道陀楼たちは広い座敷に、坐ったり寝そべったり、思い思い書きものをしたり摺物を読んだりしていた。女が三、四人だが座敷は静かで、昼下りのけだるい気分にひたっている。

道陀楼は六十ぐらい。顔をふとあげて、

「おや、二想さんかい。ちょうどいいところへ来た。訊きてえことがある」

と、手にした摺物に目を移した。

「麹屋《こうじや》の梅の花とは見たれども。この本歌はなんだったな」

二三が摺物を見ると川柳評の開《ひら》きだった。投句された句を川柳が選し、それを発表した摺物である。

「確か〈我が国の梅の花とは見たれども大宮人《おおみやびと》はいかに言うらん〉でした」

「そうだった。年を取るのは閉口だ。物忘れだけが上手になる」

そして、女の方を見て、

「どうだ、若浦《わかうら》。いい句だろう」

「……そのようですね」

「こいつ、負けず嫌いな奴だ。判りませんと言えねえのか」

「だって、判っていますもの」

「どう判った」

「前九年《ぜんくねん》の役《えき》で敗れた安倍宗任《あべのむねとう》が京へ連れて来られたときの歌でしょう」

「……それから？」

「京のお公卿《くげ》は大男の東　夷《あずまえびす》を笑ってやろうと思い、梅の花を一枝手折って来て宗任に見せ、この花の名を存じておるかと訊いた。宗任は即座に、我が国の梅の花とは見たれども、大宮人はいかに言うらん、と答え、赤面したのはお公卿の方だったという話」

「じゃ、それがなぜ麴屋の梅の花なんだ」

「……」

「それまで知らなきゃ、判ったうちには入らねえ」

もう一人の女が口を挟んだ。

「それは梅を早く咲かせる法。麴屋の室《むろ》に入れておくと、早咲きの梅ができましょう」

「こりゃ、参った。二人掛かりじゃ敵わねえ」

二三が道陀楼に訊いた。

「それは、いつの開きなんですか」

道陀楼は摺物の最初の方を見て、

「宝暦十二年午《うま》だ」

「それは古い。私もまだ生まれていませんよ」

「そうだろう。ざっと三十年も前の開きだ」

二三が改めて座敷を見ると、そこここに開きが山積みにされている。

「本当に古今の句を読み通しているんですね」

「そうさ。昔の句にはいいのが多いな。勿論、川柳評の他にもある。さように古き歌を引かば、何とて僧正遍昭《そうじょうへんじょう》は――」

道陀楼は謡《うたい》の節を口ずさんで、

「そうだ。〈似せ医者と人に語るな女郎花《おみなえし》〉というのがある」

「古今集でございますね」

と、若浦が言った。

「あるとき、僧正遍昭が落馬して詠んだという。〈名にめでて折れるばかりぞ女郎花、われ落ちにきと人に語るな〉」

「偉い、その通りだ。天、二物を与えずだな」

「わたしがお多福だと言いたいんでござんしょう」

「いや、器量じゃねえ。床《とこ》のことだ」

「知りんせん」

傍《そば》にいた作者の中村故一が笑って、

「道陀楼さんの選はどうも難しくっていけねえ」

「そうかい」

「今の若い者に、安倍宗任だ僧正遍昭だと言っても判りませんよ」

「……どうも、世も末だの。本歌取りは狂歌の常だ」

「本歌取りでなくっても、すらっと読めて判るいい句がいくらでもあるでしょう」

「たとえば？」

「〈忍ぶ夜の蚊は叩かれてそっと死に〉」

「なるほど」

「〈登っても峠をしらぬ欲の道〉」

道陀楼は二三の方を見て言った。

「二想さんも、好きな句があるだろう。一つ聞かせてくれないか」

「へえ、私の大好きな句と言いますと〈こしかたを思うなみだは耳へ入り〉」

二三は部屋に散らされている開きを見ているうち、その句が川柳評にあったのを思い出した。句を言い終ると、今まで寝そべって開きを読んでいた男が急に起き直った。二三は全員の反応をそっと窺っていたのだが、態度を変えたのはその痩《や》せた男一人だけだった。

道陀楼が言った。

「そりゃあ、いい句だ。川柳評かね」

「ええ。確か天明二年の開きだったと覚えています」

「そうかい。いい句を教えてくれた。まあ、一杯やってくれ」

道陀楼は膳を引き寄せて、盃を盃洗ですすいで二三に持たせた。二三が盃を干すと道陀楼は故一を指差し、

「これは中村故一さん」

と、紹介した。

「故一先生なら、存じ上げております」

「そうだったかい」

「如皐先生の葬儀のとき、お目に掛かりました」

故一も二三を覚えていて、軽く頭を下げた。

「じゃ、あっちに散らばっている二人は」

「いいえ、まだ」

「そうかい。じゃ、お引き合わせしましょう。この方は『柳多留』の板元、星運堂花屋さん

「それから、あの裕福人みたいのが、吹殻咽人さん」

男は言葉少なくよろしくと言っただけだが、響きのいいよく通る声だった。

「この色男が捨来紅西さん」

道陀楼は傍に寄って来た、顔の角張った三十七、八の男に手を差し伸ばした。

の若旦那で花筏二想さん」

裕福人とは反対だった。咽人は三十代に見える、色の黒い瘦せた骨太の男で、俳名の通り煙草に咽《む》せる表情が一番似合いそうだ。左眉の上に大きな黒子《ほくろ》が見える。

「そうですか。あなたが花久さんの。今度は蔦重が無理なことを言いました」

と、咽人はなかなか如才がない。二三はものが言い易くなった。

「それなんですがねえ。蔦重さんはどうして前句にまで手を出すようになったんですか」

「そう。今まで蔦重は前句を開板したことがない。でも、なにも花久さんの畠を荒そうというのでもない。蔦重は狂歌に見限《みき》りをつけたんです」

「しかし……狂歌には高名な先生方が揃っているじゃありませんか。前句の方はどれも素人の手慰み。点者の宗匠だって狂歌に較べたら大したことはない」

「そこがいいんだな」

と、道陀楼が言った。

「つい、今も故一さんがいみじくも言いました。前句にはすらりと読めていい句がいくらでもある。ところが、狂歌はそうはいかねえ。狂歌はどうしても縁語や掛詞《かけことば》などの技巧に囚われがちだ。本歌取りも欠かせねえから、古今集や百人一首などを若い者が知らなくなると、いくら骨を折っても糠《ぬか》に釘なわけだ」

「手っ取り早く言うと、前句は狂歌よりも字数が少ねえ。それだけ作るのが楽なわけだ」

と、咽人が言った。

女が新しい徳利を運んで来る。全員は車座になって酒を汲み交わしはじめた。

「蔦重は強的《ごうてき》に先きの見える男だ」

と、道陀楼はしみじみと言った。

「ご存知だろうが、蔦重ははじめ吉原の蔦屋の養子になり、大門口の五十間道に小さな本屋の店を構え、吉原細見を売り出してたちまち大きくなった。次に、今流行の富本の正本の板元組合に加わって、富本正本を出板するようになる。吉原と芝居、江戸の大きな二本の花を自分の庭に植えてしまった。その間にも、哥麿を筆頭に多くの絵師を育てて浮世絵を開板する」

「蔦重が日本橋通油町へ進出してからは、狂歌の時代だ」

と、咽人が言った。道陀楼はうなずいて、

「確かに天明は狂歌が全盛だったな。蔦重は狂歌でも工夫を凝らした。狂歌と浮世絵を結び付けて『吾妻曲狂歌文庫《あずまぶりきょうかぶんこ》』は北尾政演の絵がまた美しく上上の出来栄えになった」

咽人が言った。

「次が、道陀楼さんの黄表紙でしょう」

道陀楼は他人事のように、

「あれには驚いたな。書いたこの喜三二もびっくり仰天。蔦重も目算はあったろうが、あんなに売れるとは思わなかった。あまり評判になりすぎて公儀の目に止まって発禁。俺も朋誠堂喜三二の名が使えなくなった」

と、笑った。道陀楼は発禁を気にして亡くなった春町のような脆弱《ぜいじゃく》さはないようだ。

「だが、蔦重はその動き方を見て、本というものはもっと売れるものだと悟ったんだな。それには、今までの通人が喜ぶような七面倒な狂歌のようなものではだめだ」

「それで、川柳に目を付けたんですか」

と、二三が言った。道陀楼は女の酌を受けながら、

「もう一つ問題がある、てえのは、作者の方だな。蔦重が身上半減の闕所《けっしょ》を受け、京伝が手鎖五十日を申し渡されたことでも判るとおり、今度の改革は今までとはちと違う。町人ならまだしもだが、今まで戯作や狂歌を作っていた侍は当然ながら怖《お》じ気《け》付く。大田南畝の四方赤良《よものあから》がさっさと身を退《ひ》いて宮仕えに励むようになったのがいい例だ」

「お叱りに懲りねえで、名を変えてまだ書いていらっしゃる先生もいる」

と、万里が言った。

「そんなのは数は多くねえ」

と、道陀楼が言った。

「しかし、道陀楼先生の『羽勘三台図絵《うかんさんだいずえ》』はよかったですよ。芝居町では大評判でしたね」

「あれだって一歩間違えば危ねえもんだ。林子平《はやししへい》が処罰された、異国趣味だと言われたら、ぐうの音も出ねえ」

定信の出板取締りは黄表紙や洒落本だけではない。寛政四年には林子平の『三国通覧図説《さんこくつうらんずせつ》』と『海国兵談《かいこくへいだん》』が絶板、出板元の須原屋《すはらや》は重過料に処せられている。外国の啓蒙《けいもう》書も法度《はっと》だった。道陀楼の書いた本は、そうした異国趣味を取り入れている。

道陀楼は言った。

「しかし、俺みてえな侍は書かなきゃ事が済む。物を書かずに廓遊びもせずに、贅沢さえしなかったらどうにか食っていける。ところが蔦重はそうはいかねえ。本を出さなきゃ乾上《ひあ》がってしまうさ」

「ですから、書くのを辞めねえで、せいぜい遊んで下さいよ。家ん中で鼻毛を抜いている先生の顔は見たくもありませんからねえ」

と、万里が言った。

二三はふと蔦重の考えは正しいのではないか、と思った。

確かに喜三二の『文武二道万石通』がきっかけで、それに類する黄表紙が爆発的に売れはじめた。続いて唐来三和が書いた『天下一面鏡梅鉢《てんかいちめんかがみのうめばち》』は星梅鉢《ほしうめばち》が松平定信の定紋。それを題に入れたとおり定信への痛烈な諷刺で、あまり売れるため板元では製本が間に合わず、中身に表紙と綴《と》じ糸を添えて売ったという。

蔦重から一味違う前句集がどっと出廻れば、それに刺戟《しげき》されて、本家の『柳多留』の売行きも伸びるような気がしてきた。

「そうそう、忘れていた。二想さん」

と、万里が言った。

「花魁を呼びましょう。二想さんの相方は誰さんでしたか」

「……いや、私はさっきも言った通り……」

「いけませんよ。座敷へ上がって呼ばねえのは。あたしが取っちめられやす」

二三は度胸を決めた。

「この店に馴染みはいないんですが、まあ、いいようにして下さい」

「そうですか。じゃ、任せて下さい。いい子を連れて来ましょう」

万里は座敷を出て行った。道陀楼が二三に言った。

「花屋さんの馴染みは丁字屋だったね」

「ええ。でも蔦重さんのように派手な真似はできません」

「丁字屋のひな鶴《づる》は哥麿の錦絵になった。丁山《ちょうざん》は芸が達者だ」

二三は勝負に出るような気持で言った。

「丁字屋に卯の里という女がいました」

「……卯の里ね」

「卯兵衛といっていたときもあります」

道陀楼は首を捻ったただけだったが、咽人は真顔になるのが判った。紅西はただ酒を飲み続けている。

もし、咽人が卯兵衛とただの識り合いならなにか相槌《あいづち》を打つと思う。だが咽人は難しい顔をしたままだった。二三はそれ以上のことが言えなくなった。

「その、卯の里という女が二想さんの馴染みだったのかね」

と、道陀楼が訊いた。

「そうだったんです。卯の里の年《ねん》明けまで待ちましたが、だめでした。他の男に持って行かれました」

「……それは、いつのことだね」

「昨年になります」

「とすると……なるほどな。二想さんは年上好みなんだ」

「どうも、忸怩《じくじ》たるもので」

「なに、結構だ。俺だってこの年をしてもまだ年増がいい」

「おれは豊島屋《としまや》の白酒がいい」

と、紅西が言った。

そこへ、万里が戻って来る。扇屋の主人、宇右衛門《うえもん》と一緒だった。女は万里が二三の好みを心得ていて、物腰の静かな年増盛り、名をとみ本《もと》。

「おのおの方、仕事は順調——とは見えかねますな」

と、扇屋宇右衛門が芝居の台詞《せりふ》のような口振りで言った。

道陀楼はいつの間にか酒宴になってしまっている一座を見渡して笑いながら、

「なんの、今、一休みしているところです。朝からきつい捗《はかど》りようだ」

「女たちが邪魔をしませんか」

「いや、逆にはかがいく。字は上手だし、学がある。今も若浦に僧正遍昭の歌を教えてもらったばかりだ。さすがに、五明楼《ごめいろう》の花魁は主人の仕込みが違う」

「恐れ入ります」

扇屋、またの名を五明楼という。主人も歌が好きで五明楼墨河《ぼくが》という俳名を使う。墨河の妻の名はかねで表徳はいなぎ女。扇屋の娼妓《しょうぎ》はかねが工夫した稲城《いなぎ》結びという特別の髷《まげ》を結っている。

墨河は改めて皆に酌をして廻り、二三のところにも来て、

「『柳多留』二十五篇、拝見しましたよ」

と、言った。

二三は冷汗が出る思いだった。

今、古い句の開きに取組んでいる人たちを見ると、埋れた開きの中から、より高度な句を選び出そうとしているのがよく判る。砂の中から珠《たま》を探すに等しいその作業を楽しそうに進めているのは、前句の持つ面白さを再認識しているからに違いない。道陀楼は次の時代は狂歌より前句だ、とはっきり言っている。

それに較べると、花屋は川柳の没後、川柳評がなくなったとき、なすすべもなく手をこまねいていて、翌年やっと川柳追善篇を出板するありさまだ。それからまた二年、今度は桃井《ももい》庵和笛《あんわてき》の和笛評と、川柳派の人たちの助けを借りて二十五篇が成った。その内容は決して自慢できるものではない。

二三は墨河に、

「こういう喧《やかま》しいときですから、どうも切れ味のいい句が載せられませんでした」

と、改革にかこつけるのが精一杯だった。

「そうでしょう」

と、墨河はうなずいて、

「前句は短いだけに、よく研ぎ澄まされている。人の胸に深く突き刺さる句が多いですな」

「それで神経を使います」

「しかし、前句は懐が深い。大変に風雅な句があると思うと、極めて卑俗な句もあって、それが自然に同居できるところが強味でしょう」

つまり、時事を諷したりするのは、前句のごく一部なのだ。それを封じられても、前句の屋台骨がゆらぐはずもない。

二三は抑圧された世の中の底から、何かが動きはじめたような気がした。それは、前句だけの世界ではない。芝居町にも今までにないことが起こりそうな予感がしてならない。

「矢張り蔦重という人は違う」

二三が独り言のように言うと、墨河は、

「蔦重さんというと、二想さんも富本の正本披露に呼ばれているでしょう」

と、言った。二三がええと答えると、墨河は、

「私たちも根生院に呼ばれていますから、またそこでお会いできますね」

と、言った。

「俺も声を掛けられたが、行かねえ」

と、道陀楼が言った。

「おや、気に食わないことでもおありですか」

「大ありだ。蔦重はとんでもないれきを呼ぶそうじゃねえか」

「道陀楼さんご存知ですかい」

「ああ、ご存知だね。さっき、蔦重の口から聞いた」

「いいじゃあないですか。どうせ無礼講だから」

「いや、駄目だ。蔦重も人が悪いぜ」

二三は道陀楼がこうも嫌う相手は誰か知りたくなった。

「どんな方方が集まるんですか」

万里はその披露の手伝いをしているようだった。

「富本の正本披露ですから、まず、富本豊前、捨来紅西……」

「紅西さんは富本の方だったんですか」

と、二三が訊いた。

「そう。あんな顔でもいい声が出る。富本の名が細島古兵衛《ほそじまふるべえ》」

「万里、顔は余計だ」

と、紅西が言った。万里は続けて、

「芝居町からは、狂言作者の金井三笑、中村重助。役者では瀬川菊之丞、市川門之助《もんのすけ》、坂東彦三郎など。絵師では谷文晁《たにぶんちょう》に勝春朗《かつしゅんろう》。作者の山東京伝、狂歌の吹殻咽人。相撲の宮城野《みやぎの》に式守《しきもり》さんの神さん。本屋の二三さんに東国屋庄六。あとはここから遊君が何人かに、お忍びの殿様が加わるそうだが、これが道陀楼先生気に入らない」

当代の有名人の名が万里の口から飛び出すたび、二三はびっくりした。

「さすが、蔦重さんですね」

だが、万里は平気な顔で、

「なあに、あの人にすれば、これでも大人しい方だと思っているだろう。まだ世の中が緩やかだったころ、十年以上前になるかな。蔦重は作者の桜田治《さくらだじ》助《すけ》に頼み、豊前太夫が語る富本の文句に、遊君の名尽しを書いてもらったわな。その、富本で踊る菊之丞と半四郎の春駒を見るので吉原の遊君が総見に来た。禿《かむろ》、若い衆が付き添って、中村座の二階座敷、七間続きを埋めた。芝居は大当たり、その富本が江戸中に流《は》行《や》った」

それには、当然五明楼墨河や、大文字《だいもんじ》屋《や》の加《か》保茶元成《ぼちゃのもとなり》も加わっていたはずである。

「勿論、正本も売れただろうな」

「そう、蔦重の目論《もくろ》見《み》が当たって、正本で大きに儲け、今度は吉原にお礼だ。蔦重は作者や絵師を大勢招いて、京町《きょうまち》の大文字屋で大宴会を開いた。もう、あんな真似は誰にもできねえ。やったとしたら、贅沢の罰を受けてどんなことになるかしれやしねえ」

「そんな偉い先生方が沢山集まるとは思いませんでした」

「なに、構うものか。そういう会は上も下もない」

二三は臆していたわけではなかった。その席に行き、会っておきたい人物がいる。今、万里の口から、卯兵衛とつながりのありそうな者の名が三人まで出たからである。金井三笑、東国屋庄六、そして吹殻咽人はこの場所にいるが、その正体はまだ判らない。

「じゃあ、墨河さんに仕事のはかいきを見せてやろう」

と、故一が言って、傍に置いてある古びた帳面を手に取った。部厚な帳面にはびっしり句が書き込まれている。昔から気に入った句があると書留めておくらしい。

「最初《はな》の句は……どれだったかな」

「春の部で〈札帳に徳兵衛《とくべえ》とこそ書かれたり〉」

と、咽人が言った。

「そう。いかにも春らしい穏やかな句だ。これが古兵衛じゃいけねえ」

紅西は苦が笑いしながら盃を口に運んでいる。

「それから、結びの句。これこれ。〈工夫してきのうへもどる紺《こう》やかた〉」

墨河はその句を嚙みしめるような顔をして、

「なるほど、新しく工夫して作った紺屋の形見本でも、よく考えると昔にも似たようなものがあった——よく穿《うが》ちました」

「世の中というものは、ゆっくり廻っている水車みてえなもんです」

故一は帳面を閉じてしまった。

「それから？」

と、墨河は後を促した。

「今のところ、それだけ」

「……たった、二句だけなんですか」

「そう。物事は最初と最後が肝心だ。それが決まりゃ、後は自《おのずか》ら出来てくる」

「そんなもんですかねえ」

「さっき、二想さんが言った句を頂きましょうよ」

と、紅西が言うと故一は横目で見て、

「あんたはさっきから酒ばかり飲んでるじゃねえか」

「だって、私は飛び込み。故一さんに誘われて来た、野次馬之助ですから」

「どうも、酒飲みは横着なことには頭が廻るな。どんな句だった」

「〈こしかたを思うなみだは耳へ入り〉」

と、二三が言った。

「秀句だな。何の部に入れよう。雑の部か」

「いえ、恋の部です。その題は恋しかりけり恋しかりけりでした」

「しかし……恋と決めねえ方が句が大きくなる」

紅西は爪楊子《つまようじ》を指先きではじいた。楊子は小さく飛んで開きの上に落ちた。紅西はその場所に顔を寄せて、

「うん、ここにも秀句がある」

「どんな句だ」

故一は不満気に言った。

「〈御代参《ごだいさん》だんだん事がもっちょうじ〉」

「楽しいお座敷でござんしたねえ」

「とみ本というだけあって、お前の富本もよかったぜ」

「いいえ、唄などつまりません。先生方のお話の方がようござんした」

「お前は誹諧が好きか」

「はい。普通のお座敷はただ騒がしいだけ。句を口にする人はいませんもの」

とみ本の座敷。誹諧が好きという言葉は本当らしく、用箪笥の上には何冊もの本が重ねられている。しかし、

「お前の句を聞かせてくれ」

「まだ、未熟でござんす」

「いいじゃねえか」

「では……〈三夕《さんゆう》のほかの夕暮仲の町〉」

これだから女は油断ができない。『新古今集』の中で同じ秋の夕暮を詠んだ「三夕」に吉原仲の町の夕景も負けないということの句は、昔の『柳多留』に選ばれている。二十年も前の

本だ。

「大したもんだ。すっかり見直した」

「二想さん、奥さんはいなさるのかえ」

「……いやあしねえ」

「じゃ、どこぞの店に馴染みがいなさんすね」

「いや」

「嘘じゃござんすまいね」

「秋の夕暮だ」

「え？」

「いや、これからはせいぜい飽きずに通おう」

「嬉しいねえ」

「ところで、さっき富本を語った紅西というのはどこの人だ」

「ああ、あの飲んだくれさんね。今日はじめて来た人だから、何も知らない」

「じゃ、咽人は？　吹殻咽人」

「あのお侍は、徳島藩のお留守居役だと聞いたよ」

「……阿波の徳島。蜂須賀《はちすか》様だ」

「ええ。住まいは八丁堀」

そのとき、部屋の外から若い者の声がした。とみ本は返事をして床を抜けて、なにやら二た言三言。すぐ、戻って来て、

「二想さん、済まないねえ。お内証で用事があるんだとさ」

「構わねえ、行って来ねえ」

「すぐ戻るからね」

二三は退屈まぎらしに、用箪笥の上に乗っている本を取り上げた。その内の一冊に『吾妻曲狂歌文庫』があった。さっき座敷で話題になった本だ。二三は本を手に取った。表題に「天明新鐫《しんせん》五十人一首」という角書《つのがき》がある。

編者は宿屋飯盛《やどやのめしもり》、画図は北尾政演、板元は蔦屋重三郎。

美麗な彩色摺りで一丁に一人の狂歌師の肖像と狂歌が載せられている。冒頭が酒井《さかい》抱一《ほういつ》の尻焼猿人《しりやけのさるんど》、次が大田南畝の四方赤良、以下、市川鰕蔵の花道《はなみち》つらね、道陀楼の手柄岡持《てがらのおかもち》の名も見える。狂歌が遊びなら、こんな贅沢な遊びもないだろう。

二三が丁を操っているうち、吹殻咽人の名が見付かった。咽人は裃に袴《はかま》で刀を差して坐り、どういうわけか蛇《じゃ》の目《め》傘《がさ》を開こうとしている。狂歌は「かきながす文のあや瀬にこきうすき墨田《すみだ》川《が》原《わら》の筆の枯芦《かれあし》」と書き、文のあや、こき薄き墨、筆、かれ、墨田川、ながす、あや瀬、枯芦と、数多くの縁語を巧みにまとめた句である。

二三は咽人の姿を見ているうち、ふとあることに気付いた。袴の模様である。普通には見

掛けない柄で、鳥居と貝とが散らされている。

――咽人の名を暗示しているのではないか。すると、咽人の本名は鳥井甲斐《とりいかい》？

とみ本は明け方まで部屋に戻って来なかった。

半四郎鹿《はんしろか》の子《こ》

二三を乗せた朝帰りの猪牙船《ちょきぶね》は、山谷堀《さんやぼり》から三囲稲荷《みめぐりいなり》を対岸に見ると、船頭は面舵《おもかじ》にして右に船を向け、そのまま大川をゆっくりと下っていく。

吾妻橋《あづまばし》をくぐり、やがて蔵前の首尾《しゅび》の松、左手には椎木《しいのき》屋敷のあるうれしの森。このあたりの景色にはさまざまな思い出が連なるが、ほとんどの場合甘く、あるいはほろ苦い。この日ほど味気のない索莫《さくばく》とした思いで通ったことははじめてだった。二三がぼんやりと蒲団《ふとん》に凭《もた》れているので船頭は遊びの疲れと思うらしく、声を掛けるのを遠慮して黙黙と艪《ろ》を使っている。

そのうち、両国橋が大きく近付き、右が神田川にかかる柳橋。船頭は艪の動きを小さくしながら柳橋の方へ舳先《へさき》を向ける。そのまま神田川をさかのぼって昌平河岸《しょうへいがし》で船を上がれば、花屋の店は目と鼻の先きだった。だが、船が柳橋に近付いたとき、船頭の艪がおかしくなった。

「いけねえ、何か絡み付きやがった」

船頭は舌打ちをして、

「旦那、ちょっと揺れるかも知れねえから、気を付けてくんなさい」

と、艪に力を加えて引き上げようとする。二三が見ていると、確かに艪の先きに布のようなものが巻き付いていて、それがゆっくりと水の底から浮き上がってきた。布の横で白くゆらめいたものが形を整えはじめ、手の形になった。

「人、じゃあないか」

「へえ、土左衛門らしい。縁起でもねえ」

船頭は艫《とも》にかがみ込んで、

「旦那、嫌でしたら横を向いていてください。すぐ、放します」

「放すって、このまま振り捨てる気かい」

「へえ、関わり合いになって、ごたごたするのが嫌ですから」

「そりゃ、いけねえ。仏を打っ棄《ち》ゃるなんて罰《ばち》が当たる」

「でも、後が面倒ですぜ」

「それなら、俺が見付けたことにする。酒手《さかて》をはずむから岸に運んでやっておくれ」

「……旦那《わけ》も若えのに信心深いねえ」

船頭は仕方なく川に手を差し伸ばして水の中の着物をたぐり寄せる。

「こりゃあ、女ですぜ」

題目を唱えながら、綱を引き出して水死人の帯に結び、船頭は立ち上がって艪を大きく一掻きする。そのはずみで水死人の上半身がむっくりと浮かびあがった。その顔を見た二三は、

「あっ――」

自分の目を疑った。

すっかり血の気を失い、しっかりと両眼と口を結んだ顔は、さっきまで思い続けていた卯兵衛だったのである。しかも、その右首筋がぱっくりと裂かれ、水に洗われた無残な傷口を見せている。

「土左衛門どころじゃねえ。こりゃ、人殺しですぜ」

船頭もその傷口に気付いて、うろたえた声を出した。

「だから言わねえこっちゃねえ。こりゃあ大事《おおごと》だ」

といって今更死人を振り解《ほど》くこともできない。船頭はそのまま、柳橋の傍の柳河岸に船を着けた。

二人掛かりで卯兵衛を岸に引き上げる。すっかり冷え切った卯兵衛の身体を抱き上げても、二三にはこの変わり果てた姿が卯兵衛とはまだ信じられなかった。髪は解けて白い顔に乱れかかって凄艶《せいえん》な姿だが、麻の葉の鹿の子絞り、黒繻子《くろじゅす》の帯の着付けは思ったより崩れてはいなかった。二三は決意をしているような卯兵衛のしっかり閉じた目を見ながら、これは覚悟の自殺ではないかと夢心地に思った。着物も女方の岩井半四郎好みの絞り染でいつもの卯兵

衛らしくない、思い切って派手な赤い模様だったからだ。

二三と船頭が女の死体を川から引き上げるのを見て、河岸には人の数がふえはじめた。二三は羽織を脱ぎ、卯兵衛の顔を覆ってやろうとした。そのとき、卯兵衛の胸に畳んだ白い紙のようなものが顔を出しているのが見えた。二三がそっと引き出してみると、絵を描いた紙のようなので、他人に見られぬよう、羽織の陰でそれを取り出し、自分の着物の袂《たもと》に移し変えた。

そのうちに、船頭の報らせを聞いた町役人たちが駈け付けて来る。

その間に二三の心は決まっていた。

——今、ここで自分と卯兵衛との関係を明らかにしてはならない。骸《むくろ》となった姿でも、卯兵衛を自分の手元に置きたかったのである。それには、自分が卯兵衛の客だったことが役人に知れ、あらぬ疑いを掛けられない方がいい。

二三は家に戻って二階に上がり、卯兵衛が持っていた折った紙を袂から取り出した。紙は生ま乾きになっていて、ぴったりと貼り付き、うっかりすると裂けてしまいそうだった。二三は改めて紙に水を含ませ、柔かくなったところで注意深く拡げた。

思った通り、いつかよし辰の部屋で見た尾上菊五郎の役者絵だった。水に入っていたため、墨の色がやや滲《にじ》み、ところどころしみになっていたが「東」の文字も確認、その絵に違いはなかった。

手に取って見ると、最初のときとは違った凄みが感じられる。描いた絵師の筆使いの確かさはもとより、絵全体が二三に迫って来るのである。これまで、このように心に揺さぶりをかけてくるような絵は、見たことがなかった。

――もう一度見たいと思った絵とは出会えたが、会いたかった卯兵衛は永久に手の届かないところへ行ってしまった。

弁慶橋《べんけいばし》の亀三《かめぞう》という御用聞きが、手下を連れて花久の裏口に来たのは、その日の夕方だった。亀三は腹の突き出た四十ほどの男で、どこかふてぶてしいが、

「これは若旦那で、今日はどうもとんだものをお拾いなすった」

と、商人のような口の利き方をした。

吉原帰りの船で、死人を発見した事情は、二三が町役人に精しく話しておいたのだが、二、三確めたいことがある、という。

「船が大川を下り、柳橋の近くに来たとき、お前さんが死体を見付けた、という」

「ええ、それに相違ありません」

「そこで、近くの柳河岸に船を着け、死体を岸に運び上げた」

「そうです」

「岸に上げてから、お前さんが羽織を脱いで死人にきせてやった。なかなか思いやりのある

ずだった。

「ですが、そのとき死体に触れやしませんでしたか」

二三は少しどきりとした。だが、卯兵衛の懐から絵を取ったのは誰にも見られていないは

「はあ……」

扱いでした」

「やさしい人だから、もしかして死人の目を眠《つむ》らせてやりでもしなかったか、と思いまして

ね」

「いえ。目は最初から閉じていました」

「……矢張り、ね」

「目が開いていると、どうなるんですか」

「お前さんも見ただろうが、首の刀傷が致命傷だった。人に突かれて殺されたときには、目

や口を開けていることが多い」

「あの死体は、目も口も閉じていました」

「すると、覚悟の自害か」

亀三は独り言のように言って首を捻り、

「それにしちゃ、恐ろしく気丈な女だの。刃物を自分に向けようとすると、男だって一思い

にゃいかねえ。必ずためらい傷を残すものだが、あの女にゃそれがなかった」

その後で亀三は自分で描いたらしい柳橋あたりの図面を取り出し、二三が死体を見付けた場所を訊き、そのあたりに印を付けた。

「死体の身元は判ったんですか」

と、二三が訊いた。

「それが知れねえんで手を焼いているところでさ。身元の手掛かりになるような品といえば一つだけ」

亀三は紙入れの中からよれよれの紙を取り出した。手渡されたその紙に書かれた文字を見て、女文字ではないが二三はすぐ卯兵衛の手跡だと判った。水につかっていたらしく、その墨の色は滲んでいたが、それでもかなりはっきりと、読み取ることができる。

「どうも、こういう真っ四角な字は苦手でしてね」

亀三が言う通り、きちんとした楷書《かいしょ》で漢字が並んでいる。

「何だか本を書き写したらしいんですがね」

「そう。最後が中途半端な感じだから、写し違えたのでそのままにしたのだろう」

「お経のようでもねえし、どんな本だと思いますか」

「……急には判らない。でも、ご覧の通り家《うち》は本屋だから普通の家より本は多い」

「それに、よくお読みなさるでしょう」

「こうしましょう。これを一応写させて下さい。もし、心当たりがあるようでしたらすぐ連絡しますよ」

二三は見込みがあったわけではない。ただ、卯兵衛への思いだけでその文字を書き取った。

洞玄子云夫天左転而地右廻春夏謝而秋冬襲
男唱而女和上為下従此物事之理也以此合会

「女はその紙切れを身に着けていたんですか」

二三は紙片を亀三に返して訊いた。

「そう、元結《もっとい》にしてありましてね」

「……元結に？」

「反故《ほご》元結というんだそうですよ。昔、大名が秘密の手紙を書いた紙を元結に作り、家臣の髷に結んで相手に届ける。元、阿波の蜂須賀家で、人形芝居の役者に反故元結をさせて、江戸へ送り国表と文書の遣り取りをしたのが起こりだそうです。戦の多かった時代の話ですが、八丁堀の旦那はよく知っていました」

「とすると、誰かに届ける秘密の手紙なんですか」

「いや、手紙にしちゃ、内容が変てこりんでしてね」

二三は細くて柔かく量の多い卯兵衛の黒髪を思い出していた。卯兵衛はどんな気持でその字を書き、自分の髻《もとどり》を結んだのだろう。

反故元結が阿波の蜂須賀家で使われはじめたという点も気に掛かるところだ。卯兵衛と最後に会っていたという吹殻咽人も阿波徳島藩の留守居役だという。

亀三はその元結を自分の紙入れに戻して、

「変死人を検視するとき、髪の髻を解いて中を改めるというのは取調べの定法でね。もし、女がそれを知っていたとすると、これがわれわれの目に入るのを勘定のうちに入れていたかとも思われる」

「……」

「いずれにせよ、女の身元が判らねえのには困った」

「身元が判らないと、遺体はどうなるんですか」

「まあ、無縁仏としてしかるべき寺へ葬られるでしょう」

「……気の毒に。どうでしょう、親分。こうしてわたしがあの女と袖擦り合ったのも、前世からの因縁《いんねん》じゃないか。家の檀那寺《だんなでら》に収め、墓など立ててやりたいと思うが、どうでしょう」

「そりゃあ奇特なことだ。手厚く葬って下さりゃ、あの女がこの世でどんな苦しみをしたか判らねえが、きっと浮かぶことができるでしょう。八丁堀の旦那がいいと言ったらそうしてやって下さい」

二三は亀三にそのための費用を渡した。

柳橋と橋町はごく近くである。柳河岸に上がった変死人の噂はすぐ橋町に拡がり、顔形から行方が判らなくなっている卯兵衛かも知れぬと思った者もいるはずだ。にもかかわらずそれを届け出た者がいない。

改革の最中で、岡場所の人たちは、町奉行所の風向きにいつもびくびくしているのである。もし、死んだ卯兵衛が岡場所の芸者で、その死因が尋常でなく、更に事件が悪い方向へ進んだ場合、橋町の茶屋の全てが取り潰されるような事態を招きかねないのだ。

奉行所が時事的な瓦板を禁止すれば、禁止された方は身の囲《まわ》りに起こった事件にも口を固く噤《つぐ》むようになる。自然に生じた、改革を生き残るための知恵なのである。

卯兵衛を知っている者はとうとう現れなかった。十日ほどして、亀三が粗末な骨箱《こつばこ》を持って来た。

小庭に痩せた梅の木がまばらな花をつけている。梅の傍《そば》にある背の低い椿の花がふてぶてしく見えるほどだ。しばらく、気ままにさえずっていた鶯《うぐいす》が、いつの間にかいなくなっている。

長契《ちょうけい》は大きな硯《すずり》を前にして、無心に墨を磨っている。しばらくすると部屋は墨の匂いでむせ返るほどになった。長契は墨の濃さに満足がいくと、小さな石碑のような墨を静かに置き、筆架に掛けられた大小の筆の中から、慎重に一本の白毛の筆を選び出した。

長契は白木の墓標を正し、筆に充分な墨を含ませて、

東州信女　　行年二十九歳

と、一気に書いた。

長契は硯や墨を選ぶにも大変で、易《えき》でもたてるほど長考を重ねていたが、二三がその字を見るとその割には上手ではない。強いて誉めるなら味があるとでも言うしかなさそうだった。

長契が筆を置くのを見て、二三が訊いた。

「東州といいますと、どのような意味があるのでしょうか」

長契は今書き上げた字が満足そうで、墓標から目を放さず、

「その遊女の名は卯の里。卯は方向で言うと東じゃから、東の里。つまり東州という心じゃ」

と、言った。

一九の話によると、遊女はおしゃらくだから、卯兵衛は東州しゃらくになったのである。

長契は墓標を持って本堂に立て、読経を済ませた後、裏の墓場に赴いた。

谷中《やなか》の毛沢山《もうたくさん》菩有寺《ぼゆうじ》。卯兵衛は見たこともない二三の菩提寺《ぼだいじ》に骨を埋《うず》めようとは、夢にも思わなかったに違いない。二三も卯兵衛を自分の寺に葬ろうとは考えたこともなく、実に人の明日というものはつかみ所がない。

墓地の片隅に立てられた墓標は、真新しいだけに痛痛しかった。改めて読経を終えた長契は二三に言った。

「誰も引取り手のない無縁の遊女なら、投込み寺に送られるのが定めじゃが、お前のお蔭で一通りの葬いができました。陰徳あれば即ち陽報あり。本当に良いことをなされました」

二三は手を合わせ、改めて墓標の字を見た。戒名の字を見ればたちまち胸が締め付けられる。こうなると判っていれば、無理矢理卯兵衛を連れ、江戸を旅立っていたはずだ。

弁慶橋の亀三が骨箱を届けに来たときも、まだ卯兵衛の身元は判らないと言った。

二三が卯兵衛が元結にしていたという反故を父の久次郎に見せると、

「こりゃあ、唐人のわ印《じるし》じゃねえか」

と言っただけだった。

確かに、二行目はそのようにも読める。だが、二三には唐の春本を写筆している卯兵衛の姿を想像することはできなかった。

寺を出た二三は、いつもならひっそりとしている寺町のそこここに人がちらほらしているのに気付いた。桜には少し早いが、すっかり明るさを増した陽差しに誘われて家を出た行楽客だ。

このあたりは日暮里《ひぐらしのさと》。数多い寺院の庭は、それぞれに奇石を畳み、築山《つきやま》を設けて緑が多く、四季の花を育てている景勝地で、春の花、夏の蛍、秋の虫の音、冬の雪を楽しみに来る遊観の客が跡を断たない。

卯兵衛を収めるところに収め、ほっとした気持で、二三はあたりを散策しようと思い立って北に足を向けた。

東の音無川《おとなしがわ》、西の谷戸川《やとがわ》の間の台地は道灌山《どうかんやま》。音無川寄りの本行寺《ほんぎょうじ》には太田《おおた》道灌斥候塚《ものみのつか》がある。昔、太田道灌が江戸城にいたころの、出張《でば》りの砦《とりで》だったところだ。妙隆寺《みょうりゅうじ》の花見寺《はなみでら》、浄光寺《じょうこうじ》の雪見寺《ゆきみでら》、宗林寺《そうりんじ》の萩寺《はぎでら》、俗称の方が通りのいい寺がある。浄光寺門前を西に下る花見坂《はなみざか》の上に立つと、南泉寺《なんせんじ》の向こうに展望の拡がる蛍沢《ほたるさわ》、谷戸川の流れにくっきりと白く聳《そび》える富士《ふじ》の嶺《みね》。

更に北へ足を向ければすぐ諏訪明神社《すわみょうじんじゃ》の杉の森、その先きが青雲寺《せいうんじ》で境内に鬱蒼《うっそう》とした船繋《ふなつなぎ》松《のまつ》が枝を伸ばしている。道灌山の東は崖で、見晴らしのいい場所に何軒かの茶屋がある。

二三はこの内の一軒に入り茶菓子などを注文した。目の下は尾久《おぐ》、三河島《みかわしま》の田畑が春の色を帯び、荒川《あらかわ》の流れは白布を引くに似て、更には利根川《とねがわ》に浮く船の白帆までが見え隠れする。北は筑波《つくば》、日光《にっこう》の山山、南は下総国府台《しもうさこうのだい》まで一望のうちに鳥瞰《ちょうかん》することができる。

野鳥の声が絶え間ない。姿は見えないが、一羽だけ上手に唄う鶯がいる。

今年もまた春が萌えようとしている。人の世も改革の氷が解ける気配である。あるいは寒さのぶり返しが戻る予感もする。二三がぼんやり考えていると、おじさん、と気易く声を掛けられた。

「おれだよ。忘れたかえ。村松町にいたせんですよ」

せんは見違えるほど明るく大人びていた。

「おう、忘れやしねえ。あんまり器量が良くなったんで、見違えた」

「相変わらず口が上手だよ」

「言葉付きもすっかり江戸だ」

「今度の店は若え衆《わけしし》がいるから、先《せん》のときと違い、故里《さと》の言葉だとすぐ笑われるんです」

「そうか、奉公先きを変えると言っていたな。今度はどこだ」

「織物町の店です」

「前にもそんなことを言っていた……織物町などという町は聞かねえが」

「紺屋町《こんやちょう》があるから、織物町だってあるでしょう」

「……お前、ひょっとしてそれは乗物町《のりものちょう》と違うか」

「あれは、乗物町と言うかね」

「その町にゃ駕籠屋が多いだろう」

「……ああ、多いよ」

「じゃあ、乗物町に違いねえ。乗物町の何という店だ」

「海老屋《えびや》という小紋染屋です」

「染屋か。じゃ、今までの家と違って忙しいな」

「へえ。でも、若え衆《わけし》が大勢いるからとても面白いよ」

「そりゃあよかった。で、今日はお使いか」

「いえ、お神さんの参詣《さんけい》のお供」

「お供がこんなところにいて、いいのか」

「へえ。お神さんは今お札を頂いているから」

「そうか。じゃ、少し話をしていいか」

「いいけど、まだおじさんの名を知らねえよ」

「そうだった。俺は筋違橋の竹町にいる二三という者だ」

二三はせんを床几《しょうぎ》に坐らせ、茶と団子を取ってやった。

「お前が前にいた村松町の家の旦那だが、笑三さんというのは六十ぐらいのいい男じゃなかったか」

狂言作者の金井三笑は引退していたが、芝居町の隠居としてまだ勢力がある。

「……前にもおじさんは旦那のことを気にしていたね」

「ああ、ちょっとわけがあってな。その人を尋ねているんだ」

「でも、今言ったのとは違うよ。前の旦那はもっと若えもの」

「……いくつぐらいだ」

「まだ、四十になっちゃいねえと思う」

「意地悪そうな爺さんじゃねえのか」

「それも違うよ。きつい顔だった爺さんなんかじゃねえよ。おじさんの言う人とは別だね」

「そうか……じゃ、笑三さんがおせんちゃんを海老屋へ紹介したんだから、海老屋へ行けば笑三さんのことが判るな」

「そうだね」

せんは人混みの中から一人を見付けた。

「あ、お神さんだ。じゃ、おじさん、またね」

せんは残った団子を口の中に放り込むと、諏訪明神の方へ駈け出し、すぐ人に混って見えなくなってしまった。

ほろ酔い機嫌の職人風の男が三人、茶屋から土器《かわらけ》を買って、音無川に向かって投げはじめた。中の一人が上手で、風を切って飛ぶ土器は見えなくなるほど遠くに届く。

——卯兵衛を弔った日に、卯兵衛の女中をしていたせんと出会うのも、何かの因縁に相違ない。

二三は乗物町に行って見ようと思った。

二三は茶屋を出て、今来た道を引き返した。諏訪明神を後にしてしばらく歩いていると、前方から華やかな行列が近付いて来た。朱塗の権門《けんもん》駕籠に供《とも》乗物、傍に侍と女中が付き添っている。

身分ある家の女乗物らしい、と二三が見ていると、行列は道をそれて立派な寺の山門をくぐった。門の向こうには何人かの僧が出迎えている。

行列が門の内に入ったので、二三が通り過ぎようとしたとき、素絹《そけん》の衣に金襴《きんらん》の袈裟《けさ》を掛けた立派な僧が目に付いた。

——どこかで見たことのある坊さんだな。

四十五、六。目鼻立ちの立派な顔だった。

如皐の葬儀は大雲寺だったが、そこにいた僧だったかもしれない。

行列はそのまま整然と門の中に吸い込まれていく。

門前には茶屋が並んでいる。他の寺院より参詣者も多い。境内には椎《しい》の大木が立ち並ぶ。

——そうか、ここは七面大明神社《しちめんだいみようじんじや》だったのか。

境内の七面堂には七面天女像が安置されていて、現世利益《りやく》のあることで知られている。井原西鶴《いはらさいかく》の小説にもなった「好色五人女《こうしよくごにんおんな》」の八百屋《やおや》お七《しち》。この母親は七面明神に願掛けをして、一女を得、七面明神の七にちなんでお七と名付けたという。後年、恋人のために放火事件を起こし、十七歳で火刑に処せられたあの八百屋お七である。

二三がふと七面明神を参詣する気になって、門の内に入ると、さっき駕籠の行列を出迎えていた僧が近付いて来て、

「これは、花屋二三さんじゃございませんか」

と、言った。二三があいまいに頭を下げていると、

「見忘れるのも無理はねえ。ほら」

と、掌《て》で坊主頭を隠すようにした。

「お前は……熊次郎さん」

二三は坊主頭でない顔を思い出した。

「有難《ありがて》え。思い出してくれましたね。大坂で識り合った、中村熊次郎でさ」

二三はびっくりした。熊次郎に出会うのはせんに会うより奇遇である。

二三が大坂の書林柏原屋で働いていたとき、柏原屋に出入りしていたからくり好きの表具師、高雅堂の友達で、これもからくりや手妻に明るい、江戸役者の中村熊次郎だった。熊次郎は初代尾上菊五郎の門人で、菊五郎が大坂へ上ったとき、番頭として師匠と一緒について来たのだ。その役者と立派な僧の姿が、一見しただけではすぐに結び付かなかった。

「すっかり見違えてしまった。目覚ましいお上人《しようにん》様じゃねえか」

「まあ、役者だから坊主に化けるのはお手のものだ。今、柳全《りゆうぜん》という名でここの寺の住僧をしている」

「いつ江戸に戻って来たんだね」

「天明の打毀しのあった翌年だ。俺も坊主になるために江戸に戻ったんじゃねえんだ。芝居町に帰ろうとしたんだ。ところが、天明のあの騒ぎ、芝居も昔の三座がなくなっていて、火

の消えたよう。芝居町に戻っても俺などの出る幕はねえ。それで、思い切って坊主になったんだが、坊主もやってみるとそう悪い商売じゃあねえ」

「お前の師匠の菊五郎が大坂で亡くなり、その悴の丑之助が二代目を継いだ。私も二代目菊五郎の襲名披露を見て来たんだが、その二代目はその後ですぐ亡くなったそうだね」

「うん、いろいろな事情があってな。そのうちゆっくり話がしてえ。今は愚僧、いささか多忙な身でな」

「ここは大層繁昌しているらしいな」

「そうなんだ。坊主にゃ改革は関係がねえ。昔から不景気なときほど神仏が流行《はや》る。善男善女、信仰を厚くしてこぞって参詣に来りゃ、お上も喜ぶ道理だ」

「七面明神、どんな神様だ」

「能にもある〈現在七面《げんざいしちめん》〉知らねえか」

「さあ……」

「じゃ、愚僧が講釈つかまつろうかの」

柳全は二三と話していると昔のままで、何かを感得して出家したようには見えない。どことなく生臭坊主だが、説教には馴れているとみえて、要領よく説話をまとめる。

日蓮上人《にちれんしょうにん》が甲州身延山《こうしゅうみのぶさん》に籠もっていたとき、毎日参詣に来て花水を捧げる女がいた。この女の話を聞くと、七面山《しちめんさん》の池に棲む大蛇であった。女は三熱の苦に悩まされていたのである。

三熱の苦とは、熱風や熱砂が身体を焼くこと。悪風が吹き荒れ、住居と衣服を奪うこと。金翅鳥《こんじちょう》が来て子を取って食うことの三つである。上人は女人成仏の理法を説き聞かせ、女人を三熱の苦から免かれさせてやった。

女人は懺悔《ざんげ》のため本体を現すと、上人は経を唱え、その功徳《くどく》によって大蛇はたちまち天女の姿に変わった。

天女はこの山の鎮守となり衆生済度《しゅじょう》を約束して神楽《かぐら》を奏しながら空に飛び去って行った。

「それから時代が下り慶安《けいあん》元年に三沢《みさわ》の方《かた》、家綱《いえつな》公の乳母であらせられしが、甲州七面山にて千日の参籠《さんろう》をなし、夢に大蛇の鱗《うろこ》一枚を感得さる。よって、当山五千五百余坪を寄進せられ七面大明神を祀《まつ》られしにございます」

いつの間にか他の参詣者も集まって来て、柳全の話に耳を傾けている。柳全の口調も自然に改まって、

「これが有難い七面明神のいわれ。皆の衆、心して七面天女を参詣あらせられまするよう」

と、皆を七面堂の方へ追い立て、

「いや、久しく昔の友達と口を利かねえものだから、つい声を掛けた。二三さんの商売の方はどうだ」

と、二三に言った。

「どうも、芝居町の方と似たり寄ったりだ。毎年出していた『柳多留』も去年はだめで、や

っとこの正月に二十五篇が出た。そんなところだな」

「そうかい。手妻の方はどうなった」

「あれきり本を出していない。今のところ世間の様子を見ている」

「じゃ、あまりぱっとはしねえわけだ」

「まあな」

「どうだい、坊主をやってみねえか。当山、いささか手不足での」

「……俺が?」

「そう。世に多くいる衆生の悩みを済度してやる。迷いを救ってやる。なかなか乙《おつ》りきなもんだ」

二三は最初冗談のつもりで聞いていたが、柳全は意外と真面目な顔で、

「七面明神は毎月十九日が御縁日、その他、随日、物日《ものび》には偉いお上人様の説法がある。とりあえず、釈尊涅槃会《ねはんえ》が近いから、欺されたと思って来てごらんなさいよ。聴聞の席はぎっしり人で埋まってしまう。それほど有難いお方だ」

「そのお上人様が住持《じゆうじ》様なのかね」

「いや、住持様は日暁《にちぎよう》といって、今、高齢でずっと寝たきりでいらっしゃる。だから、七面明神が繁栄しているのは、ただそのお上人様お一人の力なんだ」

二三は出家する気持は毛頭なかったが、それだけ人を集める説教は聞きたいような気がし

た。

柳全は境内の奥にある方丈の方を指差した。方丈には多数の大工が入って仕事を続けている。

「この不景気なご時世に、ああやって大工が仕事にありついている。これも七面明神のご利益だ」

「なるほどな。じゃ店が潰れたら俺も助けてもらおうか」

二三はふと、卯兵衛の三熱の原因は何だったのだろうと思った。七面明神を信仰すれば、女人成仏の功徳を受けられただろうか。

小坊主が柳全を呼びに来た。二三は心を残したまま柳全と別れ、その足で神田へ向かった。藍染川《あいぞめがわ》沿いの紺屋町の隣が乗物町。

この町にも紺屋が多いが、ふしぎなことに、どこで尋ねても海老屋という店はなかった。念のため隣の紺屋町の方にも廻ってみたが海老屋はなかった。


竹町の店に戻ると、芝神明《しばしんめい》前の地本問屋、和泉屋《いずみや》市兵衛《いちべえ》の手代《てだい》、衣助《いすけ》が新板の錦絵を届けに来ているところだった。二三の店では錦絵や草双紙を並べて売っている。

歌川豊国の大首絵で、二月に春興行をはじめたばかりの都座に出演している瀬川菊之丞と沢村宗十郎、それに坂東三津五郎の三点だった。どれも新鋭の絵師らしい、気合いの籠もった役者絵である。

「こりゃあ、いい仕事だ。正月といい、今月といい、泉市《いずいち》さんは張切っていますね」

店先きで茶をすすっていた衣助は、二三に言われて満足そうな顔をした。

「へえ、これからも引続き豊国先生の絵で役者絵を出していきますので、よろしくお願いします」

「これまでのもなかなかいい評判だったじゃあないか」

「お蔭様で。でも、どのお客様からもお誉めをいただく、というわけにはいかないようで。豊国先生はちと癖がございますから」

「その方が面白いんじゃないか。好き嫌いがあって、その話題が町に拡がっていく。毒にも薬にもならないような絵ばかりじゃ詰まらないからね」

「そうなんでございましょうね。売行きもまずまずでございます」

「それはいい。今のところ、役者絵じゃ泉市さんが他を抜いている」

「いえいえ。戦いはこれからですよ」

衣助の話によると、地本問屋の山千《やません》、鶴喜《つるき》、上村《うえむら》といった店が役者絵の準備に取りかかっているらしい。いずれそれらの店の新板が次次と売出されれば、泉市ものんびりとしてはいられなくなる。

二三はふと一九の話を思い出した。

「そう言えば、蔦重さんはまだ一枚も役者絵を出していないね」

一九はそのうち蔦重が世間をあっと言わせると予言した。それは今でなければならないはずだ。とにかく芝居町の三座は揃って春芝居を打ち、続けて弥生《やよい》狂言の準備をはじめている。錦絵を扱う地本問屋の板元たちも、ぐずぐずしていられない。各座に駆け付けて、狂言の内容や役者の役柄、衣裳などを調べ、それを元に絵師に注文しなければならない。こうして、芝居が開くとともに役者絵が一斉に売り出される。芝居の幕が開いてから絵師に描かせたのでは手遅れなのだ。

正月、河原崎座が開くと、まず豊国の錦絵が芝居町に並んで話題を呼んだが、蔦重の方の噂はまだ聞いていない。

「地本問屋の連中は、この機会に蔦重がどんな巻き返しを起こすか注目しているはずですがね」

と、二三が言うと、衣助は首を傾げ、

「ところが、今度だけは思い通りにゃならねえようですね。勿論、蔦重さんにはやる気は充分、芝居町にも出向いて三座の取材も済んでいるようです。だが、絵師の方が、どうもね」

「……おかしいな。蔦重さんにゃ、ずいぶん出入りの絵師も多いんだろう」

「それはそうですがね。蔦重さんの眼鏡《めがね》に適うような絵師となると、そういねえもんです」

「北尾政演は？　遊君の錦絵百枚を描くはずだった」

「それが、京伝先生は例の手鎖の罰を受けてから、あまり気勢が上がらなくなってね、おまけに昨年、愛妻のお菊《きく》さんを亡くしたでしょう。今、無難な商い暮らしをしているようです。ほら、京橋の袋物屋をね」

菊は吉原の扇屋で菊園《きくえん》という名で出ていた女で、京伝の恋女房だった。死因は血塊だという。

「絵師なら京伝先生一人じゃない。豊国や春英《しゅんえい》だって、蔦重さんの仕事をしていたはずだ」

「豊国先生の方は内の旦那が、春英先生は鶴喜が抱え込んでしまいました」

鶴屋喜右衛門、蔦重と同じ日本橋通油町に店を持つ地本問屋である。

「おかしいな。蔦重さんと鶴屋さんは問屋仲間では人も羨むほどの仲良しだというじゃないか」

「それが、どうなっているんでしょう。この節では哥麿先生も蔦重さんより鶴喜さんの店で数多く新板を出していやす」

「哥麿と言や、蔦重さんに見出されて有名になった絵師だ」

「……だから人は当てになりませんな」

「蔦重さんが目を掛けていた勝川春章《しゅんしょう》は先年亡くなってしまったし」

「そう、春章先生というと、お弟子の中で腕っこきが一人いるんです。勝春朗という名ですが、この人に蔦重さんは関心を持っていました」

「ほう……蔦重に注目されるだけでも立派だよ」

「ところが、この春朗さんて人は元気が良すぎましてね。生前に春章先生から破門されたといいます。それで勝川の名を名乗れなくて勝春朗ですが、蔦重さんは勝川派の手前、すぐには春朗さんは使えないんです」

「なるほど、難かしいな」

気力は充分に燃え立っている。時期も決して悪くはない。にもかかわらず、蔦重の意気に立ち向かえる絵師がいないという。切歯扼腕《せっしやくわん》している蔦重の姿が目に見えるようだった。

衣助は豊国の錦絵を店に置き、代わりに『柳多留』の新板と、今までの分冊を注文した。小僧が本を選び抜いている間に衣助は言った。

「『柳多留』相変わらず人気がありますね」

「まあ、お蔭様で」

「これからは矢張り前句です。狂歌はもういけません」

「……そうかな」

「第一、本歌がどうとかこうとか、あたしなどはあの高慢ちきなところが鼻持ちなりませんね。そこへいくと前句はいい。気取らずに短くって鋭い」

「狂歌にだっていいのが沢山ある」

「そう、最近の名句なら〈世の中に蚊ほどうるさきものはなし、文武と言うて夜も寝られず〉。でもね、この歌の作者だと噂されている南畝先生、狂歌を止《や》めてしまいましたよ」

「……矢張り、お上が恐ろしくなって？」

「そうだと思いますね。この四月に南畝先生は支配勘定方のお役人になります」

それまで町人の立場にいて、武士の不条理を嘲笑することができた人が、向こう側に行ってしまった、という。それでは笑いも皮肉もあったものではない。衣助は言った。

「南畝先生は芝居で言えば団十郎、相撲でなら谷風でしょう。そういう第一人者の力はとっても大きいですよ。狂歌の横綱がいなくなってしまえば、当然、その世界は落ち目です」

小僧が注文の本を揃えて持って来た。衣助はそれを風呂敷に包もうとして、

「いけない。ついお喋りをして忘れていた。二三さんの『仙術日待種』を二十冊いただきます」

「……あんな本、まだ売れますか」

「あんな本、なんて言っちゃいけません。面白いですよ。最近、手妻の本がよく出ています」

「……どうしてだろう」

「こう言っちゃ失礼だが、無難だからじゃないですか。手妻はきりしたんばてれんの術じゃないから、お上も文句は言えねえ」

衣助は小僧が持って来た『仙術日待種』を包みの中に入れた。

「ぜひまた手妻の本をお書きなさい」

二三は店にいる父の久次郎の方を見た。久次郎は知らん顔をしている。最近、どうやらぽつぽつ日待種が出て行くが、新板のころはあまり思わしくなかったからだ。

久次郎は茶碗を口にして渋い顔をした。このごろ胃の弱くなった久次郎は、延命草を煎《せん》じた茶を持薬にしていた。

菊五郎お半役

どん、どん、どん、どん、どん……

大太鼓、中太鼓、締《しめ》太鼓、かんから太鼓。天秤に積み上げた太鼓売りと擦れ違う。

「もう、初午《はつうま》だな」

初午稲荷祭に使う太鼓を売り歩いているのだが、気のせいかあまり太鼓の音も冴えない。

初午の前の晩から、武家屋敷の邸内から下は長屋まで、稲荷のあるところならさまざまな染幟《そめのぼり》を立て、いくつもの地口絵《じぐちえ》を描いた田楽燈籠《でんがくとうろう》をかかげ、囃子《はやし》屋台《やたい》を作って手踊を見せる。有名な稲荷社になると参詣者が引きも切らず詰めかけるのだが、ここ数年は大行燈などが禁止されて、以前の賑わいはなくなっている。もっとも、夏の神田祭や山王祭《さんのうまつり》の天下祭《てんかまつり》でさえも、本屋台につく付祭《つけまつり》の山車《だし》の数が制限されてしまったから、初午だけが盛大に賑わうわけもない。

心持ち長くなった日が落ちてから、二三が外に出ると、筋違橋門は帰途につく商人が目についた。柳原土手に並ぶ床見世の商人たちが商品をまとめて引き上げると、土手あたりに辻《つじ》君《ぎみ》が登場するが、これも相次ぐ取締りでほとんど消滅しているらしい。

三、四日前、二三のところへ蔦重の案内が町飛脚《まちびきゃく》で届けられた。前に一九から言われていた、富本正本開板披露の会である。

案内は半紙二枚の摺物で、最初に富本『都《みやこ》の錦《にしき》』開板の蔦重の挨拶にはじまり、続いて景物の手妻、花筏二想の名が出ている。

次に、細川万象亭《ほそかわばんしょうてい》が自作の「機巧《からくり》人形」を見せるという。人形は「五段返《がえり》」「龍門の滝」「鼓笛児童」「闘鶏」「品玉《しなたま》人形」の五点。それぞれに絵も添えられていて、この日の呼物《よびもの》なのである。

からくり好きの二三でも、見たことのない人形がある。有名な「茶運人形」がないのは浅草の鹿の子餅で知れ渡っているので、作者は意識して除いたのだろう。とすると、目録を見ているだけで万象亭という人の意気込みが感じられ、わくわくするような気分になってくる。

万象亭の文章がある。

夫《それ》奇器を製するの要は、多く見て心に記憶し、物に触れて機転を用ゆるを学ぶ。譬《たとえ》ば魚の水中に尾を揺《うごか》すを見て柁《かじ》を作り、翅《ひれ》を以《もっ》て左右するを見て櫓《ろ》を製するの類是《これ》なり。

去《いにしえ》は諸葛孔明《しょかつこうめい》は妻の作れる偶人《ぐうじん》を見て、木牛流馬《もくぎゅうりゅうば》を作意し、竹田近江は、小児の砂弄《すないじり》を見て機関《からくり》の極意を発明す。此《この》人形の如きは、実に児戯に等しけれども、見る人の斟酌《しんしゃく》に依《より》ては、起見生心の一助とも成《な》んかし。

そして、二枚目の摺物は、当日出席する人たちの連名だった。

白河楽翁公《しらかわらくおう》
大谷蓮花公《おおたにれんか》
杜綾公《とりよう》

写山楼《しやざんろう》
細川万象亭
吹殻咽人
捨来紅西
山東京伝
勝春朗
宮城野
女式森《おんなしきもり》
五明楼墨河
玉子角《たまごのか》久《く》女《じよ》
遊女若浦
社楽斎万里

金井与鳳亭《かないよほうてい》
中村故一
勝眉毛《びもう》
東籬園路考《ろこう》
市川新車《しんしや》
大谷十州
尾上重扇《ちようおう》
坂田杉暁《さんぎよう》
坂東薪水《しんすい》
唐《から》羅呉《こ》絽《ろ》
花筏二想
十返舎一九
富本豊前太夫

催主　蔦唐丸《つたのからまる》

寛政甲寅二月

吉原で社楽斎万里がお忍びで偉い殿様も会に加わると言っていたが、最初の公の付いた三人がその人たちなのだろう。ただし、この名だけではどこの殿様だか判らない。一人一人の名を見ているうちにすぐ気にしていた東国屋庄六の名は見当たらなかったが、下駄屋をしている庄六の狂歌名だろう。判った。唐羅呉絽というのがそれで、下駄屋をしている庄六の狂歌名だろう。

宮城野とあるのは人気力士の宮城野らしい。宮城野は前頭三枚目、古参力士だ。女式森は相撲赤膏薬《こうやく》の本家、両国大徳院《だいとくいん》前の式守蝸牛《かぎゅう》の妻に違いない。あと二人の女名前は五明楼（扇屋）が連れて来る吉原の女だろう。東籬園路考は瀬川菊之丞の俳名。以下、新車は市川門之助、十州は大谷鬼次、重扇は尾上松助《まつすけ》、杉暁は坂田半五郎、薪水は坂東彦三郎である。二三の知らない名もあるが、それにしても、侍から役者、相撲取りまで、蔦重の顔の広さには驚くほかはない。

根生院は湯島切通しをへだてて湯島神社の反対側にある。正式には金剛宝山《こんごうほうざん》根生密院、本尊は薬師如来で仏工春日《かすが》の作だという。境内は広く、春秋には文人墨客の書画会などが催される。

山門をくぐると、本堂の横にいくつかの乗物が置かれているのが見えた。黒作りで屋根は黒羅紗《くろらしゃ》でおおわれた忍駕籠《しのびかご》で、大名の乗物である。

すぐ、小坊主が出て来て、二三を方丈の方へ案内する。

三十畳ほどの広間で、燭台《しょくだい》には火がともされ、床の間には盛りの梅の盆が置かれている。襖絵《ふすまえ》は狩野派の阿波の鳴門《なると》の図。それに向かい合うようにして、立てられている屏風は菱川《ひしかわ》師宣《もろのぶ》風の歌舞伎の図だった。

座敷では一九と蔦重の店の若い者たちがいくつもの箱を並べているところだった。細川万象亭のからくり人形らしい。一九は二三を見て、いつものように愛想よく、

「二三さん、いらっしゃい。こちらへどうぞ」

と、席へ案内した。そのあたりには二人の先客が坐っていた。一人は吸殻咽人で、相変わらず煙草に咽せだしそうな顔をしている。もう一人は咽人より少し年上で三十半ば、痩せて顔が長い男。無頓着な質《たち》とみえ、よれよれの羽織でどうでもいいような形《なり》で坐っている。

「こちらが星運堂の花筏二想さん。吸殻咽人さんです」

咽人は二三を見てちょっと笑い、

「千三《せんみつ》のとよ本がよろしくと言っていたぜ」

と、言った。千する話のうち本当の話が三つしかないのが千三。すると扇屋で二三の相方になったとよ本は嘘吐きで通っているらしい。一九は咽人の隣にいる男を見て二三に言った。

「今、売出し中の絵師、勝春朗さん――俵屋宗理《たわらやそうり》さんの方がよかったですか」

「どっちでもいい」

男は面倒臭そうに言った。

「宗理の方はまだ出来立てだ。春朗で構わねえ」

それを聞いていた二三は、俵屋の俵がヒョウと読めるのに気付いておやと思った。泉市の衣助から腕っこきだと聞かされて以来、注目するようになって、勝春朗が美人絵、役者絵、黄表紙などを描いているのを知っているからだ。名だけにこだわるなら、卯兵衛が言っていた「ヒョウ」さんは俵屋宗理といえるかもしれない。二三は春朗の隣に坐って訊いた。

「名を変えられたのですか」

「ああ。二年ほど前、師匠の勝川春章先生が亡くなってね。春章先生は偉い方だったが、弟子の方にゃ碌《ろく》な奴は一人もいねえ。下らねえ兄弟子に頭を下げるのは嫌だから、勝川を返上したんだ」

「……せっかく世に知られるような名になったのに、勿体なくはないんですか」

「勿体なくなんぞあるものか。今迄描いて来た俺の絵は、全部屑《くず》だ」

二三は面白い男だと思った。春朗の言葉が自虐的でなく、ふしぎに明るいからだった。過去の名や作に執着しないのは、よほど腕に自信のある証拠だ。それは、次の言葉でも知れる。

「実は前から春章先生にゃ内証で、狩野《かのう》派や漢画や土佐《とさ》派に首を突っ込んでいたんだ。そうしたら大和絵の俵屋宗理先生が、どうしても二代目を継げ、とおっしゃる。だが、俺は人の名を名乗るのはあまり好かねえんだ」

「珍しい方ですね。普通なら、大金を積んでも師匠の名を欲しがりますよ」

「そうだろうなあ。俺は矢張り変わっているのか。師匠の名や似た名はあまり使いたくねえ。どうだい、二想さん。俵屋宗理を買わねえか。安く売ってやろう」

「いや、考えておきましょう。欲しくなったら買いに行きますが、お宅はどちらですか」

「神田岩本町《いわもとちょう》の長屋にいる」

岩本町というと橘町から遠くないが、粗末な身形《みな》りや長屋住まいをしている男が妾宅を持っているとも思えない。春朗は反対側を向いて、

「咽人さんはどうです。俵屋宗理、いい名でしょう。買って下さい。買ってもらえると親子三人、明日からおまんまが食べられます」

と、どこまで冗談だか判らない。

そのうち、相撲取りの宮城野錦之助《にしきのすけ》が式森と連れ立って座敷に入って来た。宮城野は五十歳の現役人気力士、西前頭三枚目、堂堂とした体格で、横にいる式森がまるで人形のように小さく見える。

吉原からの一行、五明楼墨河と社楽斎万里、角久女と若浦が来ると、座敷は急に華やかになった。

「どうも、今は何と言ったって相撲だ」

と、万里が宮城野を見て言った。

「これから春場所ですね。大いに江戸を湧かせて下さい」

奢侈の取締りが厳しくなって、芝居町や吉原の気勢が上がらない分、相撲だけは絶頂期を迎えているのである。老中松平定信が文武を奨励する意味で、相撲を応援しているからだ。

寛政三年、将軍家斉《いえなり》の前で、はじめて上覧相撲が催された。勿論、定信の取計らいである。このとき、はじめて江戸の力士たちが城内に入り吹上《ふきあげ》御所の土を踏んで相撲の格を高めた。無敵の横綱谷風、好敵手の小野川《おのがわ》、強豪雷電《らいでん》などが揃い、相撲はかつてない繁栄を見せている。

それなら、吉原も負けずに遊君たちを城内に送り込んだらと思うが、城内には大奥という美女三千人を擁する女人国があるので、とても吉原などは太刀打ちができない。

「相撲の人気なら、任せておかっしゃい」

と、宮城野が胸を張った。

「この五月には二度目の上覧相撲がごんす」

「そうですか。そりゃあますます目出度《めでて》えことです」

と、万里が言った。

「そして、続く秋には江戸中がひっくり返るでしょう」

「滅相もねえ。地震でも起こりますか」

「もっとも、これはまだ言ってはならねえでごんす」

「気になりますねえ。教えて下さいよ」

「前代未聞の力士が現れる、とだけ言っておきましょう」

万里は宮城野の口が固いと見ると、隣の式森に話し掛けた。矢張り元相撲の行司の式守蝸牛の妻に違いない。守を森にしたのは遊びの心だろう。

そのとき、一人の女が寄って来て、二三の前に坐った。

「二想だなんて、誰かと思ったら二三さんじゃないの」

髪は低い忍髷《しのぶまげ》で、藍木綿の細縞《ほそじま》の着物に黒繻子の帯。ごく地味な身形りだが、どことなく色街のあでやかさが感じられる。

「でも、いい名ですね。あなたの想いとわたしの想いが花筏になって川を流れている。きっと、好いた方がいるのでしょう」

「……思い出したよ。朝日堂《あさひどう》のおかくちゃんだ」

「覚えていなかったら、お灸点《きゅうてん》をしてやろうと思った」

かくは指を弾く真似をした。

「すると、おかくちゃんは扇屋の花魁になっていたんだ」

「いいえ。わたしの店は丁字屋。今日は墨河さんの遊びのお相手。もうこんな年だから花魁など恥しいよ。今思うと昔はよかったねえ」

「おかくちゃんにはいつも泣かされていたっけ」

「そんな思い出だけ？」

「いや……凧《たこ》揚げを教えてもらった。俺はちっともうまくならなかったけど」

「本当にじれったい男の子だったね。本ばかり読んでいて」

「……家が本屋だから仕方がない」

「わたしの父さんは手習いの師匠だった。でも、家でじっとしているのが嫌い」

「おかくちゃんは上方の方へ行っているとばかり思っていた」

「そう……どうもあっちは水が合わなかったみたい」

かくが十三、四のころ、二親が流行病《はやりやまい》で続けて亡くなった。江戸に身寄りのなかったかくは、遠縁の者を頼って上方に上ったのである。二三はそれ以後のことは知らなかった。

「わたしが江戸を立つとき、二三さんは本をくれた」

「……そうだったかな」

「『雨月物語《うげつものがたり》』。凄く恐い本。意地悪をされたのかと思った」

「変だな。どういう気だったんだろう」

「それで、さっきのこと、どうなの」

「……なんだっけ」

「ほら、花筏二想。誰かいい人がいるんでしょう、と言ったこと」

「実は……いる」

「どんな人なの」

「……おかくちゃんの前だと全部喋らされてしまいそうだ。昔から、お灸点が恐いから」

「早く言いなさい」

「去年まで、吉原の丁字屋に卯の里という名で出ていた女なんだ」

話しているうち、かくの表情から、子供のときの面影がすうっと消えて行くのが判った。

「識っているのかい」

「……いえ。その話は後でね」

ちょうど、芝居町の参会者が到着したところだった。かくは二三に曖昧な返事を残して立ち、その連中の一人一人に挨拶をはじめる。

楽屋銀杏に紫帽子、黒留袖《くろとめそで》の女方瀬川菊之丞。年俸七百両といわれる市川門之助。男前で実悪を得意とし、多芸のある坂田半五郎。今年、上方から戻って来たばかり、でっぷりした貫禄十分の尾上松助。実力は当代随一『菅原伝授』の菅丞相《かんしょうじょう》、『忠臣蔵《ちゅうしんぐら》』の由良助《ゆらのすけ》など、和事、実事の名人と言われている坂東彦三郎。

墨河と役者たちの間で、初芝居の話に花が咲きはじめた。門之助と彦三郎が出演している河原崎座は正月のはじめから幕を開けて、昨年暮以来の大入りを持続している。二月一日に初日を開けた都座も、人気女方菊之丞を立てて、半五郎が加わってこれも順調な滑り出しらしい。桐座は少し遅れて九日に初日を開ける予定で、今、その支度に忙しく、桐座からの役者は来ていない。

それぞれに座が跳ねてから、根生院に集まった役者たちは、気のせいか舞台の興奮と熱気を引き摺っているようで、芝居を見ているようなわくわくした気分になって来る。

二三がその方に気を取られていると、

「二想さん、東国屋の呉紹さんです」

いつの間にか一九が傍《そば》に来ていて、隣の男を紹介した。

今まで役者や芸妓を見ていた二三の目には、東国屋庄六が少し見すぼらしい男に映った。陽焼けした丸顔で、目鼻立ちの小さな割には唇が部厚い。着ているものは粗末だが、春朗には内に秘めた毅然としたものを感じるのと反対で、庄六は黒八丈の羽織の袖口から襦袢《じゅばん》の袖がちらちらするといった姿で、

「二想さんも花久さんの名代《みょうだい》でっか」

と、勝手に決め込み、

「わしも親父の代わりだす」

と、気後れしているような声で言った。多分、この部屋の顔触れに引け目を感じて、同じような立場の二三を見付けて少しほっとしたのだろう。

「家《うち》の親父を識っていますか」

と、二三が訊いた。

「へえ。お名前はかねがね。『柳多留』の星運堂さんでっしゃろ」

「呉絽さんの親父さんは？」

「下駄屋の甚兵衛《じんべえ》ちゅうて、下駄甚《げたじん》で通っておます」

庄六は二三と話しているうち気が落着いたようで、役者たちの方へ行って一人一人に挨拶をして二三の傍に戻って来た。

「顔が広いようですね」

と、二三が言った。

「へえ。親父が芝居町に出入りして、下駄の注文を取って来るさかい、あたしもよう使いに行きましてな。今は親父と住まいは別やけど」

「役者衆は履物に喧《やかま》しいでしょう」

「そうでんな。下駄甚はいろいろ考える人で、雪駄《せった》の裏金に本物の金を使うことを思い付いたりしまして、歩くといい音色がするというので、役者衆にえろう気に入られましたな。鰕蔵さんの下駄は刳《く》りに鰕茶漆、鼻緒も鰕茶というあんばい。あるとき、菊五郎さんが目立つ足袋が欲しいというんで、裏を白くしましたのや。裏白の足袋は下駄甚がはじめて作ったものだす」

雪駄の裏金に金を使うような贅沢は取締られても仕方がないと思う。二三が感心していると、庄六は得意気に話を続ける。

「ものを考え出すような人ですから、理屈屋でんな。今度の改革のはじまるころ、下駄甚は大逸《だいそ》れたことをしよった。悪くすると首が飛びまっせ。お上に意見書を書いて役所に提出しましたんです。これが、老中越中守のお目に止まったちゅうことや」

「……それは、普通の人じゃない」

「ものは書きますがな、直接お偉方に会うのは恐ろしいのや。それで、あたしに行け言いますねん。こっちかて、びくびくものでっせ」

庄六は首をすくめて、

「難しい意見書は判らしめへんけどなあ。親父がすばしっこいのは確かでっせ。下駄甚がまだうだつのあがらんころ、元飯田町で後家はんだった女を丸めこんで入婿になったほどですさかい」

庄六は大坂の生まれで、下駄甚は本当の親ではないと言った。父親を下駄甚などと呼び捨てにしていたのは義父だったからだ。

「下駄甚は下駄屋の傍ら、貸本屋をやっていまして、今はこの方に力を入れています。麴町《こうじまち》平河町《ひらかわちょう》に移って、衆星閣角丸屋甚兵衛《しゅうせいかくかどまる》。曲亭馬琴さんに読本を書いてもらい、板行にも手を伸ばすらしい」

黄表紙や洒落本が次次と発禁になる中で、史実や伝説などを題材にした読本だけは難を免れている。下駄甚は先の読める男なのだろう。

「馬琴さんは気難しい人で、下駄甚は理屈屋だ。普通なら肌が合わず付き合えないやろ。ところが、ふしぎな縁で、下駄甚と同じ元飯田町の下駄屋に、馬琴さんが入婿になって来ましたのや。それまで、馬琴さんは蔦重の店で飯を食わせてもらっていましたやろ。蔦重さんの勧めで伊勢屋ちゅう店に入婿し、伊勢屋清右衛門《せいえもん》となりましたのや。その嫁はんがお百《ひゃく》ちゅうて恐ろしげな女子《おなご》やが、美しい女子でなか、あかんなどと言うていたら、ものを書いておまんまを食べられへんやろ」

庄六は懐から蔦重の案内状を取り出して見渡しながら、小声で二三に言った。

「こう見ても、作者や絵師は婿はんが多いでっせ。今、言うた馬琴さんの他に、狂言作者の勝眉毛さん。眉毛さんの嫁はんはだいぶ年上や。それから、中村故一さんは婿ではないが初代中村重助の養子や。養子といえば市川門之助さんも初代の養子や。そうそう、催主の蔦重さんを忘れてはいけない。蔦重さんは吉原の妓楼の子に生まれ、仲の町の茶屋の養子になったんや。そう。一九さんも入夫になったことがありまっせ」

「……一九さんを識っているのかい」

「ええ。一九さんは元、重田貞一《しげたさだかず》ちゅうて大坂町奉行所のお侍やった」

「それは、聞いたことがあるけれど」

「一九さんはお侍を辞めてから、一時、天満《てんま》の材木屋に婿入りして番頭をしていました」

「……一九さんが番頭ね」

「わしはそのころ欄間《らんま》の彫師で、その材木屋に出入りさせてもろうとりました」

「その家を出て狂言作者になったとすると、よほど書くことが好きな人なんだ」

「そう、勿体ないことですなあ」

「呉絽さんはどうなんです。婿さんなんですか」

「まあ、婿はんみたいなもんでっしゃろ。どうにもしようのない女子で」

「じゃあ、別の家に可愛い子が待っている、とか」

庄六は大袈裟に手を横に振った。

「そんなことをしたら嫁はんに殺されてしまう。わしは嫁はんで手一杯。夜になるのが恐ろしいわ」

二三は庄六が着ている羽織の紋を見た。

「結び柏だね」

「へえ」

「あまり見掛けない。洒落た紋だ」

「下駄甚の紋は丸の角字やが、どうも好きになれませんで、この紋にしました」

「いつだったか、その結び柏の紋が入っている提燈を持った人が、村松町の粋な家に入って行ったのを見たことがあるんだがな」

「村松町やな……」

　庄六は少し考えていたが、すぐ二三の方を見て、

「そりゃ、確かにわしや。世の中広いようで狭いもんですなあ。でも、あれはわしの妾宅なんかじゃありませんで」

「じゃ、誰の家かね」

「それは……ちょっと。ご禁制の本を貸したお宅やから」

　二三は失望はしなかった。もう少し親しくなれば、庄六の口が軽くなるはずだ、と読めたからだ。

「それは、京伝先生とか、恋川春町の本かね」

「いえ……もっと」

「わ印《じるし》とか」

「いえいえ」

　庄六はあたりを見廻し、更に声を小さくした。

「花久さんにはこれからお世話になると思いますから言いますが『中山物語《なかやまものがたり》』という本です」

「……聞いたことがない」

「そうでっしゃろ。これは板本ではおまへん。書本《かきほん》だす」

「……摺っちゃ、危険なんですか」

「へえ。これがお上の手に渡ったら、首がいくつあっても足りまへん」

「……」

「最初、下駄甚がさるお方から原本を手に入れ、本にしようとしたのや。ところが、読んでみるとこれがとんでもない内容やった」

「下駄甚さんはお上に意見書を書いたほどの人じゃないか」

「へえ、その下駄甚でも本にはできない代物や」

「……すると、改革の批判とか、ご政道の悪口とか」

「いや、いや。城内のことやったら、まだ穏やかだす」

「城内のことではない」

「ええ。『中山物語』は禁裏の中を書いた本なのや」

「……キンリ?」

そのとき、座敷に狂言作者の中村重助が入って来た。瀬川如皐の葬儀のとき重助の横で帳付けをしていた眉の濃い男も一緒だった。案内書に勝眉毛とあるのがそれらしい。もう一人白髪《しらが》混りの小柄な男が金井三笑、与鳳亭だろう。

だが、二三は庄六の話に夢中で、挨拶も上の空だった。

作者たちが二三の傍を離れて座に着くのを待ち兼ねて、庄六に禁裏とは一体何か、と訊いた。庄六は雲上人の住んでいるところだと答えた。

「江戸の人たちは誰でも徳川将軍がこの国で一番偉い方だと思うとりますが、それは違いますのや。徳川様でも頭の上がらんお方が京にはいてはります」

「それなら知っているよ。天子様じゃないか」

「ほなら、その天子様が、どういう御所に住んで、何をなさっているか判りますか」

「……『源氏物語絵巻《げんじものがたりえまき》』にあるようなのかな。でも、まだ、本当にああいう生活をしているのかい」

「そうでっしゃろ。下下《しもじも》には手も届かない、それで雲の上の人というので雲上人や。その御所が禁裏。大宮人でなければ入ることもならず、噂することもまかりならん。その禁裏の内側をあからさまに書いた男がいるのや」

見てはならないものを覗きたがり、話してはいけないことを喋りたがるのは人情だ。その相手が高貴であるほどその欲望は強まるものだが、同時に危険度も高くなるはずである。庄六は続けた。

「御所の内側だけではないのでっせ。江戸の老中もからんでくるのや。去年の正月、朝廷の勅使として中山愛親《なかやまなるちか》ちゅう方が江戸に下り、越中守と口論した話もちゃんと書いてあるから面白いのや。相手が相手だけに、越中守、相当にしんどかったらしい」

「……その『中山物語』は、呉絽さんのところにあるのかい」

「そうなんや。わしが下駄甚のところへ行ったとき、そっと全部を写筆して来ましたのや」

「……読みたいな」

「そうでっしゃろ。こういう本は二想さん、うっかりした人には貸されしめへん。首につながることやさかい。花久さんの方ならよろしいが、その代わり本代は普通のものよりちとお高《たこ》うおます」

一九がしきりに座敷の頭数を目で算《かぞ》えている。まだ、全員が揃わないらしい。

「肝心の太夫《たゆう》さんが遅いな」

と、一九がやきもきしているところへ、悠然と富本豊前太夫が姿を現した。

年は四十代、陰で馬面豊前と呼ばれている。顔の長い堂堂とした風格を持っている。

「太夫、捨来紅西さんとご一緒じゃなかったんですか」

と、一九が訊いた。

「紅西なら途中まで一緒だったが、どこかへ寄って下拵《したごしら》えしているんじゃないかな。あの男の飲み方は目立つのでな」

「……困りますねえ。そういう方は」

「紅西なら大事ない。遅くなっては諸先生に申訳ないから、会をはじめて下さい」

「じゃ、そういたしましょう」

一九は座敷に集まった者の注意を集め、これから賓客と催主をお呼びしますと告げ、外に出て行った。

賓客は別室で待っていたらしい。一九が座敷に案内し、正面の床の間を背にして着座させる。

見るからに気品のある三人だった。案内書にある、白河楽翁公、大谷蓮花公、杜綾公だが、すぐには人と名が結び付かない。

「ねえ、二想さん」

隣にいる庄六が二三の袖を引いた。

「あの、真中に坐っている殿様の紋が見えますか」

「うん。ただの輪だよ。細い輪で、中には何もない」

「じゃ、間違いない。白河楽翁、奥州白河藩十一万石の殿様でっせ。定紋は〈星梅鉢〉やが、替紋は〈細輪《ほそわ》〉。あの方が元老中、松平越中守定信はんどっせ」

「えっ……」

二三は目の前の出来事が信じられなかった。

改革の中心人物、板行取締りの槍玉として、山東京伝を手鎖五十日、蔦重の店を身上半減にしてしまった張本人、定信がいて今、京伝や蔦重を相手ににこにこ話し合っているのである。

「これはなんや。からくりとは違《ちゃ》うのんやろか」

と、庄六が言ったのも無理はない。

松平定信は三十五、六の男盛り、目は細くて優しいが、がっしりとした顎が意志の強さを示している。二三は頰を抓《つね》ってみたがこれは夢ではなく、とすると、招待されてやって来た定信も定信だが、客にした蔦重も蔦重で、その度量の広さは到底凡人の及ぶところではない。

蔦重は正面の三人を簡単に紹介した。お忍びだから本名は出さないが、国の名でそれが判る。

それによると、定信の左隣にいる蓮花公が、元、阿波淡路《あわじ》徳島藩二十五万石の城主、蜂須賀重喜《しげよし》。藩主を嫡子《ちゃくし》に譲って今は隠居、徳島では大谷に隠居所があるので大谷。蓮花の蓮は「はちす」とも読み、蓮花は「はちすか」なのだ。

重喜は五十を越えて見える。眉が長く温厚な顔立ちは、藩政から身を引いて、好きな道楽に明け暮れている余裕だろう。

定信の右側にいる杜綾公は、姫路《ひめじ》城主酒井《さかい》忠以《ただざね》の弟で酒井忠因《ただなお》、というより酒井抱一《ほういつ》の名で有名な画家だ。年は定信より少し若そうだが、細面で聡明な感じだった。

「そうでっか。あのお方が抱一先生でおますか」

庄六はしきりに感心していたが、

「確かあの殿様も三人とも婿はんだっせ」

と付け加えた。

二三が後で見た武鑑によると、定信は御三卿、田安宗武の七男として江戸城田安門内田安家に生まれた。幼少のときから英才だと評判で、十代将軍家治《いえはる》に前途を期待された。運が左右すれば将軍の座に着いていた人物だが、白河藩主松平定邦《さだくに》の養子に出され、定邦の長女を妻にした。定信を警戒する老中田沼意次の策だったといわれている。

蜂須賀重喜の場合、出羽《でわ》秋田新田《しんでん》藩主の佐竹義道《さたけよしみち》の四子として江戸鳥越《とりごえ》の藩邸で生まれた。九代藩主蜂須賀至央《よしひさ》が病弱なため、至央の養子となり、至央が病没後、阿波守に任官して徳島城主となった。

ただ、酒井抱一は次男だが養子に行ってはいない。抱一も優秀な人物だから養子の口は降るほどある。自分がその気になれば藩主にも城主にもなれる立場にいるのである。

蔦重は紹介を済ますと下座に戻り、定信たちと一緒に座敷へ入って来た京伝とあと二人が抱一の傍の席に着いた。

蔦重に代わって、今度は一九が座の中央に出て、参会者の一人一人の名を言った。二三は熱心に全員の名を覚えようとした。

役者たちが菊之丞をはじめ六人、素顔を見るのははじめてだが、舞台でよく知っている人ばかりである。狂言作者が三人。与鳳亭の金井三笑ははじめてだが、あとの二人は如皐の葬儀のとき会っている。

吉原扇屋の墨河と、男芸者の万里。二人の女は扇屋の若浦と丁字屋の角久女。相撲の宮城野に式森。

一九は宮城野の名を言って、奥州宮城の出身です、と付け加えた。横綱谷風と同郷である。定信は江戸城ではじめて上覧相撲を企画したほどの相撲好きで、相撲大名の名もある。しかも、蜂須賀重喜も相撲大名で、勢見山をはじめ、徳島藩抱えの力士は数多くいるし、酒井抱一の姫路藩も相撲にかけてはひけをとらないほどである。

蔦重が相撲を念頭にしてこの人たちを招待した、と疑いたくなるほどだ。

二三がそう思っている間にも、一九は紹介を続ける。

二三の近くになって、狂歌の咽人、本屋の呉絽、画師の春朗。

最後に席に着いた写山楼は谷文晁《たにぶんちょう》の名で有名な文人画家だった。その隣が万象亭で、この江戸城天文方の侍がからくり人形を作っているのである。

一九は最後に京伝と豊前太夫を紹介して、困った顔になった。捨来紅西がまだ現れないからだ。

「料理にしなさい」

と、蔦重が言葉少なに言った。一九はのみ込んで、

「もう一方《ひとかた》はおっつけ参りましょうから、これで料理を運ばせていただきます」

手を叩いて小坊主を呼び、酒を運ぶように言った。

しばらく参会者が雑談していると、突然外の廊下で荒荒しい足音が聞こえ、続いて何かが

ぶつかり合い、悲鳴に続いて派手な瀬戸物の割れる音がした。

一九がすぐ廊下に飛び出した。

「どうしたんです。紅西さん――」

返事の代わりに男の唸《うな》り声。

「眼玉が……飛び出した？」

一九の押し殺した声が静まり返った座敷によく聞こえた。

「打ちどこが悪かったんだ。すぐ、医者を」

「いや、これは……ばか」

どこかとぼけた声がした。

「眼玉がばかというと？」

と、一九。

「塩剝きの馬鹿貝」

「なんだ。座付肴《さかな》ですか」

「いや、坊さんとぶつかったら、貝の方が目に飛び込んで来た。一九さん、これが馬鹿な目という奴か」

大身《たいしん》のいる前で大笑いもならない。一座が白けているところへ、一九と紅西が部屋に入って来た。

紅西は今廊下でひっくり返ったとは思えないような、至って真面目な顔をしていたが、

「大変遅くなりました。捨来紅西、今、都座で富本を語っている細島古兵衛です」

と、首を下げたとき、髷の先きに肴のオゴノリがぶら下がっているのが見えた。

そのうち、酒肴《しゆこう》が座敷に揃い、酒宴がはじまる。

よいところで、蔦重が新板の富本正本を全員に配り、太夫たちが浄瑠璃《じようるり》の準備をはじめる。タテが富本豊前太夫、ワキが細島古兵衛。三味線が五明楼墨河に玉子角久女。浄瑠璃は「俠客《はで》形《すがた》近江《おうみ》八景《はつけい》」素踊りで女方が瀬川菊之丞で立役が市川門之助。

座敷には所作台が敷かれ、右手に緋《ひ》毛氈《もうせん》の上に見台《けんだい》が並べられる。浄瑠璃の太夫は見台に着き、三味線は下手《しもて》に並ぶ。

豊前太夫はますます美声だった。その第一声から二三は甘美な世界へ引擦り込まれてしまう。芸の力は妖しくも得体の知れない魅惑に満ちている。

菊之丞、門之助の二人も、座敷という場所をよくわきまえていて、決して大振りではないが華かさだけは忘れない。

今、江戸の浄瑠璃では富本が全盛である。松江城主の後援もあるが、それというのも豊前太夫の美声ゆえである。一足後れた形で常磐津《ときわず》が富本を追っている。また、一段と濃艶《のうえん》な節廻しの新内も人気を集めている。元は鶴賀と言っていた一派だが、名人鶴賀新内が世に出て

から、新内と呼ぶ方が通りがよくなってしまった。

名人とは恐ろしいものだと思う。たった一人で一派の盛衰を決めてしまう。もし、豊前太夫が語れなくなっていい後継者に恵まれず、常磐津の方に名人が現れたとすると、明日にも立場は逆転してしまうだろう。そのときに、いくら力のある後援者がいても無駄なのである。

二三がそんなことを考えていると、

「二想さん、次に頼むよ。用意は大丈夫かね」

と、一九が傍《そば》に来て言った。

——そうだ。俺は手妻を見せに来ているんだ。

「忘れちゃいけない」

忘れていたわけではない。二三は自分を勇み立たせるためにそうつぶやいた。

相手に取って不足はないと思う。手妻というと大方の人は子供欺しの小手先き芸としか思っていない。実際、そうした手妻が多いのが現実だが、二三が取り組んでいるのはそういった生易しいものではない。大袈裟に言うなら、一城に価するような芸をいくつも見て来ている。二三の芸は無論それには及ばないが、この一座の人たちに、手妻への考えを少しでも見直させることができたら、大いに来た甲斐があろうというものだ。

二三はそっと指先きに酒を付け、左腕の内側に「月」という字を書いた。同じように右腕には「星」それで支度は終りだった。豊前太夫が浄瑠璃を語り終えるころ、両腕に書いた酒の字は乾いていた。

「上出来」

「日本一」

誉め言葉の中で、豊前太夫は静かに頭を下げた。二三は胴振るいしてその後の所作台の上に座る。

「乾坤《けんこん》の間、万物雨露の恵みを受けて春秋に花咲き、果実《このみ》ること自然の至奇。ここに、人の作りなせる至奇をご覧に入れます。先ずは人の手に巡る銭、これより目に見えぬ飛行を致しまする」

二三は懐より八枚の銭を取り出した。二三が使っているのは銀の絵銭《えせん》である。

普通なら文銭を使うのだが、文銭は黒くて薄く、どうも見栄えがしない。二三が取り出した絵銭は通用銭ではない。各地の銭座が開鋳の祝いに恵比須《えびす》、大黒の銭を作ったり、社寺の祭礼記念やお守りとして特別の銭を鋳造する。これらをひっくるめて絵銭と呼ぶのだが、二三の絵銭は好き者が道楽に作ったようで、表には「和同男珍」などという人を食った字が浮き出している。いつ作られたものか判らないが、二三はこれを古道具屋で見付け、それ以来手妻の道具に使っている。手にずっしりとした銀の重みも快く、第一銀の光沢が綺麗だから、手妻がぐんと引き立つ。

二三は左側に四枚、右側に四枚、銀銭を並べ示してから、一枚ずつ両手に拾い、左右に四枚ずつの銭を握って気合いを入れ、静かに手を開くと、左手が五枚、右手が三枚に変化していた。右手の一枚が、目に見えぬ飛行をして左掌《て》の中に移ったのである。

一座の中からほう、という声が聞こえる。

銭にからくりはない。あるのは手捌《てさば》きだが、充分な訓練のために、それが表面に現れることはない。従って、残るのは不思議さだけだ。

二三は銭を左側に五枚、右側に三枚並べ、再び両手に拾い、えいっと言ってから手を開く。今度は左手が六枚、右手が二枚に変わっている。

これを繰り返し、最後に全ての銭が左手に集まり、右手が完全に空になったとき、一座がどよめいた。

いいお客ばかりだ、と二三は満足した。手妻を見せても人によって不思議を感じる度合いが違う。注意力が散漫で、世の中をいい加減に生きている人は、手妻を見てもそんなものかと思い大して心を動かさない。反対に、好奇心が旺盛《おうせい》で観察眼の厳しい人は、目の前で起こった不思議に強烈な反応を示す。常識の通用しない世界が存在するのを知って感動するのである。

二三は嬉しくなった。銭を懐に戻し、代わりに白紙を取り出し、腰から矢立《やたて》を抜き取り、

「さて、続きましてご覧に供しますは文字の術。そのかみ梁《りょう》の国の周興嗣《しゅうこうし》、千字からなる四字句を撰《せん》しまして、これを習字の手本とされました」

二三は矢立から筆を抜き取り、墨壺《すみつぼ》の墨を含ませて白紙と持ち、定信の前に進んだ。

「恐れながら、千字文の内、日月星辰《せいしん》の内より一字をお選び下さいませ。たとえば、星なら星と、心にお決め下さい」

定信は少し考え、ゆっくりとうなずいた。二三は白紙と筆とを定信に差し出し、

「その字をここにおしたためねがいまする」

定信は筆を取って白紙に「月」と書き、二三に戻した。

二三はその紙を一座の人たちに示し、皿を手に持った。

「これからこの文字を火中にくべまする」

二三は燭台の蠟燭の火を紙に移し皿に置いて灰になるのを待った。一座が見守るうち、火は紙を焼き尽くしてわずかな灰を残した。

二三は袖をまくり、左腕の内側を見せて、異状のないことを示した。腕にはすでに酒で月の字が書かれているのだが、乾いているので目には見えない。

二三は皿の中に残った灰を一つまみして、左腕にこすり付けた。すると、みるみる月の字が現れた。酒は乾いていても、べとつきは残っているので、それが灰を吸うのである。

種を明かせば他愛《たわい》ないが、その字は客が自由に選び出したのだという事実があるので、その不思議さが増大するのである。

実は、定信が自由に月の字を選んだわけではない。二三に選ばされたのだ。

日月星辰の四文字のうち、無造作に取り上げるのなら日の字だろう。ところが、これから不思議な現象が起ころうとしている。すぐ前に超常的な銭の芸を見たばかりである。とすると、選ぶ方は慎重になり、最初の日などはまず考えから外される。最後の辰もまず選ばない。前後では単純すぎて二三にすぐ当てられそうな気がするからだ。

とすると、残りは月か星だが、二三は説明のとき「星なら星と心に決めて下さい」と星の文字を繰り返している。つまり手垢《てあか》の付いた字なので、これも除外される。となると残りは月しかなくなってしまう。

しかし、中には鈍感なのか意地悪なのか、それでも星に拘《こだ》わる客もいなくはない。そのときの用意に、二三は右腕に星という字を書いておいたのだ。最初から、左腕に焼いた字を現わすなどとは言っていない。だから、星の字が選ばれたとき、二三が右腕を見せても、そんな奥まで読む客はいないのである。

酒で書いた字と紙を焼いた灰は不思議な効果を現わし、

「こいつあ希有《けぶ》だ……」

一座がおっとどよめいた。

定信が文字を書いてから、二三が腕にからくりを施す暇などなかったからだ。

二三は最後を「お椀と玉」で締括《しめくく》ることにした。

椀は寺のものを、扇子は女が持っている舞扇をそれぞれ借りる。二三が用意した品ではないので、仕掛けやからくりがない、と客に思わせるところが味噌《みそ》。

「さてこのたびは三つの椀と三つのお手玉を使います。鹿の子のお手玉は扇面の風に送られまして変幻自在。早い手玉や品玉の、品よく通う綾襷《あやたすき》、かけて思いの鹿の子玉、開けて口惜《くや》しき玉手箱。まずは品玉の手妻、お椀の改めからでございます」

女が「たけす」を弾きはじめる。

二三は椀を改めながら伏せ、扇を開いて風を送ってから椀を起こすと、その下から一つずつ、三つの赤い玉が現れた。

この玉の上にそれぞれ椀を置く。扇をかざすと玉は一つの椀の中に寄ってしまう。あるいは掌の中で消えた玉が元の椀に逆戻りなど、全七段の変化を現し、最後には三つの椀の中から、卵と蜜柑《みかん》と生きている亀が現れた。その亀が歩き出すと、一座は大騒ぎになった。


細川万象亭は不機嫌とも見えるほど、難かしい顔をしていた。

所作台の上に正座すると、

「わたくしには芸はございませんから、面白い口上は言えません。ただ、長年わたくしが工夫を重ねて作り続けて来たからくり人形をお見せするだけです。からくりと申しましても、人の目をくらますようなことは何一つしません。全て時計の原理を応用したもので、自然の理法に適った機関《からくり》でありまするから、この寸法通りに作り出すときには、人形は必ず動きを生じます。怪しき見世物ではありませんから、鳴物等は無用でござります」

案内書には「児戯に等しけれども」と書いているが、矢張り宴席でのなぐさみものでは不満なのである。

万象亭は用意されていた一つの箱を自分の前に置き蓋《ふた》を別にした。すると、箱はいくつもの小箱に別れ、組み替えると五段の階段になった。最後の箱から、万象亭は大切に一体の人形を取出した。唐人の衣裳を着せた子供の人形だった。

万象亭はその人形を階段の上段に立たせる。すぐ、不思議な動きがはじまった。人形は緩《ゆっく》りと両手を上げ、あおのけに身体を反らせると、そのまま四段目に手を付き、転倒して五段目の箱から降りたのである。人形は同じ動作を繰り返し、生きもののように一段ずつ段を下り、最後は床の上に立った。

拍手が鳴り止まない。万象亭はそこではじめて顔をほころばせた。

「ぜんまい仕掛けのようではなかったが」

と、定信が声を掛ける。

「さようでございます。これは水銀による作り物。人形の体内には水銀があり、人形を立たせますとこの水銀が流れ、人形の重さが変わるのでこのような動きを生ずるのでございます」

定信は満足そうにうなずいた。手妻ではないので、万象亭は仕掛けを解説するのがむしろ得意そうである。

「それでは、次はぜんまい仕掛けをお目に掛けましょう。題して〈龍門の滝〉」

次の箱から取出したのは島台の上に作られた、岩から流れ落ちる滝の盆景だった。万象亭はその作物を正面に置き、後ろにあるぜんまいを操作した。かりかりという歯車の音が聞こえる。ぜんまいを巻き終えると、万象亭は作物の傍を離れた。

見ているうち、滝壺のあたりから鯉が顔を出し、するすると滝を泳ぎ登り、その滝口に到着したと思うと、そのあたりに雲が忽然と湧き立ち、鯉が見えなくなると同時に、大きな龍が姿を現した。

盆景の作り方が精巧のため、二三はなにか違う世界にでも迷い込んだような気がした。自分の身体がどんどん縮小していき、滝の下で一座の人たちと滝を登って行く鯉を見上げている——そんな幻想である。

誰に頼まれたわけでもないのに、万象亭は作り物の鯉を取り出し、糸で吊ったのでないことを示して、磁石で動かすのだと説明した。幻想の中にいたかった二三には、この種明かしはむしろ邪魔に思えた。

万象亭は続けてからくり人形を披露する。

「鼓笛児童」は下げ髪をした少女の人形が、鼓を打ち鳴らすとともに口に咥《くわ》えた笛を吹き鳴らすという作物。

「闘鶏」は台の上に作られたからくりで、梅の木の下で唐子《からこ》人形が唐団扇《からうちわ》を持ち、二羽の鶏を闘わせるというもの。唐子が二羽の間に団扇を入れると鶏は左右に開き、上げると二羽が互に蹴合う。これを行うこと数度、そのうち、梅の根元にある岩の間から犬が現れる。鶏これを恐れて逃げ出せば、唐子も岩陰に立ち去ってしまう。

万象亭が最後に見せたのが「品玉人形」だった。

台の上に裃姿の童児が坐り四角な桝《ます》に手を掛けている。万象亭が台の後のねじを巻くと、童児が動きはじめ、まず桝を持ち上げるとその下に一つの桃が置いてあるのが見える。童子はこの桃の上に桝を伏せ、再び桝を開けると桃が賽子《さいころ》に変化している。童児が空の桝で賽子を隠し、一呼吸して桝を持ち上げると賽子は独楽《こま》に変化し、更に独楽は天狗の面に変わる。

少し前、二三が本物のお椀と玉を演じたばかりなので、この品玉人形の受け方は一通りではなかった。

それではじめて二三は、自分がこの会に呼ばれた理由が判った。蔦重は人間と人形の品玉を掛け合わせ、より大きな効果を引き出そうとしたのだ。蔦重という男の才略に兜《かぶと》を脱ぐ思いである。

「人形が易易《やすやす》とやってのけるものを、大の男が汗水垂らさなきゃできません。どうも、仕方がない」

と、二三が言った。

定信は皆につられて一度は笑ったものの、すぐ真面目な顔に戻り、

「いや、同じに見える不思議な現象が、実はそれぞれ全く違う方法で演じられているのを知り、びっくりしています。二想の手練、万象亭の機関、山の頂上は一つだが、それまで辿る道はいろいろある。実に、面白い」

定信の隣にいる蜂須賀重喜が言った。

「お気に召したようですね。実は、このからくり人形は万象亭に依頼して、わたしが作らせたものです」

「そうでしたか……そういえば、大谷さんは佐藤信淵《さとうのぶひろ》を阿波に招いて、潜水艇や大砲を造ったことがあった」

「もう、昔です。あのころわたしも若かった。今はもう隠居の身ですから、大したことはできません。いかがでしょう。このからくり人形がお気に召したのなら、進呈させていただきたいのですが」

「……このわたしに?」

「最初からその用意でした。実は、この春、わたしは阿波へ引き上げようと思っているのです。在官中、白河さんには一方ならない世話になっていました。わたしも年ですから、これがお別れになってしまうかもしれない。お礼とお別れの記念に、ぜひ受け取っていただきたいのです」

「……そうでしたか。それなら喜んでいただきましょう」

「それに、人形の添え物として、人形のからくり、万物の理《ことわり》を書きあらわしました書物を一冊。並《ならび》に絵なども少少ございます」

それを待っていたように、若侍が四角な盆を持って来た。盆には袱紗《ふくさ》がかけられている。

定信は前に置かれた盆の袱紗を払い、上に載っている金襴錦織りの表紙をつけた一冊の書物を取り出し、そっと中を開く。

「これは――」

定信の顔が急に固くなるのが判った。

「万物の理法、ことごとくその中に述べられております」

「……なるほど、これは貴重な書物をいただきました」

まず、大名だけあって実に鷹揚《おうよう》な遣り取りをするものだ、と二三が感心して見ていたが、定信が更に本の下にあった絵を取り上げたとき、思わず腰を浮かせてしまった。

遠目でもはっきりと判る。それほど特徴のある絵が二十枚ほど、定信の手で絢爛と拡げられていたのである。

定信の声が聞こえた。

「東洲斎写楽《とうしゅうさいしゃらく》――」

全てが美しく彩色された役者絵だった。

定信は最初の一枚を手にして、そのまま彫像のように動かなくなってしまった。一座の注意が定信の手元に集まった。

「わしの知らぬ絵師ですな」

しばらくして定信は手にしていた一枚を隣にいる酒井抱一に手渡した。その絵を谷文晁も覗き込む。

「このような絵は、見たこともありません」

文晁はそう言い、勝春朗の方を見て声を掛けた。

「浮世絵師なら知っているでしょう。これほどの絵を描くのはそういるものじゃない。春朗さん、ここへ来てご覧なさい」

春朗は席を立ち、抱一の前に進んで絵を手にした。

「東洲斎写楽という落款《らっかん》がある。春朗さん知っていますか」

春朗は返事もしなかった。絵を見るなりたちまち没頭してしまい、他人の言葉が聞こえなくなってしまったらしい。

定信も残る絵に目を通すので夢中だ。一枚一枚、定信の手から抱一へ、そして春朗に渡される。

最初、ぎらぎら光っていた春朗の大きな目が、段段と穏やかになった。

「今の浮世絵師で、これだけの役者絵を描ける者はまずいません」

と、春朗が言った。

「豊国などより上手《うわて》だね」

と、文晁が言った。この正月、芝神明前の和泉屋市兵衛が開板した、市川門之助を描いた歌川豊国の役者絵が評判を呼んでいたのである。

「豊国など足元にも及ばない。第一、絵の気迫が違う。しかも、その気迫は笑いに包まれている」

と、春朗が言った。

「付け加えると、旨く描いてやろうという邪心がない。つまり、哥麿などよりもいい」

江戸で人気随一の喜多川哥麿、役者絵の第一人者豊国よりも勝《すぐ》れているという。

春朗の評を聞いていた重喜が満足そうに言った。

「さすが絵師だ。春朗の言う通り、その者は絵を本業とはしていない。それで、欲がないのだ」

春朗が言った。

「そう、絵師じゃねえとすると、模様師——違うな。着物の柄の描き方が素人じゃねえ。だが、この筆は模様師の使い方とは違う。とすると、漆だ。漆の筆遣い。蒔絵師《まきえし》でございましょう」

「その通りだ。奥の申すには、最初、漆楽斎《しつらくさい》と言っていたようだ。漆臭いの洒落であろうが」

蔦重が聞き捨てならんという表情で春朗の傍《そば》に出て眼鏡をかけ、食い付かんばかりに絵を見較べる。

「春朗さん、あんたよりも上手か」

と、蔦重が言った。

「私にゃこの真似はできません。私が描けば大傑作になる」

春朗は当然のように言った。

「じゃ、この絵に不足があるのか」

「ええ。大不足もいいところです。折角、こんな絵が描けるのに勿体ない」

「どんな点が不足だ」

「ご覧なさい。この写楽という者は、ただ漫然と役者の立姿を描いているだけでしょう。それだけ見せられりゃ、私だって唸らされるほどだ。だが、役者が今いるところの場所が描けていねえ」

「……つまり、背景が描いていない、ということか」

「だめだねえ、蔦重さん。そんなことを言うようじゃ」

春朗は不敵な笑い顔をした。

「口幅ったいようだが、私が描けば背景など一筆も描かなくっても、この人物は山にいるか川端にいるか、家の中にいるか、床の上か畳の上かまでちゃんと判るような絵ができますよ」

春朗が豪語しているうちに、二十枚の絵が座敷に拡げられた。

二三は春朗の言う意味が判るような気がする。山水画は何も描いていないところにも意味がある。見ている人は絵を見るのと同じようにその空間を楽しむことができるのである。だが、二十枚もの写楽を目前にすると、そんなことは少しも気にならなくなってしまう。そこには、鰕蔵がいる、菊之丞がいる、門之助がいる、そして、二三が卯兵衛の部屋で見た、若い二代目菊五郎がいる。その全てが、写楽の筆に生を得て、紙面に動き出すばかりなのである。

二三は、ふと、菊之丞が気になった。写楽の筆は化粧した菊之丞の素顔まで描き取っているからだった。女方が舞台の上で隠しおおせなければならない男が、写楽の絵にははっきりと描かれている。

案の定、菊之丞だけが不快そうな顔でそっぽを向いていた。

「春朗、お前は大した男だ。お前を阿波へ連れて行きたくなった」

と、重喜が言った。

「阿波で何をします」

「思い切って大凧に絵を描かせてやる」

「……それは有難いお言葉ではありますが、これから日光《にっこう》へ行かなければなりません」

「……東照宮《とうしょうぐう》か」

「はい。神廟《しんびょう》再修のため、師匠の狩野融川《かのうゆうせん》が命を受けまして、私はその一行に加わっているのです」

「そうか……師のためであればやむを得んな。しかし、春朗の言葉は正しい。写楽は傑作を描こうとしたのではない。ただ、役者を生写《しょううつ》しにしようと技を磨いたのだ」

二三はそれで納得がいった。

大名の奥向き、奥方や姫は悪所と呼ばれている芝居町へ自由に出入りができない。にもかかわらず芝居に通じているのは狂言師が屋敷の奥向きへ出入りするからである。

町の踊の女師匠が芝居の一座を持っていて、それが大道具小道具、衣裳から囃子方《はやしかた》まで揃えて大名屋敷に行き、奥向きの大広間で歌舞伎や舞踊を演じる、この一座を狂言師という。

大名でなければ思いも寄らない贅沢な遊びだが、人の欲には限りがない。狂言師が写す芝居は所詮《しょせん》仮りのものにすぎない。大奥は男子禁制だから女や娘たちの芸だけなのもの足らない。宿下がりのとき本物の芝居を見て来た奥女中たちの、芝居町の話をしょっちゅう聞かされていて、菊之丞や鰕蔵はどんな顔をしているのか好奇心は募るばかりだ。

蜂須賀家ではそのために絵師に依頼し、芝居に通わせて役者たちの似顔絵を描かせ、奥向きに与えていたのである。その絵師が写楽で、写楽が描いた役者がどれも真に迫っているのは、本物を知りたいという奥向きの要望だからだ。

「ここにあるのは丑之助ではございませんか」

春朗は目敏《めざと》く桂川のお半に扮している二代目菊五郎の絵を見付けた。卯兵衛が死ぬときまで持っていた絵と同じ筆による菊五郎だった。

「二代目菊五郎を襲名する前の舞台だな」

と、重喜が言った。眉毛が口を挟んだ。

「丑之助は父親と一緒に上方に行ったきり、一度も江戸に戻りませんが、写楽が丑之助を描いているのを見ると、上方の舞台を見て描いたのですね」

大坂は江戸と違い、将軍の居城から遠いので侍の生活も寛容なのである。大名でも割に自由に芝居へ出入りするし、町人も侍に諂《へつら》うようなこともない。重喜は在官中の参勤交代では毎年、大坂の芝居見物を楽しみにしていたのかもしれない。

「丑之助が二代目菊五郎を襲名したのは、確か九年前です」

しばらく恐いような顔で絵を見続けていた蔦重が、はじめて口を開いた。

「そのころから写楽は役者絵を描き続けているのですね」

重喜はうなずいた。

「とすると、その数は膨大なものになっているでしょう」

「まあ、そうだろう。算えたことはないが」

重喜の隣にいる定信が口を挟んだ。

「どうだ、蔦重。お前の考えていることを当ててみようか」

「……二想さんのように私の心を読み取る手妻でもなさいますか」

「そうだ。この写楽に絵を描かせ、大絵錦摺百枚続きを売出す」

二三はびっくりした。定信は以前に蔦重が「青楼遊君之容」を企画していたのを知ってい るのだ。だが、よく考えれば、出板統制の旗頭だった定信が、さまざまな出板事情に通じて いるのは当然である。

「とてもとても」

と、蔦重は頭を掻いた。

「わたしがまだ若く、世の中が豊かな時代ならともかく、今、そんな大仕事はできません」

「そうであろうな。この写楽の筆は、木板に打って付けだとは思うが」

「さすが……その通りでございます。摺りものなら、墨は紙に食い入ります。描線は一段と 逞《たくま》しさが加わります」

「写楽の力量を引き出すには、大首絵がよかろう」

「……仰せの通り。わたしもそれを第一に考えました」

「大首絵の草稿は春朗が決めるといいであろう。わたしも春朗と同じ考えだ。写楽は絵の構 図というものに関心がなさそうだ」

定信は春朗の方を見て言った。

「構図が常に絵師の頭にあれば、ここにある絵も自《おのずか》ら違う」

「さようでございます。錦絵の経験のない写楽には多分、大首絵の構図はできないでございましょう」

春朗は自信あり気にそう言い切った。

「春朗が草稿を描く。それを基に写楽が板下絵を描く、とどうなるかな」

「間違いなく、未曾有《みぞう》の傑作が生まれるはずです。彫師は小泉清八《こいずみせいはち》という名人がございます」

「そうか……それなら贅を尽せ。背景は黒雲母摺《きらずり》ではどうじゃ」

彩色浮世絵は当然ながら普通の絵の描き方とは違う。まず描線だけの下絵を描き、これを薄美濃《うすみの》に描き写して彫師に渡す。彫師はその板下絵を裏返して板木に貼り、指先きで紙をこすり取って墨だけを板に残して彫りにかかる。だから、板下絵はそのとき消滅してしまう。彫師は描線を修整しながら彫るから、このとき浮世絵独得の切れ味のいい線が生まれるのである。板木は摺師の手に廻り、校合《きようごう》摺りが再び絵師の手に戻り、色や模様が指定される。

一枚の浮世絵は絵師、彫師、摺師の合作であり、定信の提案では更に春朗が加えられて絵の構図を決めさせる、という。春朗が構図を決め、写楽独得の役者の表情表現と、簡潔で力のある描線によって板下絵が製作され、彫師は名人小泉清八。とすると間違いなくこれまでにない浮世絵が生まれるはずだ。

蔦重の顔が、いつの間にか赤く上気していくのが判った。身体の内から、なにかが燃え立ちはじめた証拠だった。「青楼遊君之容」大絵錦摺百枚続きは未完に終ったが、蔦重がその夢を忘れてしまったはずはない。蔦重にはすでに写楽が描く梨園《りえん》俳優之容、大絵錦黒雲母摺百枚続きが見えているに違いない。二三の頭の中にも、錦絵百枚がひしめきはじめているのだ。

「すでに泉市では豊国の役者絵を売り出している。森屋治兵衛《もりやじへえ》のものも評判だそうだな。蔦重だけがまだ三座の芝居に動かないところを見ると、何か特別の用意がありそうじゃな」

「いや……それが……」

蔦重は無意識に扇子を開き、顔に風を送っていた。上気した顔が暑いのだ。

「わしは春朗が写楽と組めば、古今未曾有の傑作が出来る、と言っている」

「しかし……写楽という絵師は、誰も知る者がいません。無名の絵師の大首百枚……とても無理でございます」

「そうだろうな。世の中、無名でも良い絵が売れればこんな楽なことはなかろう」

「仰せの通りで。大方のお客様は絵師の名で絵を買います」

「それに、写楽の絵は不思議な力を持っている反面、綺麗事ではない。女子供には理解しかねるであろうな」

「その、女子供もわたくしの店には大切なお客様です」

「蔦重も丸くなったの」

「は……」

「それでは、写楽はわしが誂えるとしよう。いいか」

「御前が誂える？」

「さよう。大谷さんにからくり人形を貰うだけでは虫が良すぎる。この写楽を錦絵にして返礼にいたしましょう」

「では、その仕事をわたしの店で？」

定信はうなずき、重喜にいつ帰国する予定か、と訊いた。重喜は藩主の治昭《はるあき》と入れ違いに五月のはじめに江戸を発つと答えた。定信はそれを聞いて蔦重に言った。

「五月の替り狂言、三座に出演する役者絵を摺るとして、とりあえず何枚の錦絵ができるかな」

「……三十枚」

蔦重はうめくように答えた。


大名には常識というものが通用しないらしい。

二三の専門外なので錦絵の絵師、彫師、摺師に支払う工料を正確には知らないが、まず、一枚につき五両は下るまいと思う。それが百枚なら五百両である。それも、絵を売るための資本でなく、贈物として使うのだ、という。勿論、その相手は蓮花だけではないだろうが、それにしても五百両の金を贈答品として投げ出すというのは呆れるほかはない。

そして、五月までに三十枚の錦絵を一度に作ると言い切った蔦重も凄い。錦絵を最も多く描いているのは、手鎖を受ける前の哥麿だが、その哥麿でも一度に出板するのは錦絵三枚続きぐらいで、一度に三十枚というのは文字通り桁外れである。

いつの間にか一座は私語を止《や》め、固唾《かたず》を飲んでその成行きを見守っていたが、蔦重が三十枚もの錦絵を作ると定信に約束すると、一度に嘆声が湧き起こった。

「この、東洲斎写楽という者は何奴じゃええ」

大谷鬼次が芝居がかりに言った。蓮花はにっこりして、

「写楽ならこの座の中におる――」

言いかけると、蔦重は慌て、

「もし、恐れながら、その本名だけは極内《ごくない》に願います。商 敵《あきないがたき》の耳に入れてはならぬゆえでございます」

「よし、言って悪ければ言わずにおこう」

だが、この座の中と言ってしまった重喜の言葉は元には戻らない。一座の者は互いに顔を見合わせる。

「写楽なら、さし当たりこの社楽斎万里でやすな」

と、男芸者の万里が言った。

「はばかりながら、これでも前に『島台眼正月《しまだいめのしょうがつ》』てえ黄表紙を上梓《じょうし》いたしやした」

一座の視線が万里に集まった。万里は気持良さそうに一服つける。それを吸い終ったとき、

「その挿画《そうが》は俺が描いてやった。万里は絵が下手でね」

と、京伝が言った。急に一座の緊張が解けて笑いになった。

「京伝先生、悪い人がそこにいたね」

と、万里が頭を掻く。

「せっかくいい気持でいたのに。しかし、先生の弟御、京山《きょうざん》さんの号は確か、東州と言やしませんでしたか」

「そう、東州だ。だが、今日はこの座にいないよ」

「そうでやした。写楽はこの座にいる――こうなったら本気になるね。誰が写楽てえ屁をひったか、一人一人嗅《か》ぎ分けてやる」

万里は目を細くして一座を見廻していたがすぐ両手を打った。

「判った。大谷鬼次さん、あんたの俳名は十州だ」

鬼次は身体の前で両手をぱっと拡げて見せた。

「あんたは近いうち二代目中村仲蔵《なかぞう》を継ぐことになっているんですってね。お目出度いついでに、化けの皮を剝いじゃどうです」

二三は、鬼次より作者の中村重助の方が気になった。重助は絵をよく描くという。作者を引退すれば、『古今前句集』の傍ら、写楽百枚に取り組むことができる。

その重助はにこにこしているだけだった。

「だが、待てよ」

万里は腕を組んで庄六の方を見た。

「大坂で二代目菊五郎を見たとすると、東国屋庄六さん。庄六さんは確か大坂の人でしたね」

「へえ、わしは大坂生れだす」

と、庄六は答えた。

「ここにも怪しいのがいるな。東洲の洲は国の意味があるから、東洲は東国屋だ。写楽は庄六に通じるわ」

「へえ、大きに」

と、庄六は頭を下げた。

「わしは大坂で欄間の彫師やったさかい、絵はお手のものだす」

「こりゃあ、ますます判らなくなってきた。東洲が東国なら、東園も似たようなもんだ。この間他界された如皐さんが東園、弟さんの菊之丞——」

万里は半分言いかけて口を閉じた。菊之丞の号が東籬園と言おうとしたのだろう。菊之丞が気重に黙り込んでいるのに気付いたからだった。万里はおどけて手をひらひらさせて見せ、

「おっと、こりゃあからくりだ。もしかして俺たちはそっくりからくりに嵌《は》まり込んでいるかも知れねえ、ねえ、文晁さん」

「からくりが、どうした」

と、文晁が言った。

「本当は東洲斎なんて人間はこの世にゃいねえ、というのはどうでしょう。文晁さんの号が写山楼。ほれ、ちゃんと写の字が入ってるって奴でさ」

「写の字一字だけじゃないか」

「ところがもう一方《ひとかた》、白河楽翁さんには、楽の字が入っている。つまり、この二人が組むと写楽という名が出来ます。文晁さんがお手のものの絵を描き、白河さんが一役買って、皆をからくりに掛け、最後に種を明かして大笑いしようという……」

定信が声をあげて笑った。豪快な笑い方だった。

蔦重は渋い顔をして、

「万里、もう口の方はいいから、なにか踊れ」

と、言った。

「それじゃあ、有江踊《あるえおどり》でも見せべい」

万里は宮城野の手を取って無理に立たせ、古兵衛の唄でミミズとムカデの道行《みちゆき》という、妙な所作を踊りはじめる。

庄六の貸本

翌日、東国屋庄六が届けてくれた『中山物語』は、半紙二つ折り十丁ほどの写本で、黒表紙がつけられていた。

内容は庄六が言った通り、京都禁裏の内幕を扱った物語だった。

第一一九代、光格《こうかく》天皇兼仁《ともひと》は閑院宮典仁《かんいんのみやすけひと》親王第六子である。母は岩室法橋《いわむろほっきょう》の女《むすめ》、蓮上院《れんじょういん》橘《たちばな》岩代子《いわよこ》で帝は明和八年（一七七一）に降誕になった。はじめ祐宮《さちのみや》と称し仏門に入るところだったが後桃園《ごももぞの》天皇に皇嗣《こうし》がないまま、安永八年（一七七九）崩御のあと、同じ年に践祚《せんそ》となり、翌年紫宸殿《ししんでん》で即位式をあげた。天皇十歳である。

それまで、父親から嫡子へ嫡子から嫡孫へと、順調に引継がれてきた王位が、この時代になって歩調が乱れた。第一一六代の桃園《ももぞの》天皇が二十二歳の若さで崩御したのがはじまりである。天皇の皇嗣はまだ五歳だった。その親王が成長する間、桃園天皇の姉が仲継ぎとして位に立った。これが後桜町《ごさくらまち》天皇である。

親王が十三歳に成人したとき、伯母の後桜町天皇から譲位され、後桃園天皇として践祚したのだが、父帝と同じく二十二歳の若さで崩じたのである。後桃園天皇には皇女しかなかった。このことが、後に寛政の尊号事件を生む原因になった。

京都御所は昔からの仕来たりがよく保たれている。建物は何度かの火災で、後の様式を取り入れたものもあるが、天皇の居所、紫宸殿や清涼殿《せいりようでん》はほとんど平安京の規模様式そのままに建造されている。

紫宸殿は内裏《だいり》の正殿である。南庭には殿の階《きざはし》の左右に桜と橘が植えられている。いわゆる左近《さこん》の桜、右近の橘だ。

殿は白木造りで丸柱、屋根は檜皮葺《ひわだぶき》の入母屋《いりもや》、床は全て板敷きで天井も張らず、間仕切りもほとんどない。これは、いろいろな行事の場として用いられるからである。

殿の北には天皇が常に居住している清涼殿がある。九間四面で、殿上間《てんじようのま》、昼御座《ひのおまし》、夜御殿《よんのおとど》など多くの部屋がある。その清涼殿のほか、宜陽殿《ぎようでん》、承香殿《じようきようでん》などの殿が紫宸殿を中心に内裏の南半に建てられ、北半には後宮の諸殿舎が数多く立ち並んでいる。

その内裏は東西七十丈、南北百丈で周囲に内外二重の塀をめぐらし、外塀は建礼門《けんれいもん》をはじめ数門、内塀は承明門《じようめいもん》など十以上の門が造られている。

婚姻の風もまた昔の仕来たりが守られている。男子は気に入った女子が見付かるとよばいをおこなう。よばいとは「呼ぶ」意味で、まず男子は恋情を和歌に託して女子のもとに送るのである。女子の乳母か侍女がこれを取り次ぎ、女子は返歌を送る。これが繰返され、二人の気持が通じたとき、男子は夜密《ひそ》かに女子の家に通いはじめる。

三日目の夜、露顕《ところあらわし》といい、それまで黙過していた両親と家族がはじめて男子と対面し、三日夜《みかよ》の餅《もちい》を振る舞い、祝宴を張るのである。その夜より男は公然と女子の家に通うようになる。その後、数カ月から数年のうち正式な婚礼が行なわれるのだが、婿取りの形が一般的である。


光格天皇は先帝の皇女、欣子《よしこ》内親王を中宮とする内定があった。しかし、帝が成人するころ、一人の女子を寵愛《ちょうあい》するようになっていた。時の典薬頭《てんやくのかみ》、半井成美《なからいせいび》の娘、月子《つきこ》である。二人の出会いは天明七年（一七八七）四月の賀茂《かも》神社の祭であった。

賀茂神社は京都の産土《うぶすな》神として朝野の尊崇が高く、例大祭は盛儀をきわめて取り行なわれている。祭当日の参列者は髪飾りや車に葵を挿すならわしで一般に葵祭とも呼ばれる。

帝は紫宸殿に出御して斎王《いつきのみこ》の牛車《ぎっしゃ》や勅使一行をお見送りになる。神社では勅使の祭文奏上、神馬《じんめ》の牽廻《ひきまわ》し、東遊《あずまあそび》の奉納があり、絵巻物そのままの行列が内裏に戻るころは日も落ち、階前には篝火《かがりび》がたかれ、舞楽が奏せられる。

月子は半井成美の秘蔵の娘だったが、この日、祭を見物に来ているところを帝の目に止まったのである。その夜、祭が終ると帝はほとんど奪うようにして月子を清涼殿へ連れて行き、暁になるまで帰さなかった。帝が十七歳、月子が二十四歳であった。

それ以来、月子は更衣《こうい》として後宮に入ることになった。

そのまま、月子が帝の寵愛を受け、男子をも出生すれば月子の家も繁栄である。また、中宮を定められている欣子内親王に子が恵まれなかったら、当然、月子の子は帝の後を継ぐはずである。

一見、月子の将来は誰の目にも羨むほどだが、それはほんのわずかの間だった。

月子が更衣となった翌天明八年、思い掛けぬ大火が起き、内裏が焼け落ちてしまった。天明の大火である。

正月三十日の明け方、京の東、団栗橋《どんぐりばし》付近の民家から出火、夜より強かった風のため、火は四方へ燃え拡がり、昼になっても火勢は衰えなかった。夜、大雷雨となり、火は逆に煽《あお》り立てられ、市中のほとんどを焼き尽して翌月二月一日にやっと収まった。そのときの被害は東本願寺《ひがしほんがんじ》をはじめ寺社千以上、焼失民家十八万戸以上にのぼったという。御所を焼かれた帝は聖護院《しょうごいん》を仮御所として移った。

このとき、幕府が内裏造営の奉行として任じたのが松平越中守定信である。

定信は京に上って造営を指揮した。それまで禁裏はとかく幕府から軽んじられていて、内裏も荒れ、狭くなっていたのだが、定信は故実にのっとり元の規模に復元させることにし、大工棟梁《とうりょう》、用材にも気を配り、粗略にならぬよう配慮した。

新御所が完成し、帝が戻ったのは寛政二年十一月だったが、月子はその内裏を見ることができなかった。禁裏が極秘にした事件で、人知れず暗殺されてしまったからである。

事件が起こったのは、内裏を焼け出された月子が、帝と共に聖護院で暮らすようになって間もなくだった。

勝手の違う寺での不自由な暮らし、帝のつれづれを慰めるため、ある日、町方の狂言師が召し出されて歌舞をご覧に入れることになった。仮住まいというのは、とかく定式を外れがちである。舞楽などの衣裳や道具がなくなってしまったので、町方の楽人を招くしかなかったのだ。

ところが、この狂言師の一座の座長だった若い役者と月子が情を交わす仲となってしまった。はじめ、月子は強く抵抗したという。若い男の暴力に屈して操を奪われたのだが、どうしたことか、月子はその直後、忌むべきその相手に夢中になったのである。

月子は半井家に用事をかこつけて仮御所を出ては自ら密会の場所に忍んで行き、役者とねんごろを交わした。その役者の名は二代目尾上菊五郎である。

恋は意外の正無事《まさなごと》というが、この恋は突然に月子に襲いかかった猛火のようなものである。月子は菊五郎を想うとき、ものぐるおしく常識的な判断ができなくなった。

それでなくとも、内裏の注目を集めている月子である。その燃えさかる心が外に現われないはずはない。噂はいつしか帝の耳にも届いた。帝は激しく憎悪し、この日も仮御所を出て行く月子を近衛《このえ》の侍に追わせ、二人を謀殺するように命じた。

禁裏は一般から隔離された特殊な世界だから、人人の考え方も多少ずれたところがある。男女の交際もそうで、招婿婚《しょうせいこん》などの仕来たりも残っていて、かなり奔放な一面があった。男は一人の女に契りを持ちながら、他の女の家に忍んでも人人は別に怪しみはしない。たまま忍んで行った先きに、他の男と鉢合わせしたなどという情景を書いた小説などもある。

むしろ、そうした場合、口汚く言い合ったり、刃傷沙汰《にんじょうざた》に及ぶなどというのは、下人のする恥しいこととして忌み嫌われていたのである。

だが、帝は前後の見境がなくなっていた。見栄も体面も捨てて二人に刺客を送ったのは、若さと月子への執着の強さゆえであった。

侍たちは鴨川《かもがわ》の川向こうに寄宿していた菊五郎を見付け、月子もろともに斬殺した。このとき、激しく抵抗した菊五郎の刃で一人の侍が胸に深手を負い、その傷が元で三日後にその侍は死亡した。

九月、重陽 宴《ちょうようのうたげ》が行なわれる、前日のことであった。

ここまでが『中山物語』の前半で、後半は尊号事件に筆が移されている。

寛政二年、内裏の造営が竣成《しゅんせい》すると、帝は大いに喜び、御製の和歌を将軍家斉に贈った。家斉はこれを親写して定信に与え、これまでに例のなかった栄誉だとしたのである。

ところが、ここに尊号問題が持ち上がった。

すでに述べられているとおり、帝は閑院宮典仁親王の子である。その典仁親王の位は太政大臣、左大臣、右大臣の下位と定められていた。

帝としては自分の父親の位が低い、万事につけて大臣の次に扱われるのを見るにしのびがたかった。それで、典仁親王に太上天皇の尊号を贈って優遇したいという意向を幕府に伝えた。ところが、内裏を尊敬しているはずの老中定信が、これには強く反対したのである。

理由は、皇統を継がないのに天皇の名を与えるのは名誉を私するものである、という一点だった。事物の理《ことわり》をきわめ、規範を重視する朱子学を基にして改革を進めている定信には、道理に合わぬことで首を縦に振ることはできなかった。また、経済の立て直しに懸命のとき、尊号宣下に伴う莫大な出費が不可能な状態だった。

実は、幕府内にも同じ問題が起きていたのである。

先代の将軍、徳川家治は実子が全て夭逝《ようせい》してしまったので、現十一代将軍家斉は一橋《ひとつばし》家から迎えられたのである。家斉は将軍の座に着いてから、父親の一橋治済《はるさだ》を西の丸に迎え、大御所の称号を贈ろうとする考えを持っていた。定信は私情で大御所を贈るのは穏当でない、と家斉を諌《いさ》めなければならない立場だった。道理に反することに対して、定信は厳として帝であっても応じなかった。

寛政五年正月、しびれを切らせた帝は議奏《ぎそう》役中山愛親、武家《ぶけ》伝奏《てんそう》正親町《おおぎまち》公明《きんあき》を幕府に送り、再度、典仁親王に太上天皇の尊号を贈り、その賄《まかない》料毎年千石を献納ありたき旨を伝えてあるのに承認しないのはどうしてだと、定信を難詰《なんきつ》した。

定信もほとほと弱り、窮余の策として持ち出したのが、月子と菊五郎の一件であった。

改革を推進させるため、密偵を江戸中に放ち、中には密偵に密偵を付けることまでやってのけた定信である。江戸の隅隅《すみずみ》まで知りつくし、また、禁裏では極秘にされていた事件でも耳に入れることは難しくはなかった。しかも、老中首座にあったときの定信は厳しい禁欲主義者であった。

老中に就任したとき、定信は信仰していた霊岸島吉祥院《れいがんじまきっしょういん》に参詣し、本尊の歓喜天《かんぎてん》に改革のかなわぬときは自分を殺してほしいという願文を捧げた。文字通り命懸けの心願である。

定信は大奥の女中たちにも草双紙などより孔孟《こうもう》の書を読めと言い、将軍にも房事を控え、回数などは医師に従うように、などと進言している。禁裏であっても風紀の乱れは黙っていられないのである。

定信は月子と菊五郎の件を持ち出し、これが根のない風説ならいいが、万一、事実だとすると、帝の権威に関わることだと言った。この言葉が直接どういう効果を示したかは判らないが、結局、帝は廷臣の諫めに従い、意思を撤回したのである。

中山、正親町の二卿は、江戸に呼ばれ、中山は閉門百日、正親町は逼塞《ひっそく》五十日に処せられ、関連した公家の何人かは役を免じられて、一件は落着した。

同年七月、定信は改革半ばにして将軍補佐と老中首座を辞任した。

二三には禁裏の事情に明るい人物が、直接筆を執ったのではないように思えた。文章は雅俗が混交していて、恋の場面などは人情本紛いのくだけた描写がある。定信が尊号問題で月子の件を持ち出すなども、下世話な調子ではないか。

禁裏の事件を知っている者がいて、その話を聞いて本にしたのは町方の誰かだろう。本そのものはいかがわしいにしても、真実性はかなり強い。記述は必ずしも流暢《りゅうちょう》とはいいがたいが、その素人臭さが信憑性《しんぴょうせい》を濃くしているのだ。それでも、月子の悲傷は胸がつかえるほどだった。身の危険を知りながらあえて書かざるをえなかった作者の、月子への激しい思い入れが伝わって来る。

二三は如皐の葬儀のとき、一九が上方では音羽屋は禁句だと言っていたのを思い出した。だが、こういう本が貸本屋に出廻っているからには、その事件はほどなく多くの人に噂されるに違いない。

二三が読み終えたあと、久次郎も『中山物語』を手にして熱心に読んでいたが、読み終えると急に寒そうな顔になって、

「こりゃあ、おそろ色即是空《しきそくぜくう》だ」

と言い、こういう危険な本を一晩でも泊めるのは気味が悪いから、今日のうちに返してし

まえ、と命じた。

それでなくとも、久次郎は『柳多留』の重板で頭を痛めている。元の板木をそのまま使って摺れればそれに越したことはないのだが、統制の厳しい今、それで済むとは思えない。といってこれまで出板して来た二十数篇全てに目を通して一句一句を吟味するとなると、相当な仕事だし手間賃も大変だ。そんなこんなの中、家に得体の知れない写本が転がっていては、気味の悪いことこの上もない。

叱られた二三は『中山物語』を懐にして家を出た。鎌倉河岸《かまくらがし》、東国屋の店はありきたりの下駄屋で、奥の棚に数多い本が積まれていた。庄六は店で帳付けをしていたが、二三の顔を見ると意味あり気に笑い、

「親父さんに早く返して来い、と言われましたね」

と、言い当てた。

「何もかも知らないことばかりで面白かった。京じゃこういうのが流行っているのかい」

「さあ、どうでっしゃろ。まあ、人の上に立つお方が、ひた隠しにしていることを覗きたくなるのは、人情やな」

「ここに書かれている、全部が本当のことかね」

「そりゃ、ほんまもんでっせ。ほんまもんやから、下手な草双紙より迫力が違う」

「うん、確かにそうだが、菊五郎が出て来たのにはびっくりした」

「……因縁ずくや」

「しかし、芝居町の衆は、菊五郎が亡くなったのは、二代目を襲名した翌翌年だと言っていたがな。襲名が天明五年、七年に防州へ行く途中で亡くなった。ところが『中山物語』では天明八年の大火の後、菊五郎がいたことになっている」

「それは、誰かの智慧《ちえ》でっしゃろ」

「……芝居衆が嘘を言っているのか」

「そや。この一件、禁裏と公儀で押え込んでいるからいいのや。万一、表沙汰になったら一大事、菊五郎一人じゃ済まされませんのや」

「……芝居町全部が巻添えになる？」

「へえ。うっかりすると、京大坂から芝居が消されてしまいます。ですから、二代目菊五郎なら、一年も前に防州で亡くなっとります。大逸れたことをした菊五郎なら、お狂言師の菊五郎、芝居町とは別人でございます、と言い逃れができますねん」

二三は庄六の言葉に何となく納得した。そうすると、菊五郎を葬った寺も不明だという、その理由も判る。そのとき、実際には菊五郎はまだ生きていたのだ。防州三田尻の興行を終え、京都に上って、狂言師となって芝居に復帰する時期を待っていたのだ。

「しかし、禁裏の内から公儀の裏まで、よく書いたものだ」

「そりゃ、いろいろな人から話を蒐《あつ》めまっせ」

「誰がまとめたのだろう」

「これは亡くなった方だから言えますが、別の写本は狂言作者の瀬川如皐さんの手蹟《て》で書いてある、と言う人がいます」

「……ほう」

「けど、わしの考えは違いますな。この本は江戸にいる作者には書けません」

「……如皐さんは上方で瀬川乙女という女方だったじゃないか」

「でも、それは大分前のことや。確か、菊五郎の襲名の年には江戸に下っていたはずやな」

「如皐さんじゃない、とすると、誰だろう」

「……判る方法がおまっせ」

「どんな方法だ」

「もし、上方で『中山物語』がお上の耳に入り、詮議がやかましゅうなったとする。それを書いた人なら、江戸へ逃げて来るかもしれません」

「……これから、江戸へ下って来る作者が怪しい、というわけか」

「でも、桑原でっせ。上方が危険なら、こっちも同じや」

「それなら、最初からこんな本に手を出さなきゃいい」

「それがね、因果です。わしはいかんと言われるとそれがしとうなる。菊五郎だって同じや。禁裏の女だから手を出す気になった。そう思いませんか」

庄六は『中山物語』を下駄が積んである方の棚の奥に入れ、代わりに二冊の本を取り出して来た。

「それにな、たとえばこの本や」

庄六の前に置かれた本の題簽にはどちらも『羽勘三台図絵』としてある。

「それなら、読んだことがある。三年ほど前に出た、道陀楼主人が書いた、芝居を国に見立てた案内書だ」

題から『和漢三才図会《わかんさんさいずえ》』のもじりなのである。絵入り百科辞典のその本に倣い、芝居を一つの国に見立てて、天文、地理、人事の全てを解説している。この本一冊読めば、たちまち芝居通になること請合いだ。

芝居には羽州《うしゅう》（市村羽左衛門座のこと）と、前勘（中村勘三郎座）、後勘（森田勘弥座）の三つの国があり、それぞれ台州（舞台）という都を持っている。すなわち『羽勘三台図絵』とは江戸三座の舞台に関することがらを文と図にした解説書という趣向になっているのだ。

二三がその本を知っていると言うと、庄六は、

「道陀楼主人は誰だかご存知でっしゃろ」

と、言った。

「戯作者の朋誠堂喜三二だね。『文武二道万石通』を書いた。あのころ、蔦重さんの黄表紙はよく売れたね」

「そう、越中守を皮肉りおって。面白かった。そやけど、喜三二は元元が秋田藩のお留守居役や。藩からのきついお達しで、それ以来黄表紙が書けんようになった」

「それで、この本は道陀楼主人と名を変えたんだ。この本はお上の当てこすりのない芝居国の案内書だ」

「本当にそうかいな」

庄六は意味あり気に声を低くし、一冊の本を手にした。

「なら訊きますが、この『羽勘三台図絵』の板元を知っていますか」

「……さあ」

「そうでっしゃろ。二三さんが読んだのは、こっちの本や」

庄六は本の最後の丁を開いて二三に見せた。そこには「寛政三歳辛亥《かのとい》正月吉日　画工蘭徳《らんとく》斎《さい》　江都《こうと》書林《しょりん》　地本問屋」とあるだけで、肝心の出板元の名が消えていた。二三は一応読んではいるが、細かいことは忘れている。

「二三さんが答えられないわけや。元来、こうした本なのや」

「……板木を削り落としたのか」

「そうですな」

庄六はもう一冊を示した。本の体裁は全く同じだったが、この方は奥付がきちんと書かれている。江都書林　横山町《よこやまちょう》壱丁目　鱗形屋孫左衛門《うろこがたやまござえもん》　板元　地本問屋　鱗形屋孫兵衛《まごべえ》。

「ご覧のとおりや」

「すると、矢張りお上の気に障るようなところがあるのかい」

庄六は本を繰って別のところを開けた。「雑事」の部で、そのほとんど一行が墨で塗り潰されている。しかも、その横に肉筆で次のように書き込まれていた。

「公家も鉄漿《かね》を付けたるは大無道の人なり」

二三は訊いた。

「これは、庄六さんが書いたのかい」

「へえ、隠してあるものは覗きたくなりますがな。それ、裏から見るんや。木板の字は裏までよく通っていますさかい、読めますのや」

「公家と言ったって、これは芝居国の話だろう。公家の悪役は顔を青く塗った公家悪《くげあく》と言って、しょっちゅう芝居に出て来るじゃないか」

「ところが、まだおまっせ」

庄六は今度は二冊の本を開いた。板元の名が明記されている本は、ぎっしり文字が埋まっていたが、もう一冊の方は丁のうちほぼ半分が空白だった。

二冊を較べると、空白の部分は「官位 幷《ならびに》 名字」という部分で、二三が完全な方を読んでみると、

「芝居国の天王は皆善心でいらっしゃるが、皇子は十人のうち七八人は悪王子である。左大

弁、左中弁、左小弁、右大弁、右中弁、右小弁に任ずる人はとかく悪人である。また、無位無官の人名でも、監物《けんもつ》、勘解《かんげ》、玄蕃《げんば》、丹下《たんげ》などと名乗る人の十人が八九人は悪人。郡内、郡藤太などという人の十人が十人は悪。采女《うねめ》、伊織《いおり》、求馬《きゅうま》、要人《かねと》、隼人《はやと》などという名は善人であるのはどういうわけか」

二三は首を傾げた。

「これだって、芝居国では当たり前だよ。どこが悪いんだろう」

「そう。鱗形屋さんでも、新板書物の町触れは充分承知していて、それでも大丈夫やと思うさかい、この本を摺ったんや。ところが、後になって、これがあかんちゅうことになり、急いで板木を削ったり、それでも間に合わんところは墨で塗り潰さないかんようになったんや」

「……どれも、公家を悪く書いてあるところだ」

「そや。そこが、これまでとは違うところや」

これまで、芝居町では公儀に関する事件は芝居に移すことはできなかった。明らかに江戸と判る場面でも地名は鎌倉、隅田川《すみだがわ》は稲瀬川《いなせがわ》とする気の遣い方だ。ところが、公家社会の背景に対しては、割にゆるやかで、王代物と言い、帝位の相続を争う国崩しを主題とした芝居がしばしば上演されてきた。菅原道真や小野道風《おののとうふう》が登場する芝居がそれである。

「つまり、禁裏とお上との間がぎくしゃくしてしまったのが、芝居の方にも影響してきた、ということか」

と、二三が言った。

「そうやね。今のところ実力はお上の方が強いさかい、越中守の言い分が通ったけど、禁裏の方は残念無念でっしゃろ」

「それにしても……ずいぶん過敏すぎるじゃないか」

「それだけ、大変なことなんや。わしらにはよう判らんが」

「すると、これからは公家衆の方にも気を遣わないといけないのか」

「そう。花屋さんの『柳多留』、後摺りには気を付けないとあかんで」

庄六の話を聞いていると、肌がぴりぴりするような感じである。定信の改革には「白河の清きながれに魚棲まず　濁る田沼の水ぞ恋しき」という落首が作られたが、定信が老中を辞任しても、世の中は一向に楽になる様子がない。二三は庄六に言った。

「しかし、そんな物騒な本を、よく平気で扱えるね」

「平気じゃおませんが、まあ、質《たち》でっしゃろ。禁書が好きでんねん。須原屋はんが罰せられたときの、林子平の『三国通覧図説』や『海国兵談』なども揃うております。読みまっか」

「いや……親父が喧しくてね。そんな本は家へ置けない。そう言えば、西洋のことを書いた本もご法度だった」

一時、須原屋市兵衛《いちべえ》は『紅毛雑話《こうもうざつわ》』や『天球之図《てんきゅうのず》』『地球一覧之図《ちきゅういちらんのず》』というような本を次次と出板して人気を集めていた。『羽勘三台図絵』の芝居を国に見立てた趣向も、そうした異国趣味の流行の上に乗っているのである。板元の鱗形屋は、あるいはその点にも臆病になっていたのかもしれない。

「じゃ、わ印《じるし》なんかも集めているんだろう」

と、二三が訊いた。庄六は不敵な顔で、

「へえ、でも、あの手のものは見付けられたとしても罪は軽い。その点、気苦労が少のうて面白くおまへんな」

と、言った。

二三は無我夢中で道を急いでいた。とにかく家に落着いていられないのだ。

先月の四月二日、江戸町二丁目の丁字屋長兵衛から出火し、吉原廓内が全焼するという騒ぎがあったが、二三にとってはそれどころではない事件である。

筋違橋門に入って須田町《すだちょう》から鍛冶町《かじちょう》、左に折れて日本橋本町《ほんちょう》通りから芝居町に着くと、大変な賑わいで、五月五日に揃って幕を開けた三座はそれぞれ満員札止めの盛況だった。小屋に入れない人たちが未練そうに絵看板や幟を見上げている。絵双紙屋の前もごった返している。

二三もその見世の前に立ち、熱にでも浮かされたような気分になった。

東洲斎写楽の役者大首絵、大判錦絵黒雲母摺が二十八枚、ずらりと店を埋めているのである。当代人気の瀬川菊之丞、岩井半四郎、沢村宗十郎、市川鰕蔵、市川門之助をはじめ、尾上松助、大谷鬼次、大谷徳次《とくじ》、中村此蔵といった脇役まで、その一人一人が驚くべき確かな筆で活写され、今にも動き出すかと思うよう。

最近、売出し中の豊国は、と見ると大首錦絵が四枚だけで、質量ともに完全に写楽に圧倒されている。

蔦屋の手代が花屋へ来て、写楽の新板を二十八枚、ずらりと並べたときには店の全員があっと言ったきり、しばらくは声も出なかった。二三も、松平定信が役者絵を蔦重に注文し、春朗が写楽の原画をもとに草稿を作り、正体不明の絵師写楽が春朗の構図をもとに板下絵を描いて黒雲母摺を製作しようとしたいきさつは知っていたが、それが目の前に現れ、しかも二十八枚の全てが傑作だということが信じられなかった。

多量の写楽を見ているうち、これは是が非でも芝居町に行き、絵双紙屋に並べられている風景を見なければ気が済まなかったのである。

「こりゃあ豪的に役者絵が出揃った」

「ご覧なさい、本物そっくりだ。しかし、写楽という絵師が、今までにいたかな」

「さすが、蔦屋。これで芝居町に花が添えられた」

写楽を見ている人たちの、自然な疑問や感想が二三の耳に聞こえてくる。

二三はふと不安になった。

定信は蔦重がこの錦絵を市販することに賛成したのだろうか。

定信が大名仲間への贈答用に作らせた錦絵だから豪華な摺りにすることができた。定信が退官しても改革は続けられている。改革の第一は贅沢の取締りである。錦絵の雲母摺は最も贅沢の一つだ。それが二十八枚同時に発売されている。しかも、蔦重はそれだけではなく、全部で百枚の揃いを作るのに取り掛かっているはずだ。

——蔦屋へ行ってみよう。

そう思っているとき、肩を叩かれた。

「やあ、一九さんか」

「顔に書いてありますよ」

「何と？」

「これから、蔦屋へ行く、と」

「……当たった」

「わたしもさっきからここにいたんです。写楽の売行きが気になりましてね」

「売れているかい」

「売れています。不思議ですね。今まで役者絵なんか見向きもしなかったような人が買って行く」

「びっくりしたよ。こんな錦絵が出来るとは思わなかった」

「そうでしょう」

「……越中守様は承知しているのか」

「それですが、立話もなんですから、ちと休みましょう」

一九は絵双紙屋の見通せる掛け茶店に入った。

出された番茶をすする一九は、気のせいか浮き浮きして見える。

「越中守は今江戸にはいませんよ。谷文晁を連れて、奥州白河に行っています」

「……すると、鬼のいない留守に？」

「ええ。越中守、摺り上がった写楽を見て、大満足だったようです」

「じゃ、芝居町に写楽が並べ立てられていることは？」

「ご存知ないでしょうね」

「……それで、いいのかな」

「いいにもなんにも、蔦重は転んでもただ起きるような人じゃねえ。この前は越中守に半分も財産を没収されたが、今度はその逆だ。越中守を種にその財産を取戻そうとしている」

「そりゃあまた……大博打だ」

「そう。これが百枚完成してご覧なさい。越中守も兜を脱ぐ。結局、蔦重の勝です」

「……じゃ、店は大忙しだ」

「ええ、職人も倍《ふ》やしました。あたしは紙の礬水《どうさ》引《び》きまでやらされました。しかし、仕事を手伝ってみて、春朗さんの腕には改めて感心しましたよ。あの人は名人だね。写楽も春朗さんに引けを取らなかった。役者が絵の中から抜け出して来るような迫力だ」

「そう。遠くから見ても、はっとするほどだ」

「そうでしょう。それに写楽の頭彫《かしらぼ》りは小泉清八だ。写楽は蒔絵の心得もあるといいますから、職人の気持をよく知っている。無駄な線が一本もない。線が少ねえから彫りの手間は少なくて済む。その代わり、少しの胡魔化《ごまか》しも宥《ゆる》されねえ。そんな仕事を出されると、職人は本気になるね。それに、色の数なんですが、あの錦絵は色板木が普通のよりも少ねえんですよ」

「……それは、気付かなかった」

「色の配置が絶妙だからです。勿論、いろいろな人の助言があったでしょうがとてもはじめての仕事とは思えない」

「つまり、春朗や写楽、彫師や摺師の息がぴったりと合った、というわけだ」

「それが出来ると見抜いた越中守も忘れられません。あとは町奉行所の息が合うかどうかですがね」

「……合いそうかね」

「それは何とも言えねえ。あっちは絵の上手下手なんかはどうでもいいんですから」

「一体、東洲斎写楽は何者なんだい」

一九はそのときだけ首を横に振った。

「大谷蓮花公は？」

「勿論、大満足。近近、写楽を持って阿波へ帰るそうですよ」

「……どうも大名の気持てえのはつかみ所がねえ」

一九はにこっと笑った。一九も芝居町に並んだ写楽に興奮しているのだ。口が自然に軽くなる。

「大谷さんは秋田藩二万石、佐竹家の第四子です。秋田藩といったって国のことなんか知りません。浅草鳥越の藩邸で生まれたんですから江戸っ児ですな。長男とは違い、世情にも明るい。たまたま徳島藩では主人が病弱でさるお方が養子に入り藩主になったんですが、運の悪いのは仕方がねえ。この方もすぐ病いに罹《か》かってしまった。このままではお家が断絶してしまう。家臣が奔走して、やっと佐竹家の四子を養子にした。その翌月、藩主が他界したてえますから、正に間一髪で国が亡くなるところ。大谷さん十七歳でした」

「二万石の四子が徳島藩二十五万石の城主、大したもんじゃないか」

「それがねえ、大谷さんが国に入ってみると、これが火の車でさ。何とか財政を立ち直らせようとして、自ら範をたれましたね。藩主の勝手向きの経費を五分の一にし、食膳は一汁一菜、衣服も擦り切れるまで着用。そして改革に乗り出したんです」

「越中守が改革をはじめる――」

「三十年も前です。だから、この点じゃ大谷さんは越中守の大先輩に当たる。しかし、若さでしょうな。改革が早急な上、厳しすぎて、反対派が出で来る。大谷さんが小藩の出身という壁もある。また、いろいろ斬新な試みをしたんですが、これはいちいち公儀の許可を受けなかったのもよくなかった。藩政を混乱させ、士民不服の声があると詰問されたが、大谷さんは一切弁明せず、自分の嫡子に藩を継がせてさっさと隠居になってしまった。大谷さん、三十一でした」

「改革の途中……越中守と同じだ」

「ええ。倹約尚武を改革の柱にした点でもよく似ています。徳島へ帰ってからは、大谷の別邸で暮らすようになったんですが、ここで改革の反動が出たんでしょうかな。これまでとはがらりと違う派手な生活をはじめた。江戸から大谷さんに呼ばれたのは、文人画の鈴木《すずき》芙蓉《ふよう》、蒔絵の飯塚桃葉《いいづかとうよう》、刀剣の阿波《あわ》正阿弥《しょうあみ》、浄瑠璃の豊竹古靭太夫《とよたけこうつぼだゆう》、その他陶芸師、茶の師匠など数え切れません」

「……凄い変わり身だな」

「そこが大名のゆえん。考え方が桁違いでわれわれ凡人にはよく理解できねえ。これが江戸に伝わって、大谷さんまたぞろ公儀に呼び出される羽目になった。このときの老中が松平越中守。お咎めを受けて危く幽閉されそうになったんですが、仲に入ったのが学者の柴野《しばの》栗山《りつざん》。この人は徳島藩の儒学者であったし、越中守の改革の力になった人です。この栗山のお蔭で事は丸く収まった」

「なるほど。それで今度は大谷公と越中守が親しくなったんだ」

「そう、今度の改革で、越中守は一徹な石頭みたいに思われていますがね。本当は正反対なんです。改革は祖父に当たる吉宗公の享保の改革を継いだので、仕事を離れればこの人ほど趣味の多い人はいない。第一、歌人で有名な田安宗武公の七男です。父君の才能を受けていますから和歌や狂歌を詠み、十七、八歳で歌集を出し、黄表紙まで作った」

「……改革では越中守が目の敵《かたき》にしていた黄表紙を？」

「面白いでしょう。絵筆を取っても大したもんで、音曲にも熱心。国学や古典にも通じている。柔かいものから堅いものまで英才を発揮しますから、老中だった田沼意次の一派が越中守を警戒したんです」

「……田安家は御三卿の一つだから、何かのときには将軍の座に着くことができる」

「そう。それで、意次が画策して奥州白河藩十一万石の養子に出してしまったんです。しばらくして白河藩主を継いだのですがこれがまた、天明の大飢饉の真っ只中だっせ」

天明三年、浅間山が火を噴き、降灰は関東一帯から東北に及んだ。加えての冷害で、東北では真夏にも縕袍《どてら》を着なければ生きていけなかったという。被害は東北に集中し、餓えと疫病で死んだ者は三十万人にも及んだという未曾有の大飢饉である。

「偉いもんでんな。そんな中で越中守の白河藩では一人の餓死者も出さなかった。その後の藩政も立派で、この手腕を買われ、田沼が失脚した後、老中首座に立てられたのや」

「越中守は自分の目で飢餓の惨状を見て来た。それで、江戸での贅沢さが我慢できなかったのだな」

「そう。大奥は相変わらずぬくぬくとしているし、命懸けの改革を横から茶にされたりすりゃ、腹が据えかねるのは当然やな」

「つまり、越中守も大谷公も、養子に行った国で散散苦労して来たわけだ」

「その上、お二人は本当は学芸が大好き。これで仲良くならなければ不思議です」

「それにしても、大谷公がからくりを贈ったり、越中守が役者絵を作らして返礼にしたりするのは少し鷹揚すぎやしないか」

「いや、あれはあれでいいんです。大谷さんは息子のためを思っているのや」

「……今の、徳島藩主の？」

「大谷さんは隠居しましたけど、越中守は現役です。老中は辞任したが老中に準ずる待遇を受けていて、発言力はまだあります。その越中守によくしていて悪うはない。徳島藩はまだ改革の最中や」

「藩内にごたごたが起きて、それが公儀の耳に入るようなとき、越中守が味方になってくれるようにだね」

「勿論、それもそうやけど、徳島藩は以前、痛い目に会ったことがある」

徳島藩は天明元年、公儀から関東諸河堤の改修という普請役を賦課されたことがあったという。財政が困難を極めているとき、この大工事はひどく応えたのである。

一九は元が侍だけに、こうしたときの藩の対応をよく知っている。各藩には必ず留守居役という侍がいる。この侍は参勤交代のときにも国へは帰らず、江戸の藩邸に詰めている。中には生まれも江戸、本国の土も踏まない侍もいるので、藩士といっても非番の日に切絵図を片手に江戸市中をほっつき歩くような田舎侍ではない。

留守居役は各大名の間の連絡を緊密にし、公儀の意向をいち早く知り、それに対応する処置が適切でなければならない。たとえば、徳島藩に課せられた普請役などは事前に知っていれば、しかるべき手を打ち、ご免蒙《こうむ》ることもできたのである。賄賂《わいろ》が横行する田沼時代だからそれが可能で、その交渉を怠ったのは徳島藩の留守居役が無能だったと言っても言い過ぎではない。

今は田沼の時代ではないが、越中守と親しくしていれば、藩には悪かろうはずはなく、それから生まれる利害はからくり人形などの値段の比ではないはずだ。

新しく茶店に入って来た二人連れの客が、声高に新板の役者絵の話をはじめた。芝居や絵が好きらしく、しきりに写楽の絵を誉めそやしていたが、そのうち一人が、

「しかし、新板が二十八枚てえのは、ちょっと半端じゃねえか」

と、言いはじめた。

「二十五枚、三十枚ならきりがいい。なぜ二十八枚だ」

「判らねえのか」

「……二十八に意味があるてえのか」

「大ありだ。知らざあ教えてやろう。二十八てえ数は二十八宿から来ていて目出度え数だ。昔から空は二十八に区分けされている。それによって星の位置がはっきり判るんだ。お月さんは毎日一宿ずつ動いている。驚いたか」

「驚いた。だが、どうしてそれが目出度えんだ」

「目出度えじゃねえか。二十八宿によって、ちゃんと占もできるんだ」

「占ができると目出度えか」

「そうとも」

「じゃ、長屋の八卦見《はっけみ》も目出度えか」

「あんな爺《じじ》い、目出度えもんか」

「そうだろう、俺はどうしても二十八枚は半端だと思う」

「じゃあ、どうだっていうんだ」

「最初、蔦屋はきっちり三十枚の新板を売出すつもりだったんだ。だが、何かの都合でその内の二枚を出せなくなったんだ」

二三はびっくりして一九の顔を見た。一九はばつの悪い笑い方をして茶代を床几《しょうぎ》に置き腰

を浮かせようとした。二三はその銭を拾って一九に握らせ、

「あと一つだけ訊きたいんだ。絵師の春朗さんはどこに住んでいる?」

「あの先生は……判りません」

「本屋でも知らないのかね」

「ええ。あの先生は掃除や片付けが大嫌い。家の中が汚れると引越しちゃうんです。まず一月と同じ所にいたためしがない。だから、尋ねて行っても無駄ですよ」

「……じゃあ、急な仕事など、困りゃしないか」

「ええ、大きに困りますが、先生こっちの思惑なんか一向気にしません。まあ、先生が現れるのをじっと待つか、妙見様《みょうけんさま》へ行ってみることにしています」

「……妙見様?」

「ええ、柳島《やなぎしま》の妙見大菩薩《だいぼさつ》。先生は妙見様を大層信仰しています。正五九《しょうごく》の一日《ついたち》十五日がご開帳ですから、きっと先生、参詣に行くと思いますよ。それに、先生また名も変えた。今度の名は北斎《ほくさい》。全くめまぐるしい先生だ」

それだけ言うと一九は逃げるように茶店を出て行ってしまった。

二人連れの客は話を続ける。

「どういうわけで、二枚を売りに出さなかったんだ」

「お上への遠慮さ。以前、お叱りを受けた役者だろう」

「……瀬川菊之丞か。改革のはじまったとき奉行所に捕まったことがある」

「ちゃんと目を開けよ。浜松屋ならちゃんと田辺文蔵《たなべぶんぞう》の妻おしづの役で描かれている」

「じゃ、誰だろう」

二人は遠くの絵双紙屋を眺めた。

「中村粂太郎《くめたろう》がいない」

「そうだ。坂東善次《ぜんじ》が二枚もあるのに、粂太郎がないのは変だ。何かでしくじったのかな」

「市川団十郎もない。こりゃあ大変な目零《めこぼ》しだぜ」

「そうだ。お前は成田屋《なりたや》を贔屓にしているんだ」

二三はその二人の話を聞くまで不思議には思わなかったが、二十八枚という数に矢張り居心地の悪さを感じた。蔦重の最初の心づもりは三十枚だったのだ。一九の態度がそれを証明している。

では、発売を中止した役者は誰なのか。三座の役者の数は多い。二人があげた他にも、役者絵にならなかった役者はもっといるはずだ。だが、それは二三には判らなかった。

日蓮宗法性寺《ほっしょうじ》は、本所亀戸《かめいど》から西に流れて来た北十間川《きたじっけんがわ》が、柳島まで来て横十間川《よこじっけんがわ》と別れる、その川岸の角に建立されている。押上村にある役者寺の大雲寺の奥、四丁ほどのところである。

広い寺の境内は、妙見大菩薩を祀《まつ》った妙見堂、本尊は四臂《ひ》で二手に日月を持ち、残る二手には筆と紙とを持っている。千年松とも呼ばれている、幹の周囲一丈三尺余もある星降松《ほしくだりまつ》が遠くから見える。役者寺の大雲寺はすぐ西側にあり、その隣の最教寺《さいきょうじ》は七面明神を祀る七面堂で有名だ。

五月十五日、二三は早朝から妙見堂の前で北斎を待ち受けていた。

朝のうちは近郷の農夫たちの姿が多い。そのうち、植木や箱庭、野菜や穀物を運んで来る縁日商人たちが集まってくる。

二三は北斎が現れるまでは一日中でも待つ覚悟だったが、北斎は案外早く妙見堂へ参詣に来た。

相変わらず身形りに無頓着な男らしい。さすが根生院で会ったときは真っ当だったが、この日はそのままの姿で家を飛び出して来たらしい。虱《しらみ》でも這い出しそうな、日暮方《ひぐれかた》の紺の素袷《すあわせ》を昆布《こぶ》みたいな帯に端折《はしょ》り、古びた菅笠《すげがさ》をかぶって、何やらぶつぶつ言いながら歩いて来る姿は、よく見て近在の農夫、この男の手から絶世の美女の絵が生み出されるとはとても思えない。

富士山の形をした星降松の裾が参道の石畳の上を覆っている。北斎はその向こうから現れると、駈けるような足取りで鳥居をくぐり、妙見堂の前で長いこと手を合わせ、参詣が済むとくるりと向きを変えて飛ぶように走り去ろうとする。二三は慌てて後を追い、声を掛けた。

北斎は立ち止まり煩わしいような顔をした。

「この間、根生院でお目に掛かりました。星運堂の二三です」

「ああ、知っているよ」

「それは光栄です」

「光栄なんかじゃねえ。俺は因果と一度人に会うと、その顔をいつまでも忘れねえんだ」

「さすが、絵の先生は違います」

「ここで世辞を聞いている暇はねえ。忙しいんだ」

「ご用がございますか」

「ああ。この間の大雨だろう。柳島橋が流されているんだ」

「……気が付きませんでした。私は小梅《こうめ》の方から来ましたから」

「俺は橋がなくなっているのに気付かなかったから、大分遠廻りさせられた。だが、珍しい景色だ。これから描きに行く」

北斎の心はもう落ちた橋のあたりに行っているようで、どんどん歩き出す。二三も北斎の後を追って法性寺の山門を出た。

門前は横十間川、その北側は東西を流れる北十間川と落ち合っている。遠くは秩父《ちちぶ》の山山が見渡せる眺めのいいところだ。柳島橋は横十間川の北詰めに懸かっている橋だが、近付いてみると、北斎の言う通り橋は流失して、橋の袂近くに橋脚がわずかに残っているだけだった。確かに十日ほど前の大雨で各地に水が出たようだが、被害の大きさは判らない。当分の儀や浮説の儀を摺物にして売る読売が禁止されているからだ。

北斎は橋の近くにある掛け茶屋に入って床几に腰掛けると、すぐ懐から帳面を取り出し、腰から矢立を抜いた。矢立は簡単な竹製、矢立から取り出した筆の先きはちびている。北斎はあたりに目もくれない。紙の上にはたちまち川の風景が現れていく。

二三は仕方なく茶と粟餅《あわもち》を店の女に注文した。誂えが来ると、北斎は二三を見てまだいたのかというような顔をして、

「ちょうどいい。役人などが来たら、すぐ教えろ」

と言って、筆を持ち直した。こういう景色を写し取っているところを見付かると、役人に何を言われるか判らない。

北斎の筆は魔法のような早さで、みるみる何枚もの絵が仕上がっていく。対岸に立って、びっくりした顔で流失の跡を見ている人物の表情も逃さない。北斎は立て続けに筆をふるっていたが、ふと、手を止めて茶碗に手を伸ばした。

「俺は色紙、扇面の類いに絵は描かねえんだ」

「いいえ、絵の無心じゃないんです」

「厄介な頼みもだめだ」

「いいえ、ただ言葉で済むことで」

「じゃ、言ってみねえ」

「この五日、東洲斎写楽という絵師の絵が一斉に売出されました」

「うん」

「根生院でその役者絵が作られるいきさつを聞いたのを思い出したんです。越中守様が蔦重に依頼し、北斎先生が草稿を描いて、それをもとに写楽が板下絵にして錦絵にする――」

「うん、その通りだ。その手続きであの絵が出来た」

「あのときの話だと、役者絵は百枚の続きもので」

「うん。俺は注文通り、百枚の草稿を三日で描いてやった」

「……わずか、三日で――百枚を？」

「そう。だが、写楽の話はするな。写楽を忘れてえんだ」

「なにか、不都合でもあったんですか」

「うん、不都合だ。写楽が俺に乗り移りそうになった」

感じとしてはその意味が判りそうな気もする。写楽の絵が強烈な印象を人に与えるということなのか。二三は訊いた。

「絵師が絵師に乗り移る、なんてことがあるんですか」

「あるな。写楽の草稿を夢中で仕上げた。その後、俺の描く絵が写楽に似てきて、実に弱った」

「……先生は写楽の絵が好きなんでしょう」

「……口惜《くや》しいが、そういうことだ」

「先生を口惜しがらせるような絵師はざらにいないでしょう」

「ざらにどころか、今までに一人もいねえ」

「写楽は漆楽斎――蒔絵師だったそうですね」

「うん。だが、普通の蒔絵師じゃねえ。この世には数は少ねえが普通の者じゃねえ奴がいる。その者は蒔絵を描いていようが、芝居の書き割を描いていようが、自然に絵の名人になっていく」

「苦労もしないで？」

「うん。相撲取りは寝ているうちに強くなる者がいるという。いや、苦労をしているには違いねえんだが、当人はそれをちっとも苦労だと思わねえんだな」

北斎が自分のことを言っているようにも聞こえた。

「素人の私が言うのも生意気ですが、写楽を一度見たら、忘れられなくなります」

「うん、第一に遠くからでも写楽の絵だということが知れる。第二に見た目に判り易い。第三に奥が深い。第四に役者は写楽を嫌うだろう。役者が喜ぶ役者絵などは屑だ。――いや、写楽の話をするんじゃなかった」

「でも、先生がいなければ、あんな錦絵はできませんよ」

「そりゃ、そうだ」

「それなのに、写楽の名だけでいいんですか」

「俺の名か。名前は言葉だ。絵には言葉はいらねえ」

「……気に入った錦絵ができるだけで満足なんですね」

「そう。五月の三十枚、どれも今までに類のない絵だ。それだけでいい気分だな」

それを聞いて、二三は身を乗り出した。

「先生、今度売出された写楽は三十枚でなく、二十八枚でしたよ」

「いや、蔦重は最初に三十枚を出すと言っていた。二十八などという半端な数じゃなかった」

「摺り上がった絵は先生のところに届けられたでしょう」

「しかし……枚数まで算えちゃいねえ」

二三は写楽に傾倒していて、その一枚一枚をすっかり覚えていた。二三は北斎の前で、写楽が描いた役者の名を端から言った。北斎は最初、呆っ気に取られていたようだが、すぐ顔をほころばせた。

「大層、写楽に熱を上げたな」

「へえ。ですから、枚数がきちんとしないと、気になって仕方がありません」

「じゃ、俺も思い出そう。そうだ。お前が言った役者に、抜けているのが一人いる」

「そ、それは？」

「尾上菊五郎だ」

「……尾上菊五郎というと、大坂で二代目を襲いだ菊五郎ですか」

「そうだ。大坂で丑之助といっていたころ見たことがある。水水しい若手だった」

「しかし……菊五郎は三座のどの芝居にも出ていませんよ」

「そうか。そういえば菊五郎の噂を聞かねえの。先代は江戸で何度も大当たりを取った。その倅が二代目を継いだんだ。その菊五郎だ。そういえば、良くも悪くも評判にならねえのは妙だと思っていた。芝居に出ていねえんだから話にならねえわけだ」

「先生は菊五郎のどんな役を描いたんですか」

「都座の曾我狂言だ。元禄《げんろく》曾我、亀山《かめやま》の仇討《あだうち》物だ」

元禄時代、石井《いしい》源蔵《げんぞう》、半蔵《はんぞう》の兄弟が、伊勢《いせ》亀山で二十八年目に父の仇、赤堀源五《あかほりげんご》右衛門《えもん》を討ち果した。この事件は「元禄曾我」と呼ばれ、亀山の仇討物として何度となく芝居に上演されている。都座では夏狂言に『花菖蒲文禄曾《はなあやめぶんろくそ》我《が》』として今、芝居を続けている狂言だ。写楽はこの都座の狂言を十一枚絵にしている。

「その、菊五郎はどんな役だったんですか」

と、二三は北斎に訊いた。

「石井半蔵の妹おひさ、それに、遊女綾《あや》の戸《と》」

「そ、それは錦絵になっていませんよ」

「そうか。あれも出来は悪くねえはずだったがな」

北斎は他人事のように言った。写楽が乗り移りそうになった北斎は、早く写楽を忘れようとしているのだろうが、二三はそうはいかない。

「先生はその菊五郎と、最近、会ったんですか」

「いや、会わねえ。だが、さっきも言った通り、俺は一度人の顔を見たら、忘れることはねえ」

「じゃ、写楽は石井半蔵の妹おひさと、遊女綾の戸の元の絵を描いたんですか」

「いや、違う。蔦重が届けた写楽の絵は、皆、昔のものばかりだ。菊五郎を描いたのは、春駒おきくと外郎売、それから、桂川のお半だったかな」

「根生院に大谷さんが持って来た絵ですね」

「そうだ。その写楽を見ながら俺が大首絵の構図を決めたんだ」

「つまり、これまで写楽が描き貯めていた絵ですね」

「そう、その絵と一緒に、三座の夏狂言の筋立てと配役もだ。夏狂言の大名題《おおなだい》看板の出る前だったな。役柄さえ判りゃ、どんな役者がどんな役をしてもすぐ絵になる。まあ、衣裳の模様などは板下絵のとき写楽が描き足すから、俺は気を遣わねえでもいい」

「すると、蔦重が先生のところへ配役を持ってきたときには、菊五郎が都座へ出ることになっていたんですね」

「そうだ。俺も菊五郎の名を見たとき、これで話題にゃこと欠かねえ、と思ったんだ」

蔦重はたまたま写楽を拾い当て、商いの土台にした。芝居町も写楽のような話題が欲しいはずで、菊五郎のお目見得なら大きな値打ちだ。二三は言った。

「それが、都座には菊五郎のキの字もありませんよ。先生が草稿を描いたという二枚も錦絵にならなかった」

「どこにも出ていない菊五郎を、いくら蔦重でも出すわけにはいくめえ」

「……菊五郎は一体、どこへ消えてしまったんでしょう」

「そんなこと、知りゃあしねえ」

「それに、菊五郎は上方で死んでしまった、という噂を聞きましたよ」

「だったら、蔦重は菊五郎を死絵《しにえ》として売ろうとしたんだろう」

役者が亡くなってから出板される絵を死絵、追善絵などという。百枚続きの役者絵のうち、死絵があってもおかしくないが、これから売ろうとするはじめての板に、あまり目出度いとはいえない死絵が加わるとは思えない。

芝居町では二代目菊五郎は防州三田尻で死んだと伝えられている。ところが『中山物語』では、菊五郎は京都に戻り、狂言師になり、京都大火災後、御所の更衣と密通、そのため斬殺されたと書かれている。にもかかわらず、北斎の話ではその菊五郎が江戸に戻り、都座に出演することになっていて、役まで決まり、北斎は菊五郎の役者絵の草稿を描いたのである。

その菊五郎は別の菊五郎であるわけはない。記憶力に優れた北斎がはっきり菊五郎だと言う。

二三は北斎に訊いた。

「写楽の役者絵で、最近、大坂から下って来た役者はいませんでしたか」

「いるな。尾上松助だ。三年ほど江戸を留守にしていたが、今年の正月戻って来て、今、桐座に出ている」

「……尾上松助は、初代菊五郎の弟子でしたね」

二三は尾上松助に興味を持った。松助は老練な芸達者である。松助の帰りと如皐の死が重なったのはただの偶然だろうか。

「先生、写楽にはお会いになりましたか」

「なんだ、お前、まだいたのか」

「へえ――」

「どうもしつこいな。だから、写楽にゃ会っちゃいねえ。蔦重が持って来た絵だけだ。なんでも、どこかの藩の侍だそうだ。名を斎藤十郎兵衛《さいとうじゅうろべえ》という」

「斎藤十郎兵衛……根生院に来ていた人ですね」

「そうだろうな」

「一体、誰が斎藤十郎兵衛なんですか」

「そんなこと、知るもんか」

北斎は大体名を気にしない男だった。写楽に手が届きそうだったが、二三は体を躱《かわ》された気がした。

「この後、写楽の錦絵はいつ出るんですか」

「いや、もう、だめだと思う」

「……だめだ、とは？」

「写楽ならあの三十枚で終りだ。後は出なかろう」

「しかし……役者絵百枚続きがはじまったばかりですよ。癖のある顔に描かれた女方はともかく、世間では大変な評判です」

「蔦重のところへ、内内奉行所からお達しがあったんだ。以後、贅沢な錦絵を出すことはまかりならん。正式なお触書はそのうち江戸中の地本問屋に渡されるが、一枚二十文以上の錦絵の開板はご法度になる」

またしても取締りである。写楽の錦絵は雲母摺で一見派手に見えるが、よく見ると意外と板の数は少ない。もっと贅沢な錦絵はざらに出されている。その写楽でも一枚の値段は一朱《いっしゅ》（二百五十文）だから、二十文以内ではとても売ることはできない。そんな触書が下命されれば、事実上、錦絵は禁止されたのと同じである。

「判ったろう。だから、ああいう錦絵はもう作れねえんだ」

「しかし……蔦重さんは残念でしょうね」

「そうさ。しばらくはじっとしている他はねえな。だが、蔦重のことだ。何かを考えているとは思う」

「……そのときには、百枚描いた先生の草稿が使われるんでしょうね」

「あれを使うのは勝手だが、写楽と付き合うのはもうご免だ。それに、俺はこれから江戸を発たなきゃならねえんだ」

「……日光東照宮の、神廟再修でしたね」

「そう。ああいう仕事だから、この先、何年掛かるか判らねえ。当分の間、江戸を留守にする」

北斎はそう言うと、再び画帳を開いて、対岸の風景を描きはじめた。

いつの間にか、横十間川の対岸に、二人連れの男が来ていて、落ちた橋のあたりを見ていた。一人は背の高い大男で、一人は反対にずんぐりしている。遠くからでよく判らないが、瀬川如皐の葬儀のとき大雲寺で手伝っていた吉野川と三つ石によく似ていた。

北斎は早速、絵の中にその二人の姿も描き加えた。

「今、思い出したんだが」

北斎は二三の方を向いた。

「芝居町に菊五郎が戻って来たとすると、こりゃあ話題になる」

「へえ」

「まあ、人を集めるのに一番いいやり方だが、今度、相撲の方にもそれがある」

「……誰かが名を襲ぎますか」

「いや、そんなんじゃねえ。出羽の国に怪童が現れた。知っているか」

二三はどこかで耳にしたが精しくは知らない、と言った。

「そうか。羽州長瀞《ながとろ》というところで生まれた文五郎《ぶんごろう》という子供は、今年まだ七歳だというのに、身長三尺九寸（約一・二メートル）体重十九貫余（約七一キロ）もあるという」

「それは……びっくりですね」

「まあ、相撲は技が必要だから、当座は化粧廻しを着けて土俵入りを見せるだけだろうが、蔦重は文五郎が江戸に出て来たら、早速、錦絵にして売出す、という」

「先生、その絵を頼まれたんですか」

「ああ。だが、文五郎が気に入らなかったらそれまでだ」

北斎は前景に目を戻して、おや、という顔をした。

「おい、花屋の。あすこには二人いたはずだな」

「……そうです」

「これは、面妖だ」

今、横十間川の向こう岸を一人の男がぶらぶら歩いているのが見えた。相撲取りの吉野川らしい背の高い男一人で、連れの男は消えていた。

川向こうは一面の田畠。人の隠れる場所もない。大名屋敷が建っているが、わずかに二人が目をそらせた隙である。おそらく、駈け出したところで視界から出るには追い付かない距離だった。

とすると、一人は向こう岸からこちらへ、川を飛び越してどこかへ行ってしまったとしか考えられないが、横十間川の川幅は文字通り十間（約一八メートル）、橋の袂がせり出して狭くなっているところでも七間（約一二メートル）はあるから、人が飛び越せる川幅ではない。

最初見た二人の姿は夢幻ではない証拠に、ちゃんと北斎の画帳に描かれている。

「こりゃあ、妙見様の奇瑞《きずい》じゃ」

と、北斎は画帳を押し戴いて懐に入れた。

「人が消えるのが奇瑞なんですか」

「いや、さっきのは阿州出身の三つ石という相撲取りで、まだ、幕下だがすぐに出世する。三つ石は法華経の功徳《くどく》で空を自由に飛べる身になったのじゃ」

「……法華経」

「この北斎、もの心つくと絵を描いていた。以来、どれほどの絵を描いて来たか判らねえが、ときどき、自分でも信じられないほどいい絵が出来るときがある。すなわち、いつも法華経を唱えている功徳、妙見大明神《だいみようじん》のご加護である」

北斎はよく幻視を体験する男らしい。

いずれにせよ、旋風のように現れた写楽は、しばらく芝居町を吹き荒れるに違いない。それにつけても二三は最初に見た写楽の肉筆画を忘れることができなかった。卯兵衛への思いが重なり、写楽から受けた気持の高ぶりも手伝い、足は自然に橘町に向かっていた。

いつもは、世間をはばかるように茶屋が並んでいる町が、人通りが多く店からは派手な女の声も聞こえてくる。まだ日が落ちないのに、なんとなく浮き立つような雰囲気だった。

——そうだ。先月、焼け出された吉原の連中が、この町で仮宅を営業しているんだな。

橘町は廓の外だが仮宅なら公認である。誰はばかることなく客を取っているのだ。

よし辰に行くと、浜が額に汗をうかべていた。

「どうした。大層な景気のようだな」

「あい、吉原の衆が来なすったから」

「矢張りそうか。繁昌で結構だ」

浜は二三を睨むふりをした。

「結構なもんですか。知らないお客ばっかし。二三さんはあれから梨《なし》の礫《つぶて》、友吉さんが案じていますよ」

「悪かった。つい貧乏暇なしでな。春になって、お浜の器量もあがったな」

「聞こえぬわな」

「友吉は達者か」

「へえ。でも、今日はお狂言師に頼まれて、お屋敷の仕事に行きました」

「そうか。生憎だった」

「友吉さんには内証にしておきますよ。吉原の花魁を呼びましょう」

「……吉原は何という店だ」

「丁字屋さん」

「……もしかして、おかくという女が来てやしねえか」

「おや、お馴染みかえ」

「いや、ほんの幼馴染みだ。嘘はねえ。おかくの源氏名も知らねえんだから」

「訊いて来ましょう。お上んなさいまし。割床《わりどこ》ですけど、我慢しておくれな」

「……そうか。贅沢は言えねえ。火災に遭ったんだからな」

二階の表座敷、部屋に屏風が立て廻されて四つに仕切り、それぞれに夜具が敷かれている。二三が通された割床の向こうには、先客のいる気配がする。どうも風情のないありさまだが、逆に面倒な手続きがない。安直に大見世の女が手に入れられるというので、喜ぶ客も少なくなく、仮宅はどこでも大繁昌するのが常だ。

かくは割唐子《わりからこ》に結って薄化粧、藍三筋《あいみすじ》の着物に黒繻子の衿、帯は唐桟縞《とうざんじま》を細い腰にゆるく結んでいた。

「よく呼んでおくれだねえ」

「お前がここに来ているとは知らなかった」

「お気の毒に、お目当てがいなくて」

「そんなんじゃあねえ。確か、いつもなら丁字屋の仮宅は深川じゃあなかったか」

かくは二三の耳元に口を寄せ小声で言った。

「今度ばかりは強く出られねえのさ。なにしろ、うちが火元でしたからのう」

「……驚いたろう」

「吉原はどうしてこう火事が多いんだろうねえ。嫌になったよ」

「おかくちゃんでも、弱音を吐くことがあるんだ」

「それあそうだわな。これでも温《あったけ》え血が流れているもの。ほれ、こうさ」

かくは二三の手を取って、懐の内に誘った。屏風の向こうから、荒い息遣いが聞こえてきた。二三はくすっと笑った。

「なにがおかしいんだよ」

「だって、おかくちゃんとは小せえときから遊んだ仲だ。なんだか、兄妹で悪いことをするような気がする。そうは思わねえか」

「……そう言や、ちょっと違うよ」

「どう違う」

「子供のまんまで添い寝してえのう」

「俺もそうだ」

二三は掌《て》を丸く動かした。

「言うことと違うじゃないか」

「なに、触れるだけだ。窮屈だろう。帯を解きねえ」

「……子供のように、だよ」

「判っている」

二三も帯を解いて寄り添った。そっと抱くだけだったが、隣からは切端詰まった声が聞こえてくる。しばらくすると、かくは身体をもじもじさせた。

「二三さん」

「どうした」

「……口が渇いたよ」

「それだったら、俺の口を吸いな」

「………」

「柔《やわらけ》えな」

「……矢張り子供はつまらねえの」

二三はじめて手を伸ばした。

「じゃ、こうか」

隣の客は女に送られて部屋を出て行った。

女は屏風越しに、

「玉琴《たまごと》さん、ごゆっくりおかせぎなんし」

と、声を掛けて階段を降りていく。

後は遠くから聞こえてくる弦歌のざわめきだけだ。

かくは紅板《べにいた》を開け、薬指に紅をつけて唇を直している。紅板は黒地に金の蒔絵で、小ぶりな本の形に作られちゃんと『伊勢物語《いせものがたり》』の題簽まで細工されている。

「おかくちゃん、玉琴てえのか」

「嫌だねえ、恥しいよ」

「恥しいことなどあるものか。いい名だ」

「旦那が狂歌なんか齧《かじ》るもんだから、玉子のおかくだなんて地口にしてさ」

「うまい地口じゃないか」

楼主の丁字屋長十郎も狂歌や誹諧が好きで、自分の店を鶏舌楼《けいぜつろう》などと呼んでいる。鶏舌は丁字の異名だという。

「二三さん、お前は心の優しい人なんだねえ」

「……人の心が知れるか」

「この家じゃ、評判だよ。いろいろ聞いたよ。気の毒な卯の字のことも」

「卯兵衛が、どうしたと」

「死んだ卯兵衛さんを、二三さんの寺へ葬ってやんなすった」

二三はびっくりして起き直り、蒲団の上に正座した。

「だ、誰からそんなことを?」

「何も彼《か》も、ここの家じゃ皆知っていますよ」

「……そうだったのか」

「でも、安心おしよ。わたしらは口が固《かて》えから」

「しかし、卯兵衛が死んだとき、誰も役人に届けなかったじゃねえか」

「それはお前、このご時世だもの。これまで取潰された茶屋は何軒あるか数え切れねえよ。卯の里さんがなにかに関わっていて、奉行所から睨まれてご覧な。この町がどうなるか知れやしねえよ」

「俺もそれは考えた。それにしても――」

「不人情かえ」

「いや。お前とこうして逢えたのも、きっと卯兵衛の引合わせだろう。お前の奉公先きも卯兵衛と同じ江戸町二丁目の丁字屋だ」

「……卯の里さんは丁字屋に五年勤めて、わたしはてっきりいい人と一緒になっていたと思っていましたよ」

「うん、笑三という男に、この近くで囲われていたらしいんだ。俺は卯兵衛が死んだ後、すぐその村松町の家へ行って見たんだが、もう越していった後だった。笑三という男に心当たりがあるかね」

「……卯の里さんはああいう無口な人だから、五年同じ店にいたといっても、親しく口を利いたことはないんだよ。ただ——」

かくは口を閉ざした。階段を登って来る音が聞こえたからだ。酔っているのか傍若無人な客だった。

「煙草屋へ寄るのを忘れて来た。お前のを一服付けてくれ」

「さあ、お吸いな」

「……いがら臭《くせ》え葉だな」

「いやならお止《よ》しねえ」

「なに、これだけは別だ。どうしてもなけりゃ、袂糞《たもとくそ》でも吸う」

「じゃ、袂糞をほじろうかのう」

「止しねえ。女のを吸うと悪血《おけつ》が溜まらあ。もう一服くれろ」

「おええ煙草吸いだ」

「おや、お前の縫紋はなんだ」

「結綿《ゆいわた》さ。菊之丞の紋さ」

「菊之丞が聞いて呆れらあ。手間賃を値切ったろう。結綿が薪《まき》の束に見えらあ」

他人のことなど気にしない男のようだったが、かくは用心深かった。

「二三さん、横におなりよ」

そっと言い、自分も寄り添って、頭の上まですっぽりと蒲団を掛けた。

「卯の里さんのことだがね、この正月に亡くなった瀬川如皐という狂言作者がいたね」

「ああ。俺も如皐の葬儀に行った」

「そうかい。それじゃ話が早い。そのとき、如皐の死に方がおかしい、という噂を聞いたかい」

「ああ、聞いた」

「その如皐と卯の里さんが関わっていた、というのは?」

かくは如皐が丁字屋へ来ると卯の里を呼び出すのを知っていた。遊女を承知で卯の里に心を奪われた二三だが、卯の里が相手にした男の名が出ると、どうしても胸が痛みだす。

「如皐とは、初耳だ。すると、卯兵衛を囲っていたのは如皐か」

「そこまではよく判らない」

「……そうだろう。俺が聞いたのでは、卯兵衛を囲っていたのは如皐じゃない。笑三という男だったそうだ。笑三をひっくり返すと三笑。芝居町には金井三笑という矢張り芝居の立作者がいる」

「もしかすると、その笑三の名を使って、如皐が橘町で隠れ遊びをしていたかもしれねえよ」

「その如皐がどうしたんだ」

「なんでも『中山物語』という、おっかねえ本を書いたらしいのさ」

二三は暗い蒲団の中で身体を固くした。東国屋庄六はそれに否定的だったが、如皐は上方にいたことがある。『中山物語』の題材を江戸に下って来た上方の者から聞いた、ということは充分考えられる。

「『中山物語』なら、俺も読んだ」

と、二三はかくの耳元で言った。

「そう……雲上人の沙汰だってねえ」

「取り分けて面白くはない。やってることは俺たちと少しも違わないんだ。金は欲しがる、色も好きだ」

「そこが危険なんじゃないか。あの人たちはせいぜい並の人間とは違うようにお高く振舞っているんだよ。それが、金は欲しがる、色も好きじゃ、身も蓋もないわな。怒るわな」

「それだな。だから、本屋も滅多な奴にゃ貸したがらない」

「そんなものを書いたのが如皐という狂言作者だと判ったら、付け狙われておかしくはないよ。その人と関わりのあった卯の里さんなら、その本を読んだかもしれないし、筆写していたかもしれねえわな」

「そうか……おかくちゃんは卯兵衛が殺されたと思うか」

「お役人は自害で済ませているらしいが、卯の里さんがそのことで追い詰められて自害したとしても、矢張り殺されたことには違いねえと思うよ」

「それが誰か、知っているか」

「……いや、知らねえ。でも、二三さん、その者がはっきりと判ったら、どうする気だえ」

「卯兵衛の仇を討ってやりたい」

騒騒しく喋り立てていた客が、ふと、静かになった。かくは更に声を落とした。

「お前にその気があるなら、手を貸しておくれかい」

「……どうすりゃいい」

「後で……今はその手をこうしておくれ」

「そうだな。すっかり息苦しくなった」

二三は蒲団を足で押した。その足の指に、かくの下着の裾がからみ付いた。

別れ際、かくがそっと二三に告げた頼みは、谷中の七面明神の縁日が十九日で、その日、八ツ（午後二時ごろ）七面堂の前で落ち合ってくれ、という。

「お前は一人で外に出られるのかい」

「ここは吉原じゃない。大門はついていませんよ」

「しかし、内証が喧しいんだろう」

「わたしは旦那とは狂歌仲間、その点信用があるのさ」

二三は言った。

「柳島の最教寺にも七面堂がある」

「そっちじゃないよ。谷中の七面明神だよ」

かくは他人の耳を気にしていて、それ以外のことは口にしなかった。

七面参り

竹町の家を出た二三は、下谷《したや》広小路を北に、三橋《みはし》を渡って左手へ、不忍池《しのばずのいけ》沿いに歩を進め、池を過ぎて暗闇坂《くらやみざか》を登ると谷中の寺町。二三は善有寺に立寄って、卯兵衛の墓参を済ませてから、改めて北へ。天王寺《てんのうじ》を右に見て門前町を過ぎると道灌山。右手を下る坂が乞食坂《こじきざか》で音無川に行き当たる。左手を下る坂が七面坂、宗林寺を迂回して谷戸川に行く。七面明神は道灌山の奥に向かう道と七面坂とが交差する角に位置している。門前には茶屋が並び、露天の物売りが客に呼び掛ける。二三は山門に入り参道に建っている鳥居をくぐった。

境内が広いので七面参りの参詣者が雑踏を作る風景は見えないが、算えればかなりの数になるはずだ。

参道は途中で二岐《ふたまた》に別れ、左側は七面天女を祀る七面堂、右手は石段を降りると寺の本堂と方丈の建物が何棟も寄り合っている。寺は七面明神に付属している別当寺《べっとうじ》である。

七面造りの堂は、正面中央に唐破風《からはふ》の向拝《ごはい》を設け、左右の妻は入母屋である。その屋上には丸い宝形造《ほうぎょうづく》りの楼が建てられ、楼の正面は千鳥破風、側面は軒唐破風という、厳かな堂だった。

堂の奥に須弥壇《しゅみだん》が安置され、その上に金色の厨子《ずし》の扉が開かれているが、肝心な像は小さく黒いだけでよく判らない。花や雪洞《ぼんぼり》、天蓋や華鬘《けまん》できらびやかに飾られているだけ、黒い像との対照がふしぎな神秘さをかもし出している。

二三が参詣を済ませるころ、天王寺の八ツの鐘が聞こえたが、かくは七面堂へやって来なかった。

しばらくすると、雲足が早くなり、空が暗くなって生ま暖かい雨がぽつりぽつりと降りはじめた。

女は着物が大切だ。境内に散っていた参詣者は我先きに堂内に駈け込み、雨足が激しくなって二三が雨宿りしようと思うころには、堂内は錐《きり》の立つ隙もなくなっていた。同じように堂内に入れない参詣者が別当寺の方へ駈けていく。二三はかくのことを気遣っていたが、この雨ではかくもどこかで雨宿りしているだろうと思い、一時、寺で雨止《あまや》みを待つことにした。

軒先きに駈け込んだ参詣者は、しばらく空を見上げ、そのうち言い合わせたように本堂に上がり込んでいく。雨は強くなるばかりだからだ。二三も履物を脱いで本堂に入ったが、さすがここは押し合いではない。

二三は祭壇の前に行き、賽銭箱に小銭を入れて正面に手を合わせた。差し当たり、そうするより他することがない。

二三が参拝して空いている場所に行こうとしたとき、何人かのあわただしい足音が聞こえた。見ると、傍《そば》にある渡り廊下の向こうから、僧が駈けて来る。一人が先き立ちで、後の三人ほどが一枚の戸板を持ち運ぶ。戸板の上には若い娘がぐったりと寝ている。

一行は本堂に入ると、風通しのよさそうな場所を空けさせ、そこに戸板を置き、娘を床に移す。一人が団扇で風を送り、一人は濡れ手拭を娘の額に置いてやる。その処置はてきぱきとして、変に物馴れた感じだった。

本堂に雨宿りしている人たちが寄って来ると、先に立って来た僧が、

「なに、大丈夫。少少気上がりがしただけで、すぐよくなります。騒ぐといけません。お静かに元の場所にお戻りなさい」

と、野次馬をやんわりと追い立てる。

僧の言う通り、最初、紙のように白かった顔に少しずつ赤味が差しはじめる。

「ようこそ、おいでだ」

耳元で言われ、二三が振り向くと、柳全がにこにこしながら立っていた。柳全は手に持っていた湯呑みを一人の僧に手渡した。湯呑みには薬湯《やくとう》が入っているらしい。柳全は改めて二三の方を向いて、

「講堂には入れなかったでしょう。柳全の名を言ってくれればよかった」

と、言った。

二三は説教を聞きに来いと言った柳全の言葉を忘れていたわけではないが、雨宿りしているだけだとは言えなくなった。

「あんまり講堂に人が混んでいるので、いつも人の気に当たって倒れちまう信者がいる。今日はまだ一人だけだからいい方だ」

柳全はこともなげに言い、

「もうお談義も最後の方だが、少しだけでも聞きなさい」

と、先に立って歩きはじめた。

渡り廊下で隣の建物に移り、回廊を進むと講堂の入口だった。そこには堂の外まで人があふれていて中の様子も見えないほどだった。柳全は堂の裏手に廻り、小さな戸口から二三を案内した。

そこは、講堂の正面横で、中央に壇が設けられ、信者はその際にまで詰めかけていたが、柳全は人を分けてわずかな隙間を作り、二三を押し込むように坐らせた。

広い講堂は人いきれで噎《む》せるばかりだった。しかも、薄暗い中で熱っぽく目を光らせているのはほとんどが女で、濃厚な脂粉の香りが籠もり、めまいを起こして倒れる女が何人いてもふしぎではないという異様な集団が、壇上の談義僧の一言一句に、溜息ともどよめきともつかぬ嘆声を発している。

それも道理で、左右の燭台の光に浮かび上がっている談義僧は、二十五、六の男盛り、清らかに剃った頭の形も綺麗な、目鼻立ちの整った美僧だった。僧はよく通る、しかもどこか優しい声で釈尊の生涯を説き進め、二三が座に着いてからほどなくして談義を終えた。僧が信者を見渡して合掌すると、講堂の中は題目を唱える者、歓声をあげる者で嵐のような騒ぎになった。

僧は数珠を手にしたまま、静静と壇上を去って堂を出て行ったが、僧が見えなくなっても堂内の興奮はすぐには収まらない。有難や有難やとほとんど泣き顔で壇に近寄り、今まで僧が坐っていた円座の温もりを愛しむように顔を擦り寄せている老婆もいる。

「お談義はこれで終りです。お静かにお帰り下さい」

何人もの僧が声を嗄《か》らしている。

「二三さん、拙僧の部屋へお越しなさい。ご案内つかまつる」

と、柳全が言った。

二三はかくが気になっていたが、外はまだ雨だった。

柳全は講堂を出、二三に傘を渡して方丈の方へ歩いていく。柳全の部屋は中庭に面した二間続きだった。小坊主がすぐ茶を持って来る。

「熊さん——いや、柳全さん」

二三が言い直すと柳全は笑って、

「ここなら、熊さんでもいいんだ。近くに人はいねえ」

「いや、やっと柳全さんが言った意味が判ったよ。一度、欺されたと思って談義を聞きに来い、と言ったわけが」

「そうかい。まあ、そういったわけだ」

「しかし、びっくりした。芝居だってなかなかああはいかない」

「そうさ。こっちは道具もなければ化粧するわけでもねえ。素顔のお上人様ただお一人だ」

柳全は満足そうに言って茶をすすった。茶碗は梅の模様を散らした色鍋島《いろなべしま》、香りの高いい茶だった。茶請けは万屋《よろずや》の加須底羅《カステイラ》。

「贅沢な暮らしをしているじゃないか」

「ああ、お上人様に導かれた信者がいろいろなものを持って来る。お蔭《かげ》で何不自由はしねえ」

柳全は銀の延べ煙管で一服してから、袈裟を脱いで白の素絹《そけん》になった。どっかりとあぐらをかいて、

「しかし、そっくり返るわけじゃあねえが、こういう暮らしをしていると下下の事情に疎くなる」

「なるほどな。人間、これでいいと思うことはないんだ。芝居なんぞは矢張り恋しいだろう」

「いや、芝居はいけねえ、里心がつく。相撲がいい。近ごろ、雷電が滅法に強そうだな」

「ああ強い。横綱の谷風、小野川以上だ。この改革で相撲だけが全盛だ。この二十二日にゃお浜御殿《はまごてん》で将軍の上覧相撲が開かれるらしい」

「景気のいい話はいつ聞いても気持がいい。それじゃ、雷電もそろそろ横綱だろう」

「ところが、そうすんなりとはいかないようだよ」

「横綱は強けりゃいいというもんじゃねえのか」

「なんでも、相撲の家元という吉田司家《よしだつかさ》てのがあって、この家元がうんと言わないと、いくら強くても横綱にゃなれないらしい」

「……ふうん」

「ところが、この吉田司家は熊本藩細川治年《ほそかわはるとし》公の家来だ。一方、雷電は雲州松江《うんしゅうまつえ》藩の松平《まつだいら》不昧公が抱えている。どういうわけか、この細川公と不昧公の仲があまり良くない。それで、吉田司家は雷電が強くとも横綱の免許を出せないんだという」

「谷風は奥州宮城の出身で伊達《だて》藩のお抱えだったな」

「小野川は久留米《くるめ》藩のお抱え。宮城野は白石《しろいし》藩、勢見山は徳島藩。そういう大名は自分の抱え力士を上様に見せて自慢したくなるのは人情でしょう」

「……宮城野はまだ相撲を取っているのかな」

「ああ、今年で五十でしょう」

「偉いな。勢見山、和田ヶ原《わだがはら》なんてのもいい力士だ」

「そう、阿波徳島藩にゃ、味のある力士が多い。高根《たかね》山《やま》、三《み》立山《たてやま》なんてのもそうだね」

柳全はちょっと空を見上げた。雨はまだ降り続いている。

「雲が切れはじめたようだから、間もなく止むだろう。それまでに、当山の祈禱所《きとうじょ》をちょっと見ておくといい」

柳全は空を見て思い付いたように言った。だが、二三を祈禱所に案内するのは予定のことで、相撲の話をしながらそのころあいを待っていたようにも思える。

柳全は座敷を出て、内庭の縁伝いに方丈の奥へ進み、がらんとした部屋に二三を案内した。部屋の隅には長持が一つ、寒寒と置いてあるだけだ。

「ちょっとしたからくりをご覧に入れよう」

柳全はいたずらっぽく言って長持の蓋を開けた。中を見ると、長持には底がなく、しかも白木の階段が床の底深く続いている。その地下はほんのりと明るい光が溜まっていた。

「なるべく静かに願いやす」

柳全は長持の中に入り、そっと階段を下って行った。武家屋敷や寺院には万一の場合の抜け道が作られているという。これもその一つだろうが、階段には埃《ほこり》もなくいつも使われている感じだ。

階段を下りると廊下になる。明りはところどころに掛けられた釣燈籠のものだった。廊下を行き着いたところにきらびやかな花鳥画が描かれた襖が並んでいる。

「ここは本堂の真下に当たるんだ。その先きが位牌《いはい》堂でね」

廊下の奥には細い階段が上に伸びている。この階段は見るからに古く、花鳥を描いた立派な襖とはひどく対照的だった。

柳全はそっと襖を引き中に入った。そこは控えの間で、奥の間を仕切る襖は、中央に四角な窓があり、簾《すだれ》が張られていた。奥の座敷の明りが、四角な簾をくっきりと浮き立たせている。二三が最初に感じたのは、部屋に籠もっている蘭の花にも似た、心をとろかすような甘い香の匂いだった。

柳全は簾越しに中の様子をちらりと見て、二三にも、と目でうながした。簾に顔を寄せると奥座敷は一目で見渡せる。昼のような明るさは赤い花を描いたいくつものギヤマンの雪洞の光だった。

枕元に立て廻された金屏風は雪洞の光が反射し、描かれている猛虎の大きな双眸《そうぼう》もまぶしそう。床《とこ》は部厚な三枚重ねの真紅の天鵞絨《ビロード》で、唐織錦、金襴の地に松の刺繍《ししゅう》をちりばめた衣裳が乱れ、その上に真白な裸身があおのけにうごめいている。

「あ……」

二三は思わず息を呑んだ。

下《さ》げ下地《したじ》の髪の笄《こうがい》はすでに抜け落ちて床の上に散った髪は黒雲のよう。剃った眉根や歪《ゆが》んだ口元に寄った女の皺は老境に近そうだが、明りを照り返す肌の艶には年齢を感じさせない。

今、青い頭がゆるく波打つ白い肌の上を這い上がっていく。そのうち、女の胸の間から男の顔が見えた。さっき、講堂で信者たちを酔わせていた談義僧の顔だった。

女は繡枕《しゅうちん》を自ら押し放し、濡れ身を開いて迎え入れる姿になる。女が息を呑んだように静かだったのはわずかな間で、すぐ身体がうねりはじめ、汗で光る四肢を蛇のように這わせながら相手にしっかりと絡みつけさせた。女が口を開けると鉄漿《かね》のために黒い穴に見える口腔《こうこう》が、窮《きゅうきょう》竟に達して身もだえしのけぞる表情を妖艶にしている。金色の香炉から立ち昇る紫の煙もたちまち搔き乱されてしまう。その香もそのうち細くなり、しばらくするとふっと絶えてしまった。

女は精根を使い果したように、目を眠《つむ》ったままぐったりと金襴の衣裳の上に身を投げ出している。僧はその全身をいとしそうに愛撫し続ける。ときどき、女が白い肌をひくつかせるのは、感覚だけが残っているしるしだった。

二三が我に返ると、柳全はにっこりして廊下の襖を静かに開けた。

廊下に出て柳全の後を行こうとした二三は、古びた階段の下に小さく光る物が落ちているのに気付いた。そっと拾いあげて見ると、四角い小さな紅板だった。

元の柳全の座敷。雨は峠を越えたようだった。

「思い掛けない目の正月だった」

と、二三が言った。

「うん、あの祈禱を受けりゃ、どんな煩悩《ぼんのう》だってたちどころに解消する。ありがてえもんだ」

「今、祈禱を受けていたのは、身分のあるお方でしょう」

「そう、さるお大名の奥方様だ」

「……」

「驚いたろう。だが、考えてみりゃ、お大名なんて不自由の固まりだな」

「一口に大名暮らしというじゃないか」

「まあ、表向きはそうだが、第一、参勤交代という制度に従わなきゃならねえ。どんなに可愛い奥方がいても、会えるのは一年置きだ」

「そういえばそうだ」

「まあ、殿様の方は国表に帰りゃ、お国御前がいるからまだしもだが、江戸に残された奥方はその間淋しい思いをしなけりゃならねえ。殿様が帰っていらっしゃっても、ご寝所ではお世襲ぎをつくることが第一だから、身をつつしんで乱れるようなことはできねえし、床の傍には添寝《そいね》番が見守っていて迂闊《うかつ》な話もならねえ。その上、奥方が三十歳を越すと、お褥《しとね》お断わりといってご寝所を共にできなくなってしまう」

「……それは、知らなかった」

「中にゃ、その方がさばさばするという奥方もいらっしゃるが、女だって生身の人間だ。どうしたって相手をしてくれる男が欲しくなる方もいる。それを押し殺して無理な我慢をすれば、身体だって変にならあな。目眩《めまい》が起こる、頭痛がする、夜寝られなくなる。その病気の原因が男から遠退《とおざ》かっているためだとは、まず誰も気が付かねえ。どんな薬も役立たずだ。最後にゃ神仏に頼るしかなくなる」

「それで、祈禱所へ連れていくわけなんだな」

「そう。あの座敷へ入れれば、どんな御悩《おなやみ》でもたちまちにして治ってしまう。俺たちはそうやって、何人の煩悩を救ってやったか、数知れねえ」

二三は最初、祈禱所の様子を知って、この寺の僧たちは何という不行跡かと呆れ果てたのだが、柳全の話を聞くうち、そうは思えなくなってきた。

自分でも理解し難い苦悩に怏怏《おうおう》としている人たちには、法悦に導いてくれる僧は、真実の神仏と感じられるに違いない。というものの、一方誤まって事が公になれば、一方は不義、一方は女犯《にょぼん》、丸く治まろうはずはない。死が待ち構えているのだ。それさえも覚悟の上で、密室で出会っている姿に、二三は修行僧の苦行でも見る思いがしてくる。

二三は柳全に訊いた。

「あのお上人様は、何という名のお方だね」

柳全は二三が感心しているのを見て満足そうに言った。

「日の道と書いて、日道《にちどう》様というお方だ」

「日道様ね……よほど修行された偉いお方だろう」

「いや……日道が坊主んなったのはそんなに古くはねえ。俺と同じときだった」

「……柳全さんと？」

「そう。二三さん、お前だって日道の元の姿を見ているはずだがな」

「さあ、あんな立派な方なら忘れないと思うが、知らないな。男の俺でも役者にしたいようないい男だと見蕩《みと》れるばかりだった」

「あべこべだな。日道は役者だったのが坊主になった男だ」

「………」

「二三さんだから話すが、このことは余所《よそ》で喋っちゃ困る」

「ああ、約束する。絶対に口外はしない」

「じゃ、種を明かすと、あれは二代目だ」

「……二代目日道？」

「いや、二代目尾上菊五郎。音羽屋だよ」

「……音羽屋」

二三は開いた口が塞がらなくなってしまった。

頭を丸めた柳全から、実は熊次郎だと名乗られたときも自分の目を疑ったものだが、今度はもっと信じられない。菊五郎といえば、

「大坂を出て巡業中に、防州三田尻で死んだと聞いた」

「誰も菊五郎の息が止まったのを見た者はいまい」

柳全は相変わらずけろりとした顔で言った。

「ところが、どっこい。あの通りぴんぴん生きている」

「……確かに言われてみると、顔立ちや口跡は二代目とよく似ている。しかし……」

「まだ疑っているのかね」

「いや、柳全さんは江戸にいたころから菊五郎一座で、初代が大坂に上ったときにも一緒だった」

「そう、俺は二代目の番頭になって、三田尻の巡業にも二代目の一座にいた」

「しかし……どうして二代目が死んだなどという噂が立ったんだろう」

「それは、大坂の芝居町の連中だと思う」

「どんな理由でだね」

「まあ、それを話すと長くなるんだが、初代が亡くなった後、悴の丑之助が天明五年に二代目を襲ぎ、座本となった。十七歳だった」

「………」

「江戸の座元というと、河原崎座の河原崎権之助《ごんのすけ》、都座の都伝内《でんない》、櫓主、太夫元でこの座元が芝居の興行権を持っているんだが、大坂だとちょっと違う。座元の元は本の字を当てて座本さ。座本は座頭役者のことで興行権は持っちゃいねえ。興行権を持っているのは名代といい、それとは別に芝居小屋の持主の芝居主というのがいる。芝居を打つにはこの三人が相談してきめるんだが、そのときに菊五郎はごたごたを起こし、大坂を飛び出してしまった。まあ、若かったから仕方がねえが」

「それで、三田尻まで行ったんだ」

「そう、そこまでは事実だ。だが、それからが違う。三田尻で付け加えるなら、ご難の旅さ。ちっとも客が寄り付かなかった。まあ、菊五郎が二代目を襲いだ翌翌年だし、田舎じゃ二代目なんか誰も知らねえ。まして二代目は生まれてはじめての旅芝居だから、何から何まで勝手が違う。まあ、予定の日数はどうやらつないだものの、それからは一緒に組んでいた小六玉一座とも別れてしまった。大坂じゃまだごたごたのほとぼりも冷めていねえから、帰るに帰れねえ」

「それで、死んだという噂が流れたのかな」

「いや、もっと大事な理由があるんだ。俺たちは大坂を除けて、京都に落着き、芝居にゃ出られねえので、お狂言師の一座を組んだんだ」

二三は再びびっくりした。

「すると、菊五郎が天明八年の大火のとき、京都にいたというのは本当だったんだね」

「……二三さん、なんでそれを知っているんだ」

「その大火で京都御所も焼けてしまい、帝は聖護院を仮御所とした。そのとき、帝のつれづれを慰めるため、召し出されたのが菊五郎一座だった。菊五郎はこともあろうに、帝の更衣に手を付けてしまう」

今度びっくりするのは柳全の方だった。柳全は目をまん丸くして話を聞いていたが、

「その通りだ。だが、あの事件は京でも極内で、ほんのわずかな人間しか知っちゃいねえはずだ」

と、声を低くした。

「いや、最近、そのいきさつを物語にした写本が貸本屋に出廻っているんだ。『中山物語』という題でね」

「……そうかい。さすが江戸だなあ。しかし、そうした厄介な本が出廻っているとは思わなかった。そういうわけだったのか」

「本を読んでいるときは、半信半疑だったよ。すると、矢張り『中山物語』は事実だったんだな」

「菊五郎が三田尻で死んだ、という噂が立ったのはそのときだろう。禁裏の事件が芝居町に及ぶのを恐れて、二代目菊五郎は一年も前に三田尻で死んだことにしておけば、お狂言師の菊五郎は別の菊五郎で芝居町には関係ございません、と言い逸《のが》れできる」

「……だが、その本では、帝が放った刺客の手で、菊五郎と更衣は斬り殺された、と書いてあった」

「だが菊五郎の方は替え玉、菊五郎の弟子の新兵衛《しんべえ》という若え役者《わけ》だった」

「……替え玉とはねえ。禁裏の侍も深手を負い、その傷が元で死んだ」

「そう。菊五郎が禁裏を抜け出した女と落ち合っているところを踏み込まれたんだ。夜中で大変な修羅場だったから、侍たちは新兵衛を菊五郎と取り違えたか、あるいは菊五郎を討ち逃したとは言えなくて、新兵衛を菊五郎と言い通したのか。それは判らねえが、とにかく菊五郎は無事で、俺たちはそのまま江戸へ落ちて来たんだ」

「それで、この寺は？」

「そう。狂言作者の金井三笑の世話でね。三笑は芝居町に茶屋を持っていて、ここの住持、日暁様と遊びの相手をしていた間柄だったんだ。その日暁様も今は昼も夜も判らなくなっている。早晩、日道がこの寺を継ぐ。七面明神の別当寺で、この寺は宝樹山延命院《ほうじゆざんえんめいいん》という。そのご院主様だ」

「すると、祈禱所は日暁様のときからあったのかね」

「ああ、あった。だが、前のは薄っ暗《くれ》え部屋で、今みてえな粋な座敷じゃなかった。それじゃ、大名の奥方などは気分がよくあるめえと思い、俺が指図してあのような御殿風に造り替えたんだ」

「つまり……今のお住持が寝付くようになってからだ」

「まあな。折角の祈禱所があったって、日道にゃ本物の祈禱はでききゃあしねえ。せっかく祈禱料が入るものを勿体ねえ話だから、俺がそう勧めたのさ。そのため、祈禱料は入る、この俺もお零れが頂戴できる。万事、うまくいっている」

「さっき見たら、大工が入っていた。新しい祈禱所を造るわけだな」

「その通り、今の座敷だけじゃ、とても追い付けなくなった。秘密の座敷を、もう五つ六つ造ろうとしているんだ」

ここへ来て、二三は驚くことばかりだった。

「そんなことを言って、柳全。ずいぶん危険じゃあないか。顕《あらわ》れれば女犯の罪になる」

「そりゃ、捕まったら最後、首はねえものと思う。そんなのは承知の浜だ。だが、考えてみねえ。俺たちなどは京で一度は死んだ命だ。後の命は思いったけ楽しもうという考えだ」

「まあ、それも一理屈だな」

「そうさ、高貴な女を相手にすりゃ、いくらでも金が入る。それで二三さん、今ご覧に入れた祈禱所のことだが——」

「あまり、売れもしねえ本など作っているより、仲間に入れというのか」

「そうなんだ。座敷の数が多くなりゃ、当然、日道の片腕になってくれる者が必要になる。ただ、若くて元気なだけじゃだめなんだ。武家のお女中や金持の後家さんなどが相手だから、品のいい若者じゃねえといけねえ」

「……そのお眼鏡にかなったわけですね。この私が」

「そうなんだ。それとも、そんな綱渡りは嫌《きれ》えか」

「いや……」

すぐには断われない。地下の秘密を知ってしまったのだ。柳全は返事はすぐでなくともいい、と言った。

空の雲が切れ、薄日が差しはじめている。

二三がもしやと思った通り、祈禱所の廊下で拾った紅板は小さな書物の形に作られ、題簽は『伊勢物語』とある。

二三は柳全と別れて方丈を出るのも待ち切れず、そっと懐から紅板を出して見たのだが、一目でかくが持っていた品に違いないと判断した。その紅板が祈禱所の地下に落ちていたとすると、かくが七面堂に来て何かの理由で地下に入ったのだ。懐に入っていた紅板が落ちたとすると、なにか普通ではない気がする。

二三はそっと本堂に近付いた。雨宿りをしていた参詣者はほとんどいなくなっている。二三は本堂の裏手に廻り、裏庭から回廊によじ登った。桟唐戸《さんからど》に手を掛けると手に従って動くので、そこから中へ入ると須弥壇の裏だった。

地下へ降りる階段はすぐに判った。階段は割に短かく、人がやっと立って歩けるほどの堂内は、闇に目が馴れてくると、いくつもの棚に無数の位牌が並んでいるのが判る。位牌の中に黒黒とした仏像もあって、決して気持の良い眺めではない。

二三は位牌堂の奥に板戸を見付け、そこから更に奥に入る。そこには古い絵馬や仏具が重ねられ、ほとんど物置に近いが、階段を見付けるのに時間はかからなかった。その古びた階段はさっき柳全と一緒に降りて見て来たところだった。

人の気配がないのを確かめて、二三は階段の裏手に廻った。真新しい襖が並ぶ側とは違い、意味あり気な古さが気になったし、二三が紅板を拾ったのもそのあたりだったからだ。

階段の裏は物置のような板戸がある。二三の耳は敏感になっていた。戸の向こうに微かな音を聞き取った。それは、爪で木の床を掻くような音だった。二三は息を止め、わずかに戸を引く。中を覗いた二三は、戸を開けて中に入り、すぐ戸を閉《た》て切った。

戸の隙間から入る光だけだが、辛うじて白い物が見える。かくは衣服を剝ぎ取られた姿で後ろ手に縛られ、床に転がされていた。

手探りでかくの口に猿轡が巻かれているのが判った。

「俺だ。二三だよ。もう大丈夫だ。声を立てるな」

かくの耳元でささやき、二三は猿轡を外した。

「こんな姿で羞《はずか》しいよ」

「しっ、暗くて見えやあしねえ」

二三はかくの身体にきつく食い込んでいる縄を解いた。

「足も……」

「そうか」

かくはすぐには立てなかった。かくが足を揉みほぐしている間、二三は着物を脱ぎ、かくに着せかけた。自分は長襦袢《ながじゅばん》の上に解いたばかりの縄を帯にし、その上に羽織を着た。かくもどうにか二三の上着を着、角帯を結んだ。

「階段があるぜ」

「……大丈夫」

二三は板戸を開けた。廊下は元通りしんとしている。二三がかくの手を引いて階段を登ろうとしたとき、上から人の話し声が聞こえてきた。二三は立ち竦んだ。足音が階段を降りて来る。

こうなったら一か八《ばち》かだ。二三は廊下の襖を開け、さっき柳全と入った控え座敷へ入った。簾越しに奥座敷を見ると、すでに二人の姿はない。二三は抜け殻になっている床の中へかくを引き入れた。

「かくちゃん、ご免よ」

かくの裾をまくり上げ、そのまま顔を突っ込む。坊主頭でないのを隠すためだ。かくも心得て掛け蒲団を引いて自分の顔を隠す。

二三が蒲団の隙間から覗いていると、簾の間に坊主頭が見え、すぐにいなくなった。見えなくなったかくを探しに来て、かくの下半身だけを見、まだ祈禱が続いていると思って他所《よそ》へ行ったのだ。

「よし、行くぜ」

二三が廊下に戻ると、方丈に通じるあたりに足音が移っていた。二三はそのまま古い階段を登り、本堂の裏から外に抜け出した。

七面堂のあたりには僧がいる。かくは男帯で二三は裸足だ。見られてはならぬと思い、参詣者に混って、延命院の横の門から外に出、七面坂を登って檀那寺の菩有寺に着いたとき、二三ははじめて人心地がついた。

さっきの狐の嫁入りでこの人が狐に欺され、裸にされて困っているのを通り掛かって助けてやった、と二三が菩有寺の長契に話すと、長契は二三さん、あなたはよほど女性《にょしょう》を助けるのがお好きじゃ、と笑い、それ以上何も言わずに小部屋に案内して浴衣を出してくれた。

季節には早いが、浴衣の上に羽織なら、長襦袢よりはましで、二三がきちんとしていれば、かくが男帯でも変に目立つことはない。

「ふしぎだねえ。縛られていた間、子供のころ見た芝居を思い出していたよ」

「……どんな芝居だ」

「『吉田御殿《よしだごてん》』。小芝居だったけれど、美しい奥女中がお家の掟を破ったとかで、身体にきつく縄を掛けられて折檻《せっかん》されている場面だわな」

「芝居にもなるような場面なら、おかくちゃんの姿をもっとよく見ておきゃよかった」

「なんとでもお言いなんし」

かくは縛られていた身体を手で揉みほぐしていた。

「昔からせっかちだった。約束したろう。俺が行くまで待てなかったのか」

と、二三が言った。

「ごめん……わたしが七面堂へ着いたのは八ツより少し早かった。それで、下見をしておこうと思い、延命院の本堂へ行ってみたら、急にあの雨さ」

「俺はそのころ七面堂にいたが、雨宿りの参詣者で堂が一杯になってしまったので、本堂へ行ったのだ」

「じゃ、ほんとに擦れ違いだったんだねえ。わたしは内陣の裏に行って、そこで地下の階段を見付け、ふっと降りてみる気になったのさ」

「……どうも女は目先きのことしか考えねえからいけねえ」

「しかし……たまげたのう」

「じゃ、祈禱所の中を見たな」

「ああ。思い返しても顔が赤くなるわな」

「お前だって同じだぜ」

「おなぶりな。二三さんも見たのかえ」

二三は懐から紅板を取り出して、かくに返した。

「俺がこれを見付けなかったら、お前はまだ縛られたままだぜ」

「……悪いところを見付かってさ。縄を抜けても外へは出られねえように身ぐるみ剝がれたのさ。それで、二三さんはどうしてこの紅板を？」

「俺は延命院の柳全という男と識り合いだったんだ」

「……そうだったのか。それじゃ、二三さんに会っていたら、こそ泥みたいな真似をしなくともよかったんだ」

かくはがっかりしたように紅板を開けた。紅板の蓋の裏の鏡に顔を映し、

「おやおや、ひどい顔だ」

かくは歪んだ丸髷を櫛で撫で付け、薬指に紅を取って唇へさした。

「あの祈禱所は、方丈の部屋からも出入りができるんだ。柳全が案内してくれたとき、俺はその紅板を見付けたのさ」

「その坊さんはなぜお前に祈禱所を見せたのかえ」

「俺をその仲間に加えてえのだ。近いうち、祈禱所の数はもっと多くなる」

「……それで、二三さんの心は？」

「女と相手になっていりゃ、贅沢ができる。悪くはねえ」

「ばか」

「……本気にする奴があるか。よく考えなくとも危険すぎる。俺にゃそんな度胸はねえ」

かくは手を伸ばして二三の二の腕をつねり上げた。

「本当かと思って心配するじゃあねえか」

「しかし、お前だって祈禱所の様子を知りたくて延命院へ来たのだろう」

「……ああ」

「お前一人の考えじゃねえな。誰に頼まれた」

「……二三さんになら言うが」

「判った。胸にしまっておく」

「通油町の蔦屋の旦那――」

「えっ……蔦重が、どうして」

「なんでも、徳島藩の前の藩主、蜂須賀重喜さまの奥方、お伝《でん》の方《かた》が、以前より月参りだ、お籠りだといっては七面明神へ参詣に行く。蔦屋の旦那の言うには、他の藩の奥向きでも、七面明神の評判をちょいちょい耳にする。これが気になって仕方がないから、堅気の信者になりすまして探ってもらいたいと頼まれたのさ」

「そうだったのか」

今、蔦屋は蜂須賀重喜に贈る役者絵に取り掛かっている最中である。その徳島藩の内情が気になるのは当然だ。

「二三さん、これは江島生島だよ」

「……というと、祈禱所にいたのは、お伝の方だったのか」

かくは恐ろしそうにうなずいた。

正徳四年（一七一四）江戸の二枚目役者として人気者だった生島新五郎は、大奥の女中、江島と密通し、大胆にも城内へ侵入していたのが発覚して大事件となった。江島は増上寺代《ぞうじょうじ》参の帰路、山村座へ立寄っていたのだ。その事件で生島新五郎と座元の山村長太夫《ちょうだゆう》は流罪、江島も信州高遠《しんしゅうたかとお》へ流され、山村座は取潰し、このとき江戸の大芝居は一つ消え、三座だけになってしまった。そのほか、大奥、御用商人、芝居町に連関して処分を受けた者は千五百人にも達したという。

それが、徳島藩で起ころうとしている。蜂須賀重喜は隠居の身だが、醜聞は醜聞だ。それに、柳全の話では、日道の信者はお伝の方一人だけにとどまらない。

「それに、時期も悪い。今、厳しい改革の最中だ」

と、二三は言った。

「そう。このことを早く誰かに伝えて、揉み消すようにしないと、とんでもないことになるわな」

「……きっと、蔦重が手を打つだろう」

「そう。帰る前に、卯兵衛さんの墓参りをさせておくれ」

二三は部屋を出て長契に礼を言い、墓場に廻った。

かくは長い間墓標に手を合わせていた。祈りが済むと改めて、東州信女と書かれた墓標を見て、

「東洲斎写楽という絵師の役者絵が評判になっているねえ」

「うん、はじめて世に出た絵師だ」

「その写楽は斎藤十郎兵衛という人で、地蔵橋《じぞうばし》に住んでいるわな」

「地蔵橋……誰から聞いた」

「蔦屋の旦那から」

そのとき、やっと写楽の実体が見えはじめたか、と思ったが、そうではなかった。


八丁堀地蔵橋。

神田堀は日本橋本銀町《ほんしろがねちょう》より小伝馬町《こでんまちょう》の北まで、八丁の堀割《ほりわり》で、俗に神田八丁堀という。地蔵橋はその神田堀に懸かり、本銀町と紺屋町を結ぶ。

偶然というか、この間も紺屋町の隣、乗物町の海老屋という染屋を探しあぐねたばかりだった。二三は地蔵橋へ行く道道、嫌な予感がしたが、果たして地蔵橋のあたりには斎藤十郎兵衛が住んでいる家を見付けることができなかった。

二三がぼんやりと地蔵橋を後にして本銀町の通りを歩いていると、ふと「虎屋《とらや》」という建具看板を見付けた。二三はその虎屋という屋号が気になった。看板には「小田原外郎本舗」と角書が読める。

——十返舎一九も近くの駿河の人だった。それに、二代目菊五郎も江戸で外郎売を演じて大当たりを取ったことがある。

まだ他にもやもやした記憶があるが、急には思い出せない。二三は虎屋の店の中を覗いた。

小ぢんまりとした、商品を綺麗に並べ揃えた店だった。

外郎は透頂香《とうちんこう》ともいい、小粒の丸薬で、口に入れると快い苦味と強い香気が口中を爽やかにする。口臭を去り喉を滑らかにする薬だが、頭痛や立ちくらみにも効能があるという。虎屋にはその外郎をはじめ、五種香や錦袋円《きんたいえん》などの売薬の他、髪油や伽羅《きゃら》の油、元結に櫛、簪などの髪飾りも並んでいる。

店で買物をしている女中を連れた丸髷の町家の内儀らしい人が、代金を払って表の方を振り返った。

「おや、二想さん」

根生院で座興に上手な富本を聞かせてくれた女式森だった。

「お買物ですか」

「ええ。わたし、昔から万屋《よろずや》が贔屓なんですよ」

式森は店の奥を指差した。見ると、真新しい錦絵が客の方を向いている。写楽の役者絵は坂東彦三郎だった。

「あっ――すると、この店は?」

「ご存知なかったんですか。万屋、坂東彦三郎のお店よ」

式森はくすくす笑った。

「ねえ、おかしいほどそっくり。あの、おでこの形なんかご覧なさい」

『恋女房染分手綱《こいにょうぼうそめわけたづな》』の鷺坂左内《さぎさかさない》の役だった。お家騒動の芝居で彦三郎は手燭《てしょく》を持って何かを見詰めている。

「東洲斎写楽――とうとう蔦重さんが売出しましたね。わたしも帰りに万屋のを買いましょう」

相撲赤膏薬で有名な式守蝸牛の店は、向こう両国の回向院《えこういん》前、元町《もとまち》にある。ここからだと通油町の蔦重の店は通り道だ。二三は蔦屋へ寄ってみる気になった。

外に出ると式森は空を見渡し、

「存《ぞん》の外《ほか》いい天気になりましたねえ。昨日の雲行きだと相撲はどうかと思っていたけれど」

と、言った。二三は、

「どこかに相撲があるんですか」

と、訊いた。

「ええ。今日二十二日はお浜御殿で将軍様の上覧相撲の日なんですよ」

「そうだった。それは……目出度い。相撲は増増盛んになりますね」

「ええ。越中守様がずいぶん肩入れをなさっています。前から土俵の準備やなにやかやで大変だったそうですよ」

「そうだ、お神さんに訊いたら判るかも知れない」

「なんでしょう」

「艫綱部屋に吉野川と三つ石という若い相撲取りがいるでしょう」

「ええ。大きいのと小さいの。仲良しでいつも一緒ね。まだ幕下だけど力はありますね」

「あの二人、国はどこですか」

「二人共、阿波の徳島。徳島藩のお抱え力士よ」

「徳島……」

徳島といえば吹殻咽人も徳島藩の侍である。だが、それだけで考えは先きに進まない。

「勢見山関が故郷の徳島であの二人を見付け見どころがあるからと連れて来たんですよ。三つ石は鳴戸《なると》の三つ石の出身で三つ石。吉野川は徳島の吉野川の傍《そば》の生まれなので吉野川」

「……勢見山関も徳島にいわれのある名なんですか」

「ええ、金刀比羅《ことひら》様で有名な勢見《せいみ》の生まれです」

「……金刀比羅様なら讃岐《さぬき》でしょう」

「ええ、一番有名なのは讃岐の金刀比羅様。でも四国はどこにでも金刀比羅様が祀られていますよ。わたしも昔金刀比羅参りをしましたけど、徳島にも今言った勢見の金刀比羅様に、撫養《むや》には木津《きづ》の金刀比羅様があります。そう、撫養で思い出したけど、たまたま行ったとき、大凧が揚がりましてね」

「……お正月の凧ですか」

「撫養では五月から六月。マセという南風が吹くのを待って上げるんです。宇多紙を千六百枚も貼り合わせて作った大凧で、ああいう勇ましいのは江戸では無理でしょう」

「……そんな大きな凧では、人も持ち上がるでしょうね」

「一人ぐらいだったら、軽軽でしょうね。でも、何を考えているんです」

「石川五右衛門《いしかわごえもん》は大凧に乗って、名古屋城の金の鯱《しやちほこ》を盗もうとした」

二三は口から出まかせに言いながら考えた。人が飛んだとしか思われなかった柳原土手の雪の足跡も、北斎と見た三つ石が消えてしまった妙見堂にも、凧らしいものは見当らなかった。

通油町の蔦屋の店先きには、紋と紅絵《べにえ》問屋と書いた行燈看板、本や錦絵、広めのビラなどに埋まるようにして、一九が働いていた。

写楽の評判を訊くと、売上げは上上、ほとんど後摺りがかかっているという。

式森は買物を済ませ、傍の女中に言った。

「お前は路考が好きだったね。菊之丞を買おうか」

女中は首を振った。

「この写楽という絵描きは嫌いよ。路考さまをこんな顔に描くなんていけ好かない」

一九は笑って、

「若いご贔屓さんはそうおっしゃる方が多うございますよ」

式森はうなずき、

「そうでしょうねえ。ぐにゃ富《とみ》（中山富三郎《とみさぶろう》）もにく富《とみ》（瀬川富三郎《とみさぶろう》）も癖が強すぎて、当人が見たら気を悪くするでしょう」

「その代わり、鰕蔵や宗十郎は生写《しょううつ》しで立派でございましょう」

「役者のお人柄まで判るようですね」

「女方さんは別にしまして、大方は誉めていただけました」

「そう。関取衆には似顔を描かれるのを嫌がる人がいますよ」

「……どなたでしょう」

「宮城野関。おれは絵に描かれるような年じゃねえ、って」

「……宮城野関はおいくつになられました」

「今年で、五十でしょう」

「偉いもんですなあ。もう、五十ですか」

「それに、春場所の成績も思わしくなかった。でも、まだ相撲が取れる」

「確か、白石藩のお抱え力士でしたね」

「ええ。八丁堀に住んでいて——」

それまで、ぼんやりと二人の話を聞いていた二三は、なぜかどきりとした。

「神田八丁堀、ですか」

「いいえ、北八丁堀。越中さまのお屋敷の傍ですよ」

「そ、その八丁堀に地蔵橋という橋がありますか」

一九が答えた。

「日本橋の楓川《かえでがわ》から越中様のお屋敷を通り越前堀《えちぜんぼり》につなぐ小さな堀に架かっている石橋が、確か地蔵橋ですよ」


世の中には似たような名が多い。

それが元で、二三はこれまでいろいろな思い違いをしてきた。

金刀比羅といえば讃岐の金刀比羅宮が名高いが、式森は阿波の徳島にもいくつか金刀比羅が祀られている、という。江戸の芝で訊けば当然虎之門《とらのもん》の金刀比羅を教えられるだろう。

七面明神にしても、役者寺の大雲寺が頭にあると、大雲寺と隣合わせの最教寺の七面堂のことかと思い、谷中の方は考え付かない。妙見菩薩も同じで、芝白金《しろかね》の妙円寺《みょうえんじ》にもあれば、雑司《ぞうし》が谷《や》の鬼子母神《きしもじん》の境内にも祀られている。

神仏はいろいろに祀られているので、同名があるのは当然だが、地名にも同じ名があるのだ。

神田の龍閑川《りゅうかんがわ》は俗に神田八丁堀、神田堀などと呼ばれているが、京橋川《きょうばしがわ》の下流も八丁堀である。北八丁堀は八丁堀の北で、武家屋敷が多く、同心、与力が多く住んでいる。

二三が丁字屋のかくから、斎藤十郎兵衛が地蔵橋に住むと聞いて、すぐ神田八丁堀に行ったのは、前に乗物町に笑三を探しに行った記憶が新しいからだった。それが、今聞くと、松平越中守の屋敷のある八丁堀にも地蔵橋という橋がある、という。

そのとき、二三は乗物町が神田の他、日本橋にもあることに気付いた。

乗物町は駕籠などを作る乗物職人が多く住んでいる町だが、後に日本橋にも同じ乗物町が出来た。これを区別するのに、神田の方を元《もと》乗物町、日本橋を新《しん》乗物町と呼ぶが、気の早い町人は元新などというまだるっこしい言葉を喜ばない。

二三が笑三の家の女中せんから乗物町と聞いてすぐ神田に行ったのも理由がある。

今度奉公することになった店は染屋で織物町だと間違えたからだ。乗物町の隣町が紺屋町である。二三は織物町の染屋と聞いただけで、神田以外頭になくなっていたのだ。

二三は挨拶もそこそこに蔦屋の店を飛び出して新乗物町に向かった。

通油町から芝居町へ行く途中に新乗物町がある。通油町から三、四町のところだ。卯兵衛がいた村松町からも近い。

新乗物町で海老屋と訊くとすぐに判った。

「紺屋小紋型所」という看板。中を覗くと広い仕事場で職人たちが長い板に張った白生地に小紋の型を置いている。染場は見当たらないので、小紋の糊だけを置く塗場らしい。

仕事場の奥にはせんの姿も見える。

間違いが判ってしまえばなんのことはない。今迄、なにをうろうろ遠廻りしていたのかと思う。

せんは奥に引っ込んだと思うと、すぐ、海老屋の露路《ろじ》から出て来た。二三が声を掛けると、せんは目を丸くした。これから、紙を買いに行くところだという。歩きながらせんは言った。

「朝から変な絵描きが来ているのよ。顔が長くて骨張っていて、横柄な男。描く紙がなくなったから買って来い、って」

「……新しい小紋の柄を描いているのかね」

「違うよ。古い小紋の型を出してもらって、それを片端から写し取っているのさ。そう、北斎という名だよ」

「北斎……おかしいな。先生なら日光に行っているはずだがな」

「北斎先生を識っているのかね」

「ああ。話の様子だと先生らしいんだが。会わせてくれないかな」

「いいよ。でも、傍にいるとこき使われるよ」

せんは近くの紙屋で薄美濃礬水《うすみのどうさ》引《び》きという半紙を買った。

海老屋に戻ると、張場に面した小部屋で、机にしがみ付いている絵師がいた。

「先生、半紙を買って来ました」

せんが半紙を膝の傍に置いても、うんと言っただけで顔も上げない。部屋中は黒くなった渋紙《しぶがみ》で一杯だ。

「先生は日光へ発ったんじゃなかったんですか」

と、二三が声を掛けた。

「発つことは、発った」

北斎は筆の動きを止めず、面倒臭そうに言った。

「途中で気が変わったんですか」

「ああ、宇都宮《うつのみや》に着いたとき、一行の者と喧嘩をしてしまった。それで、そこから独りで帰って来た」

北斎はそう言うとやっと顔を上げ、二三を見ておやという顔をした。

「花屋の二三さんか。小紋でも誂えに来たのか」

「いいえ、先生のお姿を拝見して、ちょっとご挨拶をと思い」

「あまり、変わり栄えのしねえお姿だろう」

北斎はいつもの垢じみた着物で、腰に算盤《そろばん》絞りの手拭をぶら下げている。

「先生、今日は小紋の研究ですか」

「うん、賞翫《しょうがん》している。小紋職人の技は呆れるほど見事だ。それで、片端から写し取りたくなった」

北斎は傍《そば》にある一枚の渋紙を手に取り、惚れ惚れと彫られた小紋を透かして見た。大小の松皮菱崩し《まつかわびしくず》。散らされた松皮菱の中には、細かな籠目や青海波《せいがいは》、鮫《さめ》などが彫り込まれている。

「これだけ混み入った柄なのに、型口《かたくち》がぴたりと合う。まるで、神業だな」

型の横幅は反物と同じだが、縦幅はそんなに広くはない。この一枚の型紙を使って白生地一反に糊を置き、しかも型の合わせ目が少しも判らない。全て、型彫りと糊置きの職人の技にかかっている。

「これだけの技を持っていりゃ、使わねえでいると腕がむずむずしてくる。腕が鳴る、って奴だ。どうも、仕方がなかろう」

と、北斎はぶつぶつ言った。二三が訊いた。

「それは、ここの職人が彫ったんですか」

「うん、ショウさんが若えとき彫《わけ》った」

「……ショウさんというと、ここの主人ですか」

「いや、海老屋の主人は代代、伊三郎《いさぶろう》さんという」

「すると、ショウさんは？」

「海老屋の長男だったがな。小さいときから隣の芝居町に入り浸っていて、芝居好きが昂じて店を次男に譲り、自分は芝居者になった」

「役者衆ですか」

「いや、作者だ。今、二枚目作者になっている勝ショウゾウさんだよ」

「えっ――」

北斎の言葉はショウゾウと聞こえたが、それは勝俵蔵《ひょうぞう》に違いなかった。

二三は迂闊にも、これまで狂言作者の勝眉毛が勝俵蔵だったとは気付かなかった。ショウさんはヒョウさんだったのだ。ヒョウさんが訛《なま》ってショウさんと呼ばれることがあるので、俵蔵は本名を出すのを憚《はばか》るとき、笑三という字を当てていたのである。あるいは、自分の師、金井三笑の名も頭をかすめたかもしれない。

卯兵衛が自分の旦那の名を二三に教えたとき、いい加減な名を並べたわけではなかった。最初、卯兵衛が虎屋という名を口にしたので、本当の名は言うまいと思っていた二三の耳に、俵さんが豹さんと聞こえたのだ。

とすると、虎屋の看板を見てもやもやしたものもすっきりとする。二三は虎屋の文字を見て、卯兵衛が言った名を思い出しかかっていたのだ。虎屋は坂東彦三郎の店。小田原の虎屋本店が万屋の贔屓なのか、それともなにかの縁で彦三郎に店の名を貸したのだろうが、彦三郎が役者なら、当然、俵蔵とも関わりがあるはずである。

それに、卯兵衛が口にしたもう一つの名は熊さん。大道具の長谷川勘兵衛の話だと、坂田半五郎は昔、坂東熊次郎という名だった。それとも、延命院の柳全の熊次郎を指しているのか。

――〈似せ医者と人に語るな女郎花《おみなえし》〉そうだ。友吉が熊さんは医者だと言ったのは、坊主頭の熊次郎が医者になり済まして橘町へ遊びに出掛けた姿だったのだ。その熊次郎の柳全がなぜ写楽の絵を持っていたのか。

卯兵衛と関係する一連の名が次次と浮かび上ってきたが、とりあえず、勝俵蔵についてもっと多くを知らなければならない。

二三は北斎に訊いた。

「じゃ、俵蔵さんは最初は小紋の彫師だったんですか」

「そうだ。二十歳《はたち》ぐらいまでは腕のいい彫師だった。俺も元は板木の彫りをやっていたから、俵さんの腕はよく判る」

「……さっき、その腕が鳴る、というようなことを言っていましたね」

「ああ。渋紙に刃を入れるときの、さくさくとした音がたまらねえんだそうだ。それで、芝居の合間を見ちゃ、海老屋に戻って仕事をしていた。俵さんは彫師の仕事も嫌いじゃなかった。また、俵さんが芝居に入ったころは今の伊三郎さんも小さく、先代もそろそろ年だ。俵さんが働かねえと海老屋は潰れそうだったという」

「……仕事が二つもあっちゃ、大変でしょう」

「うん。どうしてもどこかが疎かになるな。ところが、こういう彫師は手抜きができねえ。好きな芝居だって同じだ。とすると、人付き合いだろう。仲間が飲んだり遊んだりしている分、働かなきゃならねえから、当然、人付き合いも悪くなる。だから俵さんはまだ立作者になれねえでいる」

「……俵蔵さんは四十ぐらいだと聞きました」

「うん、俺より五つ年上だから、もうそろそろ四十歳だ」

商人でも職人でも、四十といえばそろそろ隠居を考えていい年齢である。

「狂言作者のことはよく知りませんが、そんなに難しい世界なんですか」

「なあに、要領だ。師匠に世辞や金を使い、役者に取り入って、どんどん俵さんを追い越して立作者になった奴が何人もいる。そこへ行くと、良い職人ほどだらしがねえ。自分の腕を信用しているから、他人におべっかを言うのが大嫌いだ」

「しかし、四十歳といえば、どの道でも大家でしょう」

「うん。俵さんも近ごろ考え直したらしい。彫師のような細かい仕事は、そろそろ目の方が追い付かなくなってきたんだな。海老屋も伊三郎さんだけで立派にやっていける。海老屋を伊三郎さんに襲がせて自分は安心して芝居だけに首が突っ込めるようになった。このところ都座だけだが、少し前には俵さん各座掛け持ちで仕事をしていたよ」

そこへ、せんが茶を運んで来た。

「旦那の悪口ですか」

「いや、感心しているんだ」

と、北斎が言った。

「俵さんはよく働き、神さんにも優しいってね」

「旦那のお神さんは恐い人ですってよ」

「仕方がねえ。年上の姉さん女房で俵さんの方が惚れたんだ。お吉《きち》さんは市村座の楽屋頭取方だった三代目鶴屋《つるや》南北《なんぼく》の娘で、そこに入夫したのだから、当時なにやかや言う奴がいた」

「それを利用して上手に立廻れば、とうに立作者だったでしょう」

と、二三が言った。北斎はそうだと相槌を打ち、改めて二三とせんを見較べた。

「おせんはここへ来てからまだ間もない」

「へえ」

「二三さんとはどこで識り合ったんだ」

せんは目で村松町のことは口にするなと言っている。二三は仕方なく、

「この間、七面明神で道に迷っているところを助けてやりましてね」

などと言を濁らす。

北斎は出された茶を飲むと、再び机に向かい、分廻《ぶんまわ》しの針と筆先きとを調整する。北斎の手に掛かると分廻しは生き物のように円を生み出し、その中に三角形や菱などの形が割り出されて行く。

部屋には小紋の柄だけではなく、反物に糊を置いていく職人の姿など描いた紙も散らばっ

ている。北斎は目に止まったものを片端から絵にしないと気が済まないらしい。

「俵蔵さんはちょいちょいこの店に来るのかね」

と、二三がせんに訊くと、首を振って、

「あたしがこの店で働くようになって、一、二度だけ様子を見に来てくれましたけど、最近はほとんどおいでがありません」

「そうか。俵蔵さんの住まいはどこだろう」

せんは答えられなかった。北斎が分廻しの手を休めずに言った。

「俵さんなら、この先きの高砂町《たかさごまち》だが、今、芝居は忙しい最中だし祭前だから、行ってもゆっくり話もできないぜ。二十八日は恒例の曾我祭《そがまつり》だ。今年は景気直しだ。うんと派手な祭になると聞いた」

「あたしまだ曾我祭を見たことがないよ」

と、せんが言った。

「おや、おせんちゃん、芝居が好きか」

せんはにっこりしてうなずいた。隣はすぐ芝居町だ。家にいても小屋へ往き帰りの客の華やいだざわめきが聞こえて来る。新乗物町へ来て、たちまち芝居の虜《とりこ》になってしまったのだろう。せんは言った。

「曾我祭には役者衆が町内を練り歩くんですね。近くで見られるから楽しみにしているんだ」

「いつも遠くからしか見ねえのか」

「ええ。向桟州追込県《こうさんしゅうおいこみけん》」

「向桟州……なんだ、そりゃ」

「江戸者のくせに、知らねえのか」

「知らねえ。そんな生意気な言葉をどこで覚えた」

「旦那がくれた本に書いてあったよ」

「……どんな本だ」

「『羽勘三台図絵』」

「……道陀楼主人、元の朋誠堂喜三二が書いた本だ」

「あれ、知っているじゃないか」

「……そこまで精しく覚えていない。その本持っているか」

「へえ」

「ちょっと見せてくれないか」

せんは奥へ行き、一冊の本を大切そうに抱えて来た。東国屋庄六の店で見たのと同じ本だった。

芝居を三つの国に見立てた案内書だから、俵蔵が芝居を好きになったばかりのせんに与えたのだろう。せんは本を開いて二三に見せた。その丁全面に芝居小屋の内部が地図に見立てて描かれている。

中央の下部が台地のように描かれ「台州」と印されている。これが舞台で、作者の目が舞台中央に立って観客席を見渡している鳥瞰図《ちょうかんず》なのである。

台州は「本舞台県」「下座県《かざ》」「羅漢台《らかんだい》」などに分かれている。台州の後ろは「楽州《がくしゅう》」だ。楽屋を意味しているのだ。

「いつも、ここから見るのさ」

と、せんが本を指差した。

なるほど中央の上部に「向桟州」という字がある。向こう桟敷《さじき》のことだ。「追込県」はその向桟州の奥、安い観客を詰め込む追込み場だ。

「そうか、それで意味が判ったよ。おせんちゃんのお蔭で俺も一つ芝居通になった」

そのとき、二三の目に「東桟州《とうさんしゅう》」という字がいきなり躍り込んで来た。

東桟州とは東桟敷《ひがしさじき》のことだ。桟敷には「簾《みす》」「格子」「太夫」といった高級桟敷席が並ぶ。これは西側の西桟州も同じだ。

だが、二三は別の意味を考えていた。台州の東である。本の地図には何も書かれていないのだが、舞台の東側は、出語りの浄瑠璃の太夫たちが並ぶところだ。

その舞台の東溜まりを名付けるとすれば「東洲」ではないか。台州の一部、太夫たちが乗る山台を文字通り「洲《す》」という字を当てるのだ。その、東洲にいて役者の生写《しょううつ》しの似顔を楽しんで描いている人物なら「東洲斎写楽」である。

池の端の根生院で行なわれた、蔦重主催の富本正本披露のとき、役者絵の原画を描いた写楽は、この会の中にいる、と蜂須賀重喜は言った。あのとき集った中で、台州の東洲に関係のある人物は、富本で舞台の山台で出語りをする、富本豊前太夫と捨来紅西だけだ。

富本豊前太夫は松江藩主、松平不昧に引き立てられ「桜草」の紋を貰ったりしているが蜂須賀重喜とは親しくない。とすると、怪しいのは紅西だ。

そこまで考えたとき、二三は頭が裏返ったか、と思った。二三の頭が捨来紅西は捨来紅西《しゃらくさい》と読んだからだ。

更に、反応が続けざまに起こり、細島古兵衛という名が細島十口兵衛《さいとうじゅうろべえ》（斎藤十郎兵衛）と読むことができた。

二三は確信した。斎藤十郎兵衛は徳島藩の能役者で、富本の名を細島古兵衛といい、狂歌名を捨来紅西、画名を東洲斎写楽と名乗っている、八丁堀地蔵橋に住む、同一人物である。

能役者の十郎兵衛は徳島藩の抱えだが、屋敷で演能のある日は限られている。その間は芝居小屋に出て富本を語っているのだ。正規の武士なども太夫連中と舞台に出ることも珍しくなく、楽屋には刀掛けの用意もされている。

「おじさん、どうしたのよ」

「……あ」

「気分でも悪いのかね」

二三は我に返った。

もう一カ所確めておきたいことがあった。二三は本の丁を繰った。だが、この本の「官位幷《ならびに》名字」の部分も空白になっていた。

北斎は、当分我に戻るときはないようだ。北斎の筆は休むことなく複雑な図形を生み続けている。

北八丁堀、地蔵橋は同心町の火の見の下にあった。同心町《どうしんちょう》の酒屋の若い者は斎藤十郎兵衛の家を知っていた。だが、

「斎藤様はそこにはいらっしゃいません」

と、言う。

「なんでも、御主家の蜂須賀様が阿波へ御帰国になるので、この五月、斎藤様もお供で阿波へ行く、ということでしたよ」

「……じゃ、役者絵の残り七十枚はどうなるんだ」

「斎藤様になにか貸しでもございますか」

「いや——」

君命ならばどこに連れて行かれようと仕方がない。だが、北斎が言うように、写楽の腕は

鳴らないのだろうか。徳島で巨大な凧絵でも描こうというのか。

施写《ししゃ》第十九

中夏《ちゅうか》の長い日もようやく地上に近くなり、青い空が白濁しながらゆっくりと暗くなってい く。それを待っていたように、葺屋町、堺町の小屋の櫓下《やぐらした》の大堤燈、地口行燈、飾り燈籠に火が入る。他の操り人形芝居、江戸大薩摩《おおざつま》などの小屋も後れじと明りを入れるので、芝居町は絵看板や祭礼の大幟や紅白の幕が彩《いろど》りを増して急に大小の花花が満開になったよう。

各座の芝居が打ち上げになり、多勢の客が小屋から吐き出されるが、いつものようにすぐ散り散りにはならない。茶屋に戻る者、屋台の食物屋に立ち寄る者、絵双紙屋を覗く者、思い思いに次の催しを待ち受けている。

三座とも満員札止めの盛況。二三も芝居に入りそこなった一人だが、同じように札を買えなかった人たちもそのまま引き返そうとはしない。これから芝居町で繰り拡げられる曾我祭を見るためだ。

五月二十八日は、曾我兄弟が富士野《ふじの》の狩り場に討入り、父の仇敵《きゅうてき》工藤左衛門祐経《くどうざえもんすけつね》を倒した日。芝居町はその日を曾我祭として、毎年五月の芝居町は曾我狂言を組み、千秋楽の二十八日には祭が取り行なわれる。

芝居の守護神として楽屋に祀っている曾我荒神社《そがこうじんじゃ》に神酒《みき》など供え、芝居の打出し後に太夫元より全ての役者に酒肴が振舞われる。舞台では大切りに座中総出演の大踊がかけられ、町内にはいろいろな趣向の練物や手踊、余興を演じる行列が練り歩く。木戸口の仕切り場に飾られた神輿《みこし》を舞台にかき込み、神いさめの後打出しになる。

しかし、江戸の天下祭でさえもひっそり閑としてしまったほどだ。当然ながら、曾我祭も手控えるのではないかと思っていたが、せんの話だと芝居町は前からお祭気分だという。それもっともで、今年の二月の控櫓三座はどれも順調、五月狂言も上向きで、この波に乗って一気に景気を回復させようというのが芝居町の願いなのだ。

しばらくすると、湧き立つように賑やかな鳴物がはじまった。小屋から出て来る囃子方は揃いの花笠に雀《すずめ》模様の着物。役者衆は素顔でこれも揃いの千鳥の浴衣、あるいは蝶の染帷子《そめかたびら》、同じ手拭を肩に掛けて、花山車《だし》、万燈《まんどう》がその間を練り歩く。

「二三さん、見物かね」

声を掛けられて振り向くと、十返捨一九だった。

「ちょうどいい。茶屋の二階から見物しましょう」

拍子木や太鼓、三味線や鉦《かね》の音でともすると一九の声が消されてしまう。

「蔦重が茶屋の二階を取っているんです」

「しかし——」

「遠慮はいらねえ。祭だ。写楽も売れているし、前句集も順調です」

「一九さん。やっと写楽の正体が判ったよ」

「……」

「東洲斎写楽、本名を斎藤十郎兵衛、根生院では俳名の捨来紅西を使い、富本の名を細島——」

「おっと」

一九は二三に全部を言わせなかった。

「覚えていて下さい。写楽の本名は絶対に禁句だ」

「……なぜ」

一九はどんどん歩きはじめる。うっかりすると人混みで見失いそうだ。

「左交《さこう》」という表通りにある芝居茶屋の二階。

「いい男がうろうろしていたので拾って来ました」

と、一九は蔦重に言った。同じ座敷にもう一人の男が膳に向かい、傍《そば》に女が二人いた。一人はかくだった。派手な前垂れを着けているのは茶屋の若い女らしい。

二三は栄松斎長喜《えいしょうさいちょうき》の名は知っていた。長喜は最近、蔦屋から美人画難波屋おきたの大判三枚続きを出した絵師だ。蔦重が二三の顔を見て言った。

「ちょうどいい。今、玉琴も一休みしているところだ」

かくは男髷《おとこまげ》に結って手古舞い姿。橘町に仮宅している吉原の女たちも祭に加わっているらしい。

二三は長喜に挨拶をしてから、かくに向かい、さりげなく、

「どうもいい匂いがすると思ったら玉琴さんが来ていたのか」

と、言った。かくも他人行儀のような笑い方をして、

「そういえば、わたしもそう思っていた。おきんさん、匂い物を持っているかえ」

と、若い女に言った。きんと呼ばれた女は頭を振り、

「いいえ。前のお客の残り香でしょう」

「ほう、前にこの座敷を使っていたのはどんなお客だ」

と、一九が訊く。きんは声を低くして、

「大奥のお部屋方《がた》のお忍びでござんしたよ」

「なるほどな。この節、大奥でも門限が厳しかろう。祭も見ねえでお帰りか」

「へえ——」

「矢張り芝居がお好きなんだな」

「そのお部屋方のお付きのお女中が芸達者な人で、昔、八丁堀に住んでいた市村座の振付師中村熊次郎のお弟子だったそうです。芸名を中村小琅《ころう》とか」

二三とかくはそっと顔を見合わせた。その熊次郎なら、今、延命院で柳全と名乗っている。外の騒ぎが近付いて来る。

表通りの障子が開けられていて、女たちは吸い寄せられるように二階の手摺から身を乗り出す。二三も立って表通りを見下ろすと、何組もの行列が通り掛かっているところだった。

先頭の行列は女ばかりで、町の女師匠とその弟子たちらしい。思い思いの伊達衣裳で、ひとしきり囃子に合わせて花笠踊。次の立役連中の雀踊の一行は、揃いの奴姿《やっこすがた》で六法風《ろっぽうふう》。その次は俄茶番《にわかちゃばん》、物真似芸尽し。そここに人気役者の顔が見え、それを追うだけで忙しい。そのうち、行列は華やかに入り乱れ、町中が祝酒に酔いしれていく。

「芝居町はこれじゃねえといけねえ」

長喜は外の明りに顔をほてらせていた。

「こういう祭があるから江戸なのさ」

と、一九は江戸生まれのような言い方をした。

「本と錦絵も負けちゃいられねえ」

一九の言葉を聞いて、二三は現実に引戻されたような気がした。二三はそっと蔦重に言った。

「写楽にはびっくりしました」

蔦重はにっこりして、

「どうびっくりしたかえ」

「何も彼《か》も。生意気なことを言うようですが、あれだけの点数であれだけの傑作揃い。しかも全部が上っ面の綺麗ごとじゃない。写楽ほど心の中に食い込んで来る絵は見たことがありません」

「ここにも一人、写楽に取り憑かれた男がいる」

蔦重は長喜の方を見て言った。

「いつも富士山ばかり見ていた者が、たまたま信州へ行って浅間山の爆発に出会ったようなもんだ」

と、長喜が言った。

「だが、山は富士でなけりゃならねえという絵師もいる」

「哥麿でしょう」

「よく判ったな」

「そりゃあ判ります。哥麿の描く美人は皆、鮮麗な晴れの日の富士ばかりだ」

「確かに、哥麿は写楽の絵をひどく嫌っている。だから、いい」

「……どうしてですか」

「嫌いがひっくり返れば好きになる。これから描く哥麿の絵はきっと変わる。良い方に変わる。そうして、世の中がもっと面白くなる」

二三は蔦重の考え方に感心した。二三が言った。

「写楽は百枚、後の七十枚が楽しみです」

「いや、しばらくは様子を見る」

妙見堂で北斎から聞いた、蔦屋の出板が禁制を受けているというのは矢張り本当のようだった。蔦重が言った。

「実は写楽を出して間もなく、奉行所に呼び出された。曰く、以後二十文以上の錦絵を売出してはいかん。役者、花魁の大首絵も同断だ」

「……それじゃ、写楽を出板するな、と言うのと同じじゃありませんか」

「そういうことだ。だが、写楽は出す。大判がだめなら細判にする。大首絵がいけなければ立姿にする。写楽の絵はまだ沢山ある。元種に不足はない」

「下絵は矢張り北斎が手掛けますか」

「いや。北斎の描いた百枚は大首絵だけだから、禁制が緩むまでは使えない。それに、北斎は日光で仕事をしている。当分、江戸へは戻らない」

蔦重は北斎が喧嘩をして、宇都宮から帰って来たのをまだ知らないらしい。北斎も写楽が取り憑くと言っていた。写楽がらみの仕事を避ける意味で、北斎は蔦屋へ寄り付かないのだろう。

「すると、今度からは写楽が自分だけで板下絵を描くんですか」

と、二三は訊いた。

「いや、その写楽も江戸にはいないんだよ。大谷さんと徳島へ行ってしまった」

「……」

「そこで、この長喜さんにその縁の下の役を頼んでいるところだ。一九が新狂言の取材をして、古い写楽の絵を元に、長喜さんが板下絵を描く」

長喜が言った。

「惚れたが因果さ。写楽の絵を世に出すためなら、どんなことでもしましょう。だが、蔦重さん、さっきも訊いたんだが、写楽というのは一体何者なんです」

蔦重は答える前に、これから難しい話があるからと言って、きんを座から外させた。

「そんなに厄介なんですか、写楽は」

と、長喜が訊いた。蔦重はうなずいて、

「これからの話は、ここにいる皆さんにだけで、他の人に聞かしてはならない。というのは、写楽が危険な人物と関わっていたからなんだ」

「……危険な人物。爆弾でも抱えていますか」

「ああ。その爆弾に火が点くと、本屋ばかりじゃねえ。芝居町も吹っ飛んでしまう」

「そいつは桑原、七里《しちり》けっぱいだ」

長喜はおどけたように言い、改めて真顔になった。

「一体、何なんです。その爆弾というのは」

蔦重は考えをまとめるように持っていた扇子を鳴らした。

「今、江戸の貸本屋の間で、秘かに『中山物語』という本が出廻っている。最初は一軒の貸本屋の書本だったらしいが面白がって更に写本を重ねる者がいるとすると、その数は今ではどのくらいになっているか判らない」

長喜はその写本を知らなかった。二三はその本なら某貸本屋から借りて読んだ、と言った。

蔦重は二三に言った。

「私も最初はなぜ芝居の連中が『中山物語』にびくついているか判らなかったんだが、玉琴から聞いてやっとそれが知れた。七面明神での一件さ」

「……………」

「二三さんもその爆弾男を見た生証人なんだってねえ」

長喜が焦れったそうに言った。

「その爆弾男とは誰なんだね」

「二代目菊五郎。江戸にいたとき丑之助と言っていた二枚目役者だ」

「……その二代目なら、病気で若死にしたと聞きましたが」

「ところが、ちゃんと生きていた。今、頭を丸めて、ね」

二三が付け加えた。

「初代の弟子だった、中村熊次郎も一緒でしたよ」

「えっ――」

今まで黙って聞いていたかくが口を挟んだ。

「さっきまでこの座敷にいたお部屋方のお女中は、その熊次郎さんのお弟子さんだったそうですね」

蔦重はうなずいて、

「世間は狭《せめ》えの。ということで、二三さん、大体の様子が判ったろう」

「多分……上方で写楽は二代目菊五郎の絵を描いていたんですね」

「そうなんだ。写楽は菊五郎の一座で、富本を語っていたことがある」

長喜が蔦重に訊いた。

「すると、写楽は芝居の浄瑠璃語りなのか」

「ここだけの話だがね、長喜さん。写楽は阿波徳島藩のお抱えの能役者なんだ。お抱えといっても殿様は参勤交代で一年毎に江戸を留守にする。その間は身体が自由だから、呼ばれれば上方へ上って芝居で働ける、というのだ」

「それで、写楽の本名は？」

二三は言ってみた。

「八丁堀地蔵橋に住む斎藤十郎兵衛。富本の名は細島古兵衛、俳名を捨来紅西というのですね」

蔦重はうなずいて、

「まあ、そんな関係で、芝居に精しい写楽は絵も上手なところから奥向きに頼まれて役者絵を描きはじめたのだ」

「その写楽は徳島へ行ってしまったというじゃありませんか」

「そうだ。これにはどうにもならない事情があった。というのは、今言った菊五郎がからんでいるのだ」

蔦重は渋い顔をした。


「話は十年ほど前にさかのぼるんだが、天明三年に上方で菊五郎が死んだ。その菊五郎の名を倅の丑之助が襲いだ。そこまではよかったが、翌年ごたごたを起こして大坂を離れ、旅廻りに出、その後、天明七年に防州三田尻で病死したことになっている」

「それは耳にしたことがありますよ」

と、長喜が言った。蔦重は首を振って、

「だが、実は二代目は死にゃしなかった。まあ、死ぬほどの難儀中将維盛《これもり》だったはずで、三田尻の興行を終えた二代目は、一緒だった小六玉一座とも別れてしまう。それでも、いざこざのあったばかりの大坂にゃ帰れないので、京に上ってお狂言師になったという」

蔦重は続けた。

「二代目は運が悪い男だった。京に落着くか落着かねえうち、あの大火災に遭い、続けて大変な騒動を巻き起こした。こともあろうに禁裏の更衣に手を出して、それが露顕して殺されかかった一件だ。菊五郎は一命を取り止めたものの、京にはいられなくなり、そのまま江戸へ下ったのだ。天明八年。前の年の天明の打毀しは収まり、松平越中守が老中首座に就任し、改革に手を付けたばかり。江戸は芝居どころじゃなくなっていた。年号が改まった寛政元年には、瀬川菊之丞が奢侈の咎で逮捕されたのをはじめ、芝居町には風当たりが強くなるばかりだ」

二三が言った。

「寛政二年に亡くなった柄井川柳師匠の辞世の句は〈木枯しやあとで芽をふけ川柳《かわやなぎ》〉でした」

蔦重はしんみりした顔で耳を傾けた。その蔦屋の出板物も次次と発禁、寛政三年には身代半減の厳罰を受けている。蔦重はそれを思い出しているのか、あるいは外のさんざめきに春の気配を感じ取っているのか。

一九が言った。

「これが、上方で何事もない江戸入りだったら、二代目菊五郎が帰って来たと、江戸での襲名披露を芝居町は盛り立てるはずだが、そういう事情だからお祭騒ぎはできなかった。たまたま、俵蔵さんの師匠、金井三笑が延命院の住職、日暁と懇意だったから一時菊五郎はその寺へ預けられ、大人しくしていることになったのです」

「早いものだな。あれからもう六年がたった」

と、蔦重が言った。

「昨年、越中守も退官した。十月に、都座と桐座が焼けてしまったが、今年の春小屋は新しく柿落《こけらお》とし。景気も上上だ。この際、一気に昔の賑わいを取戻したくなるのは人情だの」

二三が言った。

「そこで、菊五郎を担ぎ出そうとしたのですね」

「そうだ。菊五郎は子役のころから評判が良かったし、丑之助時代『外郎売』で大当たりを取ったこともある。名人だった親父の名を襲いだとあっちゃ、芝居好きにゃたまらない。疑いもなく江戸中が湧き返る。あの騒動を知っているのは京でもわずか、江戸ではほとんど伝わっていない。菊五郎復帰の旗頭に立ったのが万屋、坂東彦三郎だ。彦三郎の女房は初代菊五郎の娘。二代目とは義理の兄弟に当たるから、二代目を芝居町に戻すことに熱心だった。乞食と役者を一度やったら止《や》められないという。まして芝居町で育った菊五郎だ。菊五郎もひどく喜んだはずだ。この五月、菊五郎は都座に出演することに決まっていた。役名まで決まっていた。『花菖蒲文禄曾我』の石井半蔵の妹おひさ、遊女綾の戸の二役、放《はな》れ狂言で得意の『春駒おきく』を踊るはずだった」

「売出した写楽の絵が二十八枚だったのは変だという人がいました」

「そう。最初は三十枚の予定だった。写楽は菊五郎のおひさ、遊女綾の戸の二枚を見事に描いた」

それでやっと、二三は菊五郎が消された理由が判った。役名が決まった後で『中山物語』が世に拡まりはじめた。それを読んだ芝居関係者は菊五郎がとんでもない爆弾を抱えていることが判り、あわてふためいて菊五郎を芝居町から追い出したのだ。

だが『中山物語』を読んでいない長喜は怪訝《けげん》な顔で、

「一度担ぎ出そうとした菊五郎が、急にどこかへ消えちまったんですか」

「消えたんじゃない、消されたんです。そのわけは『中山物語』に書いてある通り。菊五郎は京で帝の更衣に手を付けるという、大逸れたことをして殺されそうになり、江戸へ逃げて来た男だったんですよ」

「……面白いと思いますがねえ。王代物の芝居にしちゃどうです」

「途方もないことを言う。『中山物語』を読むと判りますがね、このところ公儀はひどく朝廷に敏感になっている。まるで腫物《はれもの》に触るようなんだ」

「……そんなですかねえ」

長喜は憮然とした顔になった。二三が言った。

「道陀楼主人の『羽勘三台図絵』も大分板が削られていますね」

一九がうなずいて、

「二三さん、読んだかい。あの部分は芝居の王代物を述べているところだ。王代物に登場するのは、天皇、皇子、関白、左大弁、左中弁、左小弁などの人物で、筋としては維高《これたか》親王と維仁《これひと》親王の御位《みくらい》争いが多い。この世界には国崩しの大悪人大伴黒主《おおとものくろぬし》などが活躍する。そういう公卿悪を扱った内容が全部削り取られているんです」

そして、一九は付け加えた。

「星運堂さんだってぼんやりとしちゃいられませんぜ。たとえば『柳多留』に〈抜きどこが悪いさかいと公家衆いい〉というのが載っているけれど、これなんかは危いと思いますね」

二三は言われて面食らった。

「しかし、この句は忠臣蔵ですよ。浅野内匠頭《あさのたくみのかみ》が吉良上野介《きらこうずけのすけ》に刃傷《にんじょう》した日は、京の表敬役に将軍が答礼を行う儀式の日で、事件を知った公卿衆の気持でその句を作った――」

「それでもいけない。その句には公卿衆をからかっている臭いがする」

それを聞いて、長喜もやっと事の重大さが判ったようで、

「そんな句にまで目くじらを立てられちゃ敵わねえ。なるほど、そんなとき、朝廷で事を起こした菊五郎なら、爆弾を抱えているのと同じだ」

と、寒いような顔をした。一九は続ける。

「一時、上方から菊五郎が旅先きで病死したという噂が流れて来たが、上方の芝居町でも菊五郎に戻られちゃ困る。菊五郎が行方不明だったのを幸いに、そんな噂を流したんだろう」

「なるほど、その菊五郎が江戸で派手なことをしたら、上方にも飛び火するかも知れねえな。二代目を担ぎ出そうとした彦三郎は、それなら二代目を三代目に立て直そうとも考えたようだが、それでも危い橋だと芝居衆に反対されてしまった」

「写楽だってそうだ。写楽が上方で何をしていたかは判りませんがね。菊五郎の一座にいたというだけで巻き添えになる。菊五郎が爆弾なら写楽だって爆弾ぐらいに物騒だ」

蔦重が言った。

「その上に、写楽はもっと大物ともつながっている。写楽は徳島藩の抱え能役者で、そもそも、俺に写楽の役者絵百枚を摺れ、とそそのかした張本人は越中守だ」

二三が言った。

「それは、大きな後ろ楯じゃないんですか。越中守はこっちの人じゃないんですか」

「とんでもない。越中守は役者絵を摺れとは言ったが、売れとは言わなかった。写楽が町に出廻っているのを知れば、かんかんになるはずだ」

長喜は目を白黒させた。

「それが本当なら、蚯蚓《みみず》の木登り、鼈《すっぽん》の居合抜きだ」

「だから、菊五郎が表沙汰にでもなれば、写楽、蔦屋、蜂須賀家、越中守、ずるずると名が出て来てしまう。幸い、写楽の名は『中山物語』にゃ出ていねえが、それだっていつどうなるか判らねえ。だから、写楽はもう江戸にはいねえ。大谷公を頼って徳島に行ってしまった」

二三は一九に訊いた。

「その菊五郎の襲名披露のかわりに、今夜の曾我祭が派手だったんですか」

「そう。五月も一応順調だったが、菊五郎が出ていりゃもっと大騒ぎだったはずだ。その穴埋めに、芝居町は大坂から大物を連れて来ることになりましたよ」

「……今度は、誰です」

「作者の並木五瓶《ごへい》。先代菊五郎は大坂で五瓶の作で大当たりを取った。その五瓶が来る。二代目のかわりに江戸で大仕事をする気だ。弔合戦だ」

並木五瓶は並木正三の門弟で、浜芝居を振り出しに芝居を書き、大芝居に出てからは次次と傑作を作り、たちまち大坂の第一人者になった。『金門五三桐《きんもんごさんのきり》』『けいせい倭荘子《やまとそうじ》』などが代表作だという。

「二月に瀬川如皐が亡くなって、芝居町ではどうしても大物立作者が欲しいんですよ。それには並木五瓶が一番だ。沢村宗十郎は若いときから五瓶と親しかった。その宗十郎が大坂へ行き、この二月に江戸へ戻って来た。話は決まったそうですよ。五瓶は秋に江戸へ下って来ます」

芝居町では景気挽回のために、次次といろいろなことを実行に移しているようだ。では、写楽がいなくなったという蔦重はどうなのだろう。

二三は蔦重に訊いた。

「写楽が蔦屋さんから手を引いてしまっても、写楽の役者絵は続けるんですか」

「ああ、皆さんが喜んで買って下さる写楽を中断してたまるか。一時、細判にするのは仕方がないが、時節を見て写楽の雲母摺大首絵百枚、きっと揃えてご覧に入れる」

これはもう、男の意地である。

写楽は写楽であり、すでに斎藤十郎兵衛でもなく北斎でもなく一九でもなく蔦重でもない。江戸町人を代表する心である。写楽が百枚の雲母摺大首絵を世に出したとき、江戸町人の心意気が、理不尽な公儀に対して勝利を収めることになるのだ。


九ツ（午前零時）の鐘。

曾我祭の行事が全て済んだ後でも、芝居町に集まった人人は熱にでも浮かされたように容易に町を立ち去らない。いつまでも鳴物の音が続き人通りも絶えなかったが、夜半になるころには明りも一つ消え二つ消える。祭の後の侘しさがふと立ちそめると、芝居町は潮が引くように人影が少なくなっていった。

深川で言う九ツ立《だち》。二三が左交の店を出るころには、芝居小屋の明りも消え、道傍に打ち捨てられた花笠などがわずかに祭の名残を止《とど》めている。

都座の仕切り場（札売場）のあたりに、夜廻りが屈み込んで、ひっくり返っている酔っ払いに何か声を掛けていたが、やがて諦めたようにその場を立ち去って行った。酔っ払いはすっかり正体をなくしているのだ。

二三も都座の方に足を向けかけたが、ふと歩みを止めた。まるで、夜廻りが立ち去るのを待ってでもいたかのように、都座の前に三つの影がふいに現れたからだ。その人影はどこから来たのか判らないので、地面の中から生まれ出たように見えた。

三人共、黒装束で黒頭巾、三人のあたりから妖気が伝わってくる。二三が天水桶の傍《そば》に身を寄せてじっと様子を窺っていると、三人はあたりを気にしながら、しきりに都座の櫓を見上げている。その高さを目測しているように見えたが、二三はその怪しい行動より、三人の内の二人の体格が気になった。一人は骨太で図抜けて背が高く、一人はずんぐりして肩幅が広い。

――あれは、相撲取りの吉野川と三つ石じゃないか。

その二人は一人を都座の前に残して、するすると遠ざかる。何か邪魔が入ったので身を隠すのかと思ったがそうではない。酔っ払いの寝息が聞こえるかと思うほどあたりはしんと静まり返っている。

二人は都座の前を遠ざかると向きなおり、すぐ異様な行動を開始した。長身の男が道にうずくまり、丸い男がその肩に乗ったのである。長身の男が立ち上がると、二人は一つの影になり、二階にも届く高さになった。

おや、と思う閑《ひま》もない。男はそのまま都座の方へまっしぐらに驀進《ばくしん》しはじめた。風を巻き起こすような勢いだった。

――あっ。

驚くべき呼吸である。

疾走して来た男が、更に跳躍するように両膝をかがめる。肩に乗った男も同時に身体を丸くする。次の瞬間、上の男が鳥のように空を飛んだ。

二人の身体が二つのばねとなり、跳ね上げる力、飛ぶ力が見事に合致し、信じられないような飛躍力を起こして宙に舞い上がったのである。驚いたことに、飛んだ男は都座にそそり立つ櫓の天辺《てつぺん》に音もなく組み付くと、都座の紋を染め抜いた幕の内側に入り、すぐ姿を消してしまった。

投げた方の男はそのまま都座の鼠木戸《ねずみきど》のあたりに近付く。そこには最初の一人が待っていて、ほどなく木戸が開き、飛んだ男が顔を覗かせる。外の二人は待ち兼ねたようにその木戸口から都座の中に入った。二三は、

――これは、押込みだ。

と、判断するより前に、正月柳原土手で見た不思議な足跡と、柳島の妙見堂で北斎と一緒に目撃した三つ石消失の謎が、瞬時にして解けたことに呆然としていた。

その不思議は吉野川と三つ石の特異な技で作り出されたのである。

柳原土手の場合、雪の降り積った土手は、その忍びの術の恰好の稽古《けいこ》場所だったに違いな

い。二人は何度かの稽古の途中、飛ぶ方向を違えて、三つ石が雪達磨の中に突っ込んでしまった。その痕を二三が見たのである。

妙見堂での三つ石の消失は、二人が同じ技を使って、三つ石が川を飛び越しただけの話である。二人は柳島橋が落ちたのを知らず連れ立って来たのだが、橋が渡れないのでやむなくその技を使ったのだ。多分、遠廻りが面倒というのではなく、急用を抱えていたに違いない。

二三が今見ている限り、二人の技は悪に利用されているからである。

二三は少し迷ったが、好奇心の方が強かった。延命院の地下室に忍び込んだときのように、血の騒ぎにふしぎな快楽が伴う。

二三がそっと都座に近付いたとき、

「うっ……飛んだ」

ぎくりとして声の方を見ると、酔っ払いは雪の日柳原土手で出会った幸吉だった。

幸吉はそれだけ言うと、大鼾《おおいびき》をかきはじめた。

二三は鼠木戸に近付いて耳を戸に寄せてみた。中には物音一つしないのが判り、細目に戸を開ける。闇に目が馴《な》れると二三は大胆になり、小屋の中に入って戸を閉めた。

がらんとした人気《ひとけ》のない小屋内は寒寒として無気味だ。入ったすぐが切見《きりみ》（一幕見）の追《おい》込《こみ》で、左手の仕切場から明りが洩れているが物音はしない。木戸番がいたとしても、三人の侵入にも気付かない。祝酒で寝込んでいるのだろう。

二三は東花道に登って舞台の上に出、楽屋に通じる臆病口の幕に寄った。幕の間からわずかな明りが洩れている。

　二三は慎重だった。舞台にはどんな仕掛けがあるか判らない。臆病口の幕の内は頭取部屋で、作者部屋が続いている。この作者部屋に明りがついていて、人の動く気配がする。部屋の障子は閉められていたが、二カ所ほど小穴が開いていた。二三はその一つに目を寄せた。すぐ、銀色に光る抜身が見えた。

　そのときの頭の働きを後で思い返しても不可解である。縄で縛られた勝俵蔵と尾上松助、もう一人は背を向けて坐っているので顔は判らない。その三人を見下ろして一人が抜刀している。残る二人も仁王立ちで、それを目撃したとき誰かに報らさなければ、と思い、大きな音を出すことだ、と直感し、小屋にはいくらも鳴物がある——そこまではいい。

　二三はそっと作者部屋を通り過ぎたとき、鳴物のある部屋の向こうに衣裳蔵があるのに気付き、どういうわけか二三の愛読書『放下筌《ほうかせん》』の中に解説されている「狸七化《たぬきななば》けの術」が頭に閃いたのである。

　狸七化けの第五「逆に歩く女の姿」の小道具が衣裳部屋には全て揃っていた。

『放下筌』に曰く「手にきゃはんとたびをはき、白き衣物を逆に着、帯をし、灸《やいと》ばばという様に前後をまわし、提燈にはりぬきの女のかづらきせて、帯にさげる。あるいはさばき髪の体《てい》につくるもよし」。

部屋の中には髪をおどろにした生首もあった。提燈に鬘《かつら》を着せるより効果的だ。二三はたちまち「逆に歩く女」に化け、囃子方の大太鼓を思い切って打ち鳴らした。

すぐ、作者部屋の障子が荒荒しく開いた。部屋から飛び出した三人の黒装束は、二三の姿を見るなり、おっと言って立ち竦んだ。

明るいところで見れば茶番である。だが、暗い廊下でこの姿を見れば、最初は何事かと思い、異形な形が見えてくると恐怖が襲うはずだ。

二三はゆっくりと歩きはじめた。

「ぎゃっ――」

一人が叫ぶと、あとの二人も恐慌状態になった。

太鼓の音を聞いて、あちこちから人声がする。

「いけねえ、逃げろ」

浮き足立っていた三人は、その声とともにいなくなった。

二三は作者部屋に入った。

「どなたさんか知らねえが、ひどい化け方だ」

と、縛られた俵蔵が言った。

「そうだ。仰天上押《のつけてんじようお》し包《くる》みだ」

と、縛られた松助が言った。

「徳利が倒されず、まずは目出度い」

もう一人が振り返ってそう言った。細島古兵衛——写楽だった。

「八丁堀の家は引き払い、二、三日ここで厄介になっているんだ」

と、細島古兵衛の写楽が言った。

「切りよく、千秋楽まで勤めたかったし、この世の名残に曾我祭も見ておきたかったしね。蔦重に頼まれていたお浜御殿の上覧相撲の絵も描き揃えて渡してきたから、もう江戸に用はない。明日、阿波へ発つんだ」

「この世の名残だなんて、心細いぜ」

と、俵蔵が言う。

よく見ると、写楽は目が小振りで口が大きい。自分の描く役者絵によく似ている。

「二想さんも俺がいるので目を廻したようだが、鳥井さんもそうだったろうな」

二三は写楽の言葉にびっくりした。

「すると、今の黒装束の侍を知っていたんですか」

「ああ、顔は隠していたが、身体付きや身のこなしですぐに判った。左眉の上の黒子《ほくろ》が何よりの証拠だ。あれは、鳥井甲斐だった」

「あとの二人は相撲取りでしょう」

「うん。吉野川に三つ石」

「一体、あの三人はどこから忍び込んだのだろう」

と、俵蔵が言った。二三は都座の外で見たふしぎな技を話した。松助は感心したように、

「うん、それなら前に聞いたことがある。『人馬《じんば》の術』という。馬術家佐々木《ささき》平馬《へいま》の門人で、数馬《かずま》という男が編み出した技だそうだ。はじめは金を取って見せていたがすぐ禁止された。悪用されるという町奉行所の懸念からだった」

「それを芝居に使えねえかな」

と、俵蔵が言った。

「さっきまで、綱などを使わずに、役者が見物人の頭の上を飛べねえか、考えていたんだ」

作者部屋には数脚の机が並んでいて硯や筆が用意されている。俵蔵のいるあたりには、本や描きかけの図が散らかっている。酒を飲みながら、芝居の新趣向を考え合っていたようだった。三人はたった今の危害を忘れ、空想の世界に舞い戻っている。

松助が言う。

「いいねえ。『義経千本桜《よしつねせんぼんざくら》』の四の切《きり》。源九郎狐《げんくろうぎつね》が綱なしで飛んだらとてつもねえ」

「しかし、ふわふわとはいくまい」

「ふわふわはふわふわさ。小狐を出すんだ。親狐がふわふわ行くところを、小狐が後から飛んでいく。見物人は肝を潰すぜ」

「うん、音羽屋、やってみるか」

松助は首を振って、

「……俺はもう年だぜ。それに肥っている。飛ぶのは若い者がいい」

「さっきまでここにいた若い者、何と言ったかな」

「ああ、あのしつこい生意気な奴。式亭三馬《しきていさんば》だ」

「根掘り葉掘り宙乗りのことを聞いていた。昔、並木正三は自由に天狗を飛ばしたっていうのはどういう仕掛けだ」

「まあ大したことはねえと思う。話に尾鰭《おひれ》がついたのさ」

ともすると傍道《わきみち》にそれてしまう。二三は俵蔵に訊いた。

「あの三人組に、盗られたものはなかったんですか」

「うん、本が一冊だ」

「……本が一冊？」

「『中山物語』という、本が一冊」

「本一冊のために三人組が都座を襲ったんですか」

「そうだ。高が本一冊でも、人の命が引き替えになる本だってある」

「………」

「『中山物語』は貸本屋の東国屋庄六に頼んで持って来てもらった本だ。だが、いくら面白くたって、とても芝居にゃならねえ代物でな」

「菊五郎がらみで、ですね」

「……二想さん、知っているのか」

「さっき、蔦重さんと話していたんです」

「そうですか。なに、若い者がなぜ急に二代目の話が消えてしまったのか、腑《ふ》に落ちないでいるから『中山物語』を読ませようと思ってね。作者はいろいろなことを知っておかなきゃならない」

二三は写楽に言った。

「紅西さん、あなたが役者絵を描いた東洲斎写楽なんですね」

写楽はおかしいとも悲しいともつかない顔になった。

「確かに蔦重から出した役者絵の板下絵は俺が描いた。だが、写楽は俺から離れて独り歩きしはじめた。俺が阿波へ行っても、写楽の絵はどんどん出る」

「しかし、写楽を見て夢中になってしまった人を何人も知っています」

「そりゃ、北斎さんの手柄だ。俺は元元が素人なんだ」

「でも、その北斎さんが言っていました。写楽が乗り移りそうになったから、もうあんな仕事は懲り懲りだ、と」

「……本当にそう言っていたか」

写楽は首を振り、傍にあった茶碗を取り上げて、一升徳利の酒をついだ。

「……今、阿波の徳島藩では大変なことが持ち上がっているようですね」

と、二三が訊いた。

「判るか」

「なんとなく。今、ここに忍び込んだ鳥井甲斐は徳島藩のお留守居役。吉野川と三つ石も徳島藩のお抱え。写楽さんの本名は斎藤十郎兵衛といって、矢張り徳島藩のお能役者」

「ほう……大層調べが行届いたな」

「何といっても、重要な人物は二代目菊五郎でしょう。その菊五郎の役者絵を描いた絵師が徳島藩の抱えだという理由だけで、悪い立場に立たされる人が何人もいる。それに加えて、菊五郎は今、江戸でも大逸れたことをしている最中です」

「………」

「例の、延命院の一件ですよ」

「……二想さん、どうしてそれを」

写楽は口を丸く開けて言葉を失った。俵蔵が言った。

「二想さん、それなんだ。どこで聞いたか知れねえが、延命院のために、徳島藩二十五万石、まさに風前の灯だ」

俵蔵が誇張しているとは思えない。

菊五郎の上方での所行を知って、芝居町全部が震え上がったのである。その菊五郎が、大名の奥方を例の祈禱所に引き入れているという。二三は蔦重には言わなかったが菊五郎はもう一つの爆弾も抱えているのだ。

「今度、二代目を芝居町へ戻そうとして、万屋が延命院へ行き、七面明神の一件を知ってしまった。その上に京での騒ぎを書いた『中山物語』だ。全く御丁寧なこった」

それがもし明るみに出たら、どんなことになるか判らない。徳島藩の藩主は重喜の子、治昭だが、だからといって事が済むはずはない。悪くすると、徳島藩二十五万石が取潰されてしまうかもしれない。非常事態を迎えようとしているのだ。

「それは、矢張り本当だったんですね」

「こんな大層な冗談は作者だって言えやしねえ」

と、二三が言った。

写楽は憮然として、

「それで藩じゃ死物狂いで『中山物語』を処分しようとしているんだ。本だけが欲しかったら、穏便なやり方でいい。だが、強盗まがいのことをして本を持っていったのは脅しだ。この本を持っていると危険だ、ということを示したかったんだ」

「一体、何者が『中山物語』を書いたんだろう」

「多分、一人じゃない。いろいろな者が寄って作り出したんだ。写本のとき何かを付け加えた者もいるだろう。如皐が怪しいという者がいるが、下駄甚だって怪しい。写楽と同じだ。今、写楽が誰だと知りたがっても、容易にゃ判るまい」

と、俵蔵が言う。写楽はうなずいて、

「日道とお伝の方との仲は昨日今日のことじゃねえらしい。日道が出家する前、江戸にいて丑之助といっていたころからだ」

大名の奥方は芝居町に出入りすることができない。その代わり、年に何回か町方の狂言師の一座を屋敷内に呼んで芝居を演じさせる。奥向きは男子禁制、一座は女ばかりだ。

この芝居は大掛かりなもので、狂言師は好んで江戸三座の新狂言を上演する。これを「移す」といい、大道具、小道具、衣裳、鬘まで本物そっくりに作るのだから、その準備に狂言師は屋敷に何日も泊まり込むほどである。

狂言師は役者の弟子で師匠の名を貰っているが、役者や振付師の妻や娘たちもいる。徳島藩の狂言師は市村座の振付師、中村熊次郎の弟子、中村小琅の一座だった。これは、小琅の才覚か、噂を聞いたお伝の方がぜひにという懇望だったかは判らないが、そのころ「外郎売」で人気者になった丑之助を一座に加えることになった。小琅は丑之助に女装をさせ、一座に加えて屋敷の中に連れ込んだのである。丑之助はまだ十二、三だった。だが、奥でどんなことがあったかは判らない。

その後、丑之助は父と一緒に上方に上り、この沙汰は一時、消えたのだが、上方で二代目菊五郎となり、再び江戸に戻って来てからは、お伝の方の七面参りがはじまった。

「このことが、鳥井甲斐の耳に入ったんだな。藩には大目付《おおめつけ》がいる。だが、野暮天の多い目付に知れたら大変だ。お家騒動の元にもなりかねない。似たような騒動を起こして、取潰された大名はこれまでにいくらもある。だから、甲斐さんも正念場だ。このことは、目付に知られねえように揉み消さなければならねえからな」

「奥方の七面参りがただの祈禱を受けに行くんではないということは、鳥井甲斐が突きとめたんですね」

「そう。もっとも、甲斐さんは祈禱を受けるような柄じゃねえから、橘町の芸者に頼んだ。その女が、秘密の祈禱所に忍び込んだんだ」

「……丁字屋の玉琴ですか」

「いや、違うな。吉原が焼け出される前のことだ」

二三は愕然《がくぜん》とした。忘れていたわけではないが卯兵衛がきらびやかな花魁の衣裳で舞台の中央からせり上がって来たようだった。

「それは、村松町に住んでいた、卯兵衛ですね」

「そうだ」

二三は俵蔵に訊いた。

「その村松町には、俵蔵さんもいましたね」

「うん。俺は一時、村松町に卯兵衛を住まわせていた」

と、俵蔵ははっきりと答えた。松助が言った。

「俵さんも隅に置けねえ。なにか奢りな」

俵蔵は真顔で、

「いや、浮いた話じゃあねえんだ。卯兵衛は江戸に身寄りがねえ。だから匿《かくま》ってやっていたんだ」

「卯兵衛というのは何者なんだ」

「菊五郎の女だった。問題を起こした張本人、半井成美の娘、月子だった」

二三は目を閉じた。

どういうわけか卯兵衛が髪に差していた簪が見える。簪の飾りは五枚の木の葉をあしらって蝶にした透し彫りだった。その葉は柏に違いない。二代目菊五郎の紋は「重ね扇に抱き柏」。簪の「柏蝶」はその柏を蝶に作った紋で、卯兵衛が菊五郎を偲ぶために誂えたものに違いない。

月子は菊五郎の心を知り、菊五郎への思いを断ち切ろうとして友吉にやったのだが、絵姿だけはどうしても肌身から離すことができなかったのだ。

月子も剣難を逃れ、菊五郎と一緒に京を脱したのだが、後難を恐れ、二人は別別に江戸へ下ったのだ、と俵蔵は言った。

天明五年、俵蔵は江戸にいなかった。上方にいたのである。

天明五年五月に襲名する菊五郎に呼ばれたのだ。菊五郎は父を亡くしたばかり、まだ十七歳だから、襲名という大役の前に、江戸で親しかった顔見識りを傍《そば》に置きたかった。俵蔵はその襲名披露興行に立ち合い、秋には江戸へ戻って来たのでその後の事件は知らなかった。

天明八年、江戸へ帰っていた俵蔵を菊五郎が訪ねて来て、京都の大火災に遭い、一座が散り散りになってしまったので、江戸へ戻って来た、と言った。俵蔵は京の事件を知らなかったから、江戸は改革がはじまったばかり、こういうとき襲名披露をするより、時節を待った方がいいと言った。菊五郎もそれをすぐ納得して、芝居町には戻らなかった。今思うと、派手な襲名披露が京に伝わるのを、菊五郎は恐れたのだろう。

「それからほどなく、菊五郎が俺の家へやって来たが、頭を丸めた姿だったので驚いたな。訊くと、色色思うところがあって出家し、今は日道という名になっているという。それについて、京にいたころ関わりのあった女が江戸へ下って来るというのだが、ご覧の通り僧門に入った身で、その女の面倒を見ることはできない。俵蔵さんなんとか世話をしてやってくれないか、という」

「それが、月子だったんですね」

と、二三が訊いた。

「そうなんだ。最初からその女が半井月子で、やんごとない方に関わったと知っていたら、俺だって断わったさ。だが、日道の言うにゃ、その女は吉原に身を沈めてでも、という覚悟で江戸へ下って来たいのだという」

「……」

「なろうことなら俺が女の面倒を見てやるのがいい。だが、ご覧の通りのしがねえ二枚目作者にはそんな力はねえ。そのうち、女は上方にいた栄屋《さかえや》が江戸へ連れて来たんだ」

「中村仲蔵ですね」

「そう。『忠臣蔵』五段目。今までただの端役《はやく》でしかなかった定九郎《さだくろう》の役を工夫して、世間をあっと言わせた仲蔵だ。名人の上に誰からも尊敬されている。高麗蔵などは親父の幸四郎より仲蔵を慕っていたほどだ。人望の厚い仲蔵に、菊五郎は月子を託す気になったんだろうが、俺は栄屋と相談して、一時月子を万屋（坂東彦三郎）のところに預けた」

「……仲蔵は月子の面倒を見られなかったんですか」

「そう。江戸に戻ってから身体の工合が悪くなり、間もなく亡くなったよ。確か、五十五歳だった」

「……本当にそれは病死だったんですか」

「今だったら妙な噂が立てられるかもしれねえ」

「……というと？」

「今年のはじめ亡くなった瀬川如皐先生の死に方がおかしい、と言う人がいた」

「『中山物語』を書いたのが如皐だという」

「なに、根も葉もねえんだ。『中山物語』にかかわっている者への脅しにそんなことを言い出した奴がいるんだ」

「それで、月子は？」

「万屋は日本橋に虎屋という店を持っている。月子は少しの間そこにいたんだが、日道の意向もあって、月子は吉原の丁字屋へ五年の年季で店へ出るようになったんだ」

「……よく、月子がうんと言ったな」

と、松助が言った。

「無理もねえんだ。月子の親元になった俺が会ってみると、月子は日道にぞっこん惚れ抜いているのが判った。日道が言えば、地獄宿へでも出たかも知れねえ。その日道が俺のために辛棒してくれと言ったんだ。まあ、多少年は取っているが、京女で育ちもよく上品だ。丁字屋は喜んで話に乗った」

「下卑《げび》たようだが、年季の金は？」

「全部、日道が持って行った」

「非道い奴だ。芝居を棒に振った代わりに、最初から企んで蛸《たこ》坊主になったのか」

俵蔵は静かにうなずいた。

「日道は名人初代菊五郎の家に生まれ、ちやほやされながら芝居町で育った。全ての女は遠くから二代目の姿を見て満足している。だから、自分と直接触れ合う女は幸せで、自分に貢ぐのは当然だと思っている男なんだ」

　松助が言った。

「それだから今、日道は大名の奥方たちを手玉に取っている」

「日道の傍にゃ、悪い奴もいる。元、中村熊次郎だった柳全だ。柳全が弟子の中村小琅と連絡を取り、日道を唆《そその》かしてお伝の方を延命院へ呼び寄せたんだ。勿論、莫大な祈禱料が目当てなのさ」

「五年の年季というと、月子は昨年が年明《ねん》けだな」

「そう。だが、日道もすっかり五年の間に変わってしまった。月子のことはもう頭になくなっている。だから、俺が村松町の家をあてがってやったんだ」

　松助は俵蔵の顔をじっと見て言った。

「どうやら、俵さんの気持が判って来たぜ。月子は聞けば聞くほどいい女だ。とにかくひたむきで、恋に命懸け。俺もそんな女が好きだな」

「そう。年を取ると逆に艶を増す」

「そういう女で、命を懸けたほどの男がいる。その月子を手の届くところに置いて眺めるだけ。それが良くて仕様がねえんだな」

　俵蔵はそうだとも違うとも言わなかった。ただ、

「月子は吉原勤めをはじめたときから、客なら誰でも二代目だと思って目を閉じている、と言っていた」

と、言った。

聞いているうち、二三は胸が締め付けられるような気がした。卯兵衛がなにかに堪えているのは判っていたが、それが、こんなに重いものだとは知らなかった。その上、なんという悪縁か、知らぬうち、卯兵衛の細い肩には徳島藩や芝居町が乗りかかっていたのだ。

「鳥井甲斐が、日道と卯兵衛との間を嗅ぎつけたんですね」

と、二三が写楽に訊いた。

「そうだ。お留守居役は各藩の同役と、絶えず情報を交換し合っている。京の事件も早くに知っていたはずだ。たまたま鳥井が橘町のよし辰で医者に化けて遊びに来た柳全と出会ったのだろう。鳥井が卯兵衛の座敷に上がると、柳全が置いて行った写楽の菊五郎があった。鳥井はその写楽が徳島藩の奥向きから延命院を経て来たものだと見当を付けたんだ。卯兵衛の卯は干支でいうと兎《うさぎ》、月とは縁語だ」

「……そうでした」

丁字屋の主人は丁字屋を鶏舌楼と気取ったり、かくに玉琴という名を付けたりした男だ。月という名を聞いて卯の里、得意で命名したに違いない。

「鳥井甲斐が卯兵衛を呼出して聞きただすと、思った通り、柳全は延命院の坊主。二代目もからんでいることが判った。甲斐は日道に会わせてやると言って卯兵衛を誘ったんだ。何年も恋い焦れていた卯兵衛は一も二もねえ。延命院で日道と久し振りに語り合い、同時にお伝の方の所行も聞き出したんだ」

「甲斐は延命院の話を聞いた後で、口を塞ぐために卯兵衛を殺したのですか」

「いや、違う。卯兵衛は京を発つとき、大変な品を持って出たんだな」

「……それは？」

「写本だが、この本も人の命が引替えになるほど貴重な本だ。卯兵衛が持っていたのは、『医心方房内篇《いしんほうぼうないへん》』という」

「そりゃ一体、何の本だ」

と、松助が言った。

「『医心方』は平安《へいあん》朝に撰述《せんじゅつ》された医学書で、全三十巻の大著。『房内篇』はそのうちの一巻、閨房《けいぼう》の奥儀が述べられている」

二三は思い当たるところがあった。卯兵衛が死んだとき髪に結っていた反故元結である。二三はその文面を覚えていた。傍にあった筆を取って、二三はそれを紙に書き写して俵蔵に見せた。俵蔵はゆっくり目読してから、声に出した。

「洞玄子に云う。夫《そ》れ天は左に転《めぐ》り地は右に廻る。春夏謝《す》ぎて秋冬襲《きた》る。男唱《とな》へて女和し、上に為し下に従う。此《こ》れ物事の 理也《ことわりなり》。此れを以《も》って合会《まじわり》す——」

俵蔵は大きくうなずいた。

「間違いない。これは房内篇の一節だ。卯兵衛が万が一のことを思い、写本したとき書き損じがあって反故にしたのだろう」

俵蔵が卯兵衛から聞いた話では、平安朝廷の鍼《はり》博士、丹波康頼《たんばのやすより》が撰した医学全書である。古代中国から隋、唐、天竺《てんじく》（インド）に及ぶ医書を集大成した膨大なもので病の治療、薬物の処方、鍼灸《しんきゅう》、養生法、食餌《しょくじ》法、当時の医学が全て網羅されている。

この大著は奇跡的に戦火をくぐり抜け、数百年後、正親町《おおぎまち》天皇のとき（一五八〇）、典薬頭、半井瑞策《ずいさく》の手に渡った。天皇の病いを治癒させた功で下賜《かし》されたといわれている。『医心方』は半井家の門外不出の家宝となった。

徳川家康が江戸城に入城したとき、京から多くの名医を呼び寄せたが、半井家は宮廷医として京に残ったままだった。

幕府の権力が不動のものになるにつれ、御殿医の権威も大きくなる。幕府の典薬頭は高禄を得、高い格式が与えられたが、ただ一つ心懸りなのは半井家が蔵している『医心方』である。これを手中にしない限り、医学の頂上は極められない。典薬頭は幕府の権威を笠に再三半井家に迫ったが、それに反感を持つ半井家はどうしてもうんと言わない。

天明の大火のとき、半井成美はその要求に『医心方』は焼けてしまったと弁疏《べんそ》したが、いよいよ抵抗することができなくなったと覚悟をした。天明の大火災の後、松平定信が自ら京へ上って御所復建に力をそそいだからだ。これ以上強硬な態度を続ければ、典薬頭同士の意地ばかりでなく、朝幕間の問題にもなりかねない。

成美は『医心方』を写筆し、その一部を月子に持たせた。三十巻中の第二十八巻『房内篇』である。

医師たちがなぜ『医心方』にそれほど執着するのかというと、一つにはこの『房内篇』が伝説的な秘本になっているからである。

そこでは房内の理法が詳述されていて、平安貴族はこれを宝典とし同時に秘本とした。『房内篇』の中でも『施写《ししゃ》第十九』には、男の精を節減する房術で仙境に達し不老を得るという奥儀が述べられている意義と価値が大きいこと、医者や学者の間で有名である。

「その秘本を月子は江戸へ持って来たのか」

と、松助が俵蔵に訊いた。

「そうだ。卯兵衛に近付いた鳥井甲斐は卯兵衛が『房内篇』を持っているのを知り、これが徳島藩を救う、と思った。公儀が喉から手の出るほど欲しがっている『房内篇』を越中守に渡す。お伝の方の後始末はつけるとして、後後に延命院の内情が暴露され、もし、お伝の方がからんでいたとしても、越中守はその功績で徳島藩を守ってくれるはずだ」

「鳥井甲斐はどうやって『房内篇』を取り上げたのですか」

俵蔵が答えた。

「いや、鳥井さんは菊五郎で『房内篇』を釣り出したんだ。その本を渡せば菊五郎と会わせてやる、と言った。それで卯兵衛は全ての写本を鳥井さんに渡してしまった」

「……卯兵衛はそれほどまでに菊五郎を――」

「じゃ、その本は今どこにあるんだ」

「多分、大谷さんの手から、白河楽翁の手に移ったはずだ。そのとき、俺たちは目の前でそれを見ていたんだ」

根生院で蜂須賀重喜が定信に贈物にしたのは細川万象亭半蔵が作ったからくり人形だけではなかったのだ。「物事の理法」が述べられていると言い、定信に渡した書物こそ医師や学者たちの垂涎《すいぜん》の的になっていた『房内篇』だったのである。

「……すると、公儀は長年の宿望を達したわけだな」

下世話に言えば棚からぼた餅。幕府の威力でも自由にならなかった秘本を手にして、定信は重喜にどんな返礼をしようかと考え、そのとき写楽の役者絵を錦絵にすることを思い付いたのだ。

それは、桁外れの答礼品ではなかったのである。『医心方』の一部であっても、八百年前に完成された医学の精髄に対し、相当する品だったはずだ。

「卯兵衛はどうなったのです」

二三の胸に熱いものが込み上げてきた。

「因果だの。長い間、辛く堪えていた思いが叶ったものの、菊五郎は遊女になった月子に冷たく、金のことしか頭にない破戒僧、日道に変わっていた。目が覚めたときには遅い。半井家の家宝は公儀の手に渡った後だった。卯兵衛は鳥井甲斐に延命院の内情の全てを話した後、自刃したのだ」

「……あんな、賢い女が、どうして──」

二三は胸が詰まり、それ以上は言葉にならなかった。

帝に対する破倫、菊五郎への絶望、家宝の放棄、三熱の苦に生害《しょうがい》した卯兵衛が成仏するよう、二三はただ祈るしかない。

「芝居だと、これで終りにはならないんだがな」

と、俵蔵が言った。

「卯兵衛の魂魄《こんぱく》はこの世にとどまり、その怨霊が自分を苦しめた男どもを次次と取り殺さなきゃ、どうしたって幕が降りねえ」

「ぜひ……卯兵衛のために、そうしてやって下さい、俵蔵さん」

と、二三は言った。

消えた十郎兵衛

曾我祭の直後、都座の座元都伝内、桐座の桐長桐《きりちょうきり》はじめ、堺町、葺屋町の家主、名主たち、芝居町の主だった者たちが町奉行所に呼出された。豪華に曾我祭をとり行ったことが奉行所の耳に入ったのである。そのときは叱責だけで済んだのだが、七月になるとまた関係者が呼び出しを受け、芝居町の細細《こまごま》したことを突付かれる始末だ。これには、芝居町も恐慌を来たした。

蔦屋は七月に写楽の役者絵十七点を板行した。この中に大首絵はないが、大判白雲母摺《しろきらずり》が四点ある。その内の一点は都座の頭取が裃姿で口上を述べている図である。頭取が読む奉書には「これより二番目新板似顔を御覧に入れ奉《たてまつ》り候《そうろう》」と読める。

八月、蔦重は写楽を十一点板行した。大判白雲母摺が二点入っている。二三はその不揃いに蔦重の迷いを感じ取った。

九月、町奉行所は秘戯画取締りを行なうとともに、雲母摺の禁止、二十文以上の錦絵の禁止を各本問屋へ申し渡した。

蔦屋はこの月、写楽を一点も出していない。

十月、芝居町は奉行所に「給金内密取調書」を提出、自主的に役者の給金値下げに踏み切った。

それまで、随一の人気役者、瀬川菊之丞と岩井半四郎の給金年九百両が五百両へ、市川鰕蔵、松本幸四郎の七百両が三百両、以下全ての役者が新給金となった。

十一月十九日、市川門之助没。

十一月、蔦屋は写楽を五十五点発売した。一番多く役者絵を描いている豊国でもこの月はそれでも多くて七点である。それに較べると矢張り写楽は桁外れだ。

売値を制限された蔦重は、物量で奉行所に歯向かっているように見える。その意気盛んな点は買うが、二三はその一枚一枚が物足らなかった。雲母摺を禁止されて、四十五枚の細絵と、あとは間錦《あいにしき》だったが、元の大錦絵の華やかさがなくなった不満ではない。紅西と北斎が抜けた後の写楽はかなり違っている。その絵の多くに背景が描き込まれていることが気になる。絵師が役者だけでは淋しいと背景を加えた自信のなさが見えている。北斎は役者が描かれていれば、見る人に背景まで見えてくる、と豪語していたのを二三は忘れていない。

同じ十一月、相撲場は湧き返っていた。

大童山《だいどうざん》という怪童が江戸に現れたからである。大童山文五郎《ぶんごろう》は羽州長瀞村の産で、当年七歳にして身長三尺九寸、体重十九貫余、化粧廻しをつけ土俵入りを見せるだけだったが、物見高い江戸っ児を大喜びさせた。

閏《うるう》十一月（寛政六年には閏月があった）、秋に江戸入りをした並木五瓶は、都座の『閏訥《うるうど》子名歌誉《しめいかのほまれ》』に連名した。だが、この芝居は江戸風に合わないと言われ、不入りだった。

閏十一月、蔦屋が出板した写楽は三点である。そのうち二点は都座の狂言である。

明けて寛政七年（一七九五）。

正月、五瓶は旧作『五大力恋緘《ごだいりきこいのふうじめ》』を江戸の舞台むけに書き直し都座の芝居にして大当たり。江戸の大作家の基礎を作った。

正月、写楽の役者絵は十一点。武者絵が二点、恵比寿の図が一点。

それに、相撲絵がある。大童山を二枚、大童山土俵入りと、それを囲む力士の三枚続きで、相撲絵は計五点。相撲絵は写楽が描いた浜御殿の上覧相撲がもとになっているはずだが、大童山は誰が書き加えたのか不明である。

それ以来、蔦屋は写楽を断ったように板行しなくなってしまった。

二三が写楽の絵を算えてみると、全部で百六十余点あった。

寛政六年五月から翌年一月まで、わずか半年の間で百六十余点の板行は異状とも言える数である。

そのうち、役者絵が百三十余点。

蔦重は念願の写楽百点を達成して、なお三十余点を余したことになるが、二三は雲母摺大首絵百点はまだ完成しない、と解釈した。雲母摺大首絵は二十八点に止《とど》まっている。百点に拘わった蔦重は、役者の全身図百余点でその決着を果したわけである。二三は禁制の緩むのを待って、蔦重は雲母摺大首絵の残り七十点を完成させるはずだと思った。それには阿波から十郎兵衛を呼戻し、北斎を口説き落とさなければならない。

そのとき、未刊に終った二代目菊五郎も世に現れるかもしれない。写楽は役者の死絵を何点か描いているからだ。芝居町も五瓶の新狂言に沸き、写楽はそれを片端から錦絵にする。そう考えるだけで二三はわくわくした気分になるのだ。

正月の新板で本屋が忙しい一月九日、寛政期の相撲を背負って立っていた谷風梶之助《かじのすけ》が流感で死亡。世にこれを谷風邪という。これによって相撲の景気も下火になり、写楽が続けて出板するはずの相撲絵も中止になった、と二三は人伝てに聞いた。

この正月、富士講の禁止。六月、坂田半五郎死亡。七月にはまたしても華美な服装の禁止令。十月には女髪結が禁止。狂言作者中村重助が引退して歌舞伎堂艶鏡《えんきょう》の名で役者絵を描く。

この年、江戸の岡場所の掃討が行なわれた。特に江戸町内に対して苛酷で、橘町の遊女全てが、吉原の名主へ引渡された。

江戸の春はまだ遠く、暗雲に覆われていつ明るくなるか見当もつかない。

寛政八年春、十返舎一九は自作自画の『初登山手習方帖《しょとうざんてならいじょう》』という黄表紙を上梓した。その中に一九は市川鰕蔵の大きな絵凧を描き東洲斎写楽の落款を添えている。第三者が写楽の名を書いた最初の本だが、その次の丁のからくり人形の相撲の絵とともに、非常に意味あり気だ。登場人物のうち、天神様は本来の「梅鉢《うめばち》」の紋でなく「星梅鉢」つまり松平定信の定紋と同じだし、達磨の絵は転んでもただは起きない蔦重を思わせる。「公卿悪《うけ》は内裏様」という文もあり、奴凧《やっこだこ》の絵は一九自身とも考えられ、地の文で「おいらも凧ならきさまも凧、合わせてふた凧み凧凧、はて地口でもなんでもないことであったよなあ」と言わせているし、写楽凧は「金毘羅さまへ入った泥棒が金縛りというもんだ」と言っている。言うまでもないが四国は金毘羅信仰が盛んで、阿波には徳島勢見の金刀比羅や撫養木津の金刀比羅が有名である。付け加えると撫養広戸《ひろと》口《ぐち》では五、六月に南風《まぜ》が吹くころ、宇多紙千六百枚もで作った大凧を揚げる風習がある。

それでいながら、一九は「一体この世界はどうしたものやらさっぱり判らず」と繰り返し、最後には呆けたように「勝もすまい負けもすまいのデクノボウ勝負は人の手の内にあり、という狂歌に出たやつだ。こんなことより何も書くことはなし」とこの丁を結んだ。

三月、相撲の宮城野が引退。

八月、各宗六十七人の女犯僧が逮捕され、それぞれ晒し、遠島処分に遭った。

十一月、写楽の役者絵に描かれた二代目中村仲蔵が没す。俳名十州、前名を大谷鬼次といい、寛政六年に二代目中村仲蔵を継ぎ、これからの役者ということで惜しまれた。享年三十八。

この年、細川頼直《よりなお》、江戸で没す。号、万象亭、通称半蔵《はんぞう》といい、土佐藩藩士で暦学、儒学を学び、数学、物理、天文に精通し、天球儀、時計、測量器を作った。寛政三年、江戸に出府し、寛政の改暦に際して天文方作暦御用手伝に選ばれた。半蔵が故郷を出るとき、村の橋に「不三一揚二名于天下一、不三復過二此橋一」と書き残したという。

同年、半蔵は大坂書林柏原屋清右衛門から『機巧図彙《からくりずい》』三巻を上梓。精密な時計の分解図を基本として、重力、磁力、弾力等を応用したさまざまなからくり人形を解説している。時計の図解として世界で最初の書物として名高いが、半蔵はその完成を見ることなく死没したようである。

耕書堂蔦屋は『古今前句集』を発売、同十年正月までに全十冊が完成。格調の高い句集として評価を得た。

同年秋、市川鰕蔵の引退興行が行なわれる。引退後は向島《むこうじま》の反古庵《ほごあん》に隠居、閑雅な生活に入った。俳名を白猿、狂歌名を花道つらねと称した。

寛政九年五月、通油町の蔦屋重三郎病没。四十八歳。最期の言葉は「幕が上ったのにまだ柝《き》が鳴らない」であった。

六月、狂言作者の金井三笑没。寛政四年に剃髪《ていはつ》隠居をしていたが、作者間の黒幕的存在だった。三笑風の世話狂言は四世鶴屋南北に伝承された。

七月七日、東国屋庄六死亡。佃島の家で物干から落ちたという怪死であった。

この三人の続けざまの死には、一九はよほど恐怖を覚えたらしい。いずれも写楽と二代目尾上菊五郎に連関している人物だったからだ。以来、一九は写楽については何一つ書かなくなった。

このころ、栄松斎長喜が高島《たかしま》おひさをモデルにして柱絵を描いた。そのおひさが持っている団扇絵に写楽が描いた幸四郎の役者絵そのものが写されている。

同時代に生きた人が残した写楽の記録というとあとは『浮世絵類考《うきよえるいこう》』があるくらいだ。『浮世絵類考』は浮世絵師の事跡を記録した伝記集で、原本は寛政のはじめ、大田南畝によって書かれたとされている。この本は絵の好きな人たちの間で写本され、さまざまな補遺が書き加えられていった。原本が成立したときにはまだ写楽は誕生していないので、当然写楽の記載はなかったのだが、後年、誰かが写楽の項を書いた。それには、写楽という絵師がいた、というだけの、明らかに人物や画業を韜晦《とうかい》していると判る文章であった。それを写すと、

「写楽　是《これ》また歌舞伎役者の似顔を写せしが、あまりに真を描かんとて、あらぬさまに描きなせしかば、長く世に行なわれず一両年にて止《や》む」

ただ、これだけである。

十一月、堺町中村座、木挽町守田座それぞれ再興す。

寛政十年、湯島の岡場所、大根畠が取潰され、翌年、湯島聖堂の再建が完成する。官学の振興のため、聖堂学舎を学問所としたのは松平定信の政策の一つであった。

並木五瓶、沢村宗十郎、大谷友《とも》右衛《え》門《もん》、大坂に上るが、二、三年で江戸に戻る。

式亭三馬の『辰巳《たつみ》婦《ふ》言《げん》』絶板。

寛政十一年、式亭三馬が筆禍事件に巻き込まれる。前年に火消人足の争いがあり、それを黄表紙にしたところ、よ組の人足たちの怒りを買い、板元、作者の家が毀される騒ぎになった。結果、人足数名が入牢《じゅろう》、板元は過料、三馬は手鎖五十日の刑を受けた。この一件で三馬の名が世に知られるようになったという。

寛政十二年正月、松平定信編『集古十種《しゅうこじっしゅ》』刊行。

享和《きょうわ》元年（一八〇一）三月、沢村宗十郎没。

十月、蜂須賀重喜は徳島の富田《とみだ》屋敷で死去。六十四歳だった。重喜は江戸の文人墨客を阿波に招き、陶芸や茶道、工芸や浄瑠璃を広めるなど、後の阿波文化の発展に大きな貢献をしたが、晩年の生活はごく質素だったという。

享和二年、式亭三馬は黄表紙の中で「倭画巧名尽《やまとゑしのなづくし》」という題で、当時の画家を国に見立てた地図を描いた。朋誠堂喜三二の『羽勘三台図絵』の「三国図」と同じ趣向である。その中に写楽島が描かれている。小さな足跡のような形の孤島である。

二月には洒落本、黄表紙の類いが四十五点、絶板を命じられ、板元はそれぞれ身上半減闕所、軽追放などの刑を受けた。

十返舎一九『東海道中膝栗毛《とうかいどうちゅうひざくりげ》』初編刊行。以来、二十一年間、計四十三冊が刊行され、空前のベストセラーとなる。

山東京伝が『浮世絵類考』を追考している。かつて蔦重と親しく、写楽の画業をよく知っているはずの京伝が、写楽に関しては一切何も書き加えなかった。完全に黙殺したのである。

この年蔦屋は『古今前句集』の板木の全てを星運堂花久に売り渡した。久次郎はこの序文を書き直し『柳多留拾遺』と改題して、内容は譲渡された板木のままを使い、新板として売り出した。前句集をはじめて出した蔦屋より『柳多留』の実績のある花久が利益を受けた。もっとも、その『柳多留』旧板全篇も、このころ奉行所の命令で多くの句を削除、他の句と入れ替えなければならなくなった。『柳多留』の新板は中断し、再び毎年上梓されるようになったのは文化元年三十篇からである。

享和三年一月、勝俵蔵立作者となる。四十八歳。

式亭三馬『戯場訓蒙図彙《しばいきんもうずい》』発表。『羽勘三台図絵』を基にし、芝居国の虚実の面白さを隅隅まで書き切っている。

七月、延命院事件。

谷中の日蓮宗、宝樹山延命院の住職日道は多数の信者と女犯を重ねていた廉《かど》で、寺社奉行、脇坂淡路守安董《わきさかあわじのかみやすただ》によって検挙される。罪状は左の通り。

右の者儀、一寺住職たる身分をも顧りみず、淫欲を恣《ほしいまま》にし、源太郎《げんたろう》妹又は大奥部屋方下女ころと密通に及び、其の外、屋形向きにあい勤め候女両三人に艶書《えんしょ》を送り、右の女参詣の節密会を遂げ、或《あるい》は通夜などと申し、寺内へ止宿いたさせ、殊にころ懐妊の由《よし》承わり、堕胎の薬を用い、惣《すべ》て破戒無慙《むざん》の所行に候。其の上、寺内作事《さくじ》の儀、奉行所へ申し立て候までを引き違え、勝手ままに建直し候ことども、重重不届の至りに付き、死罪申し付け候。

このとき召捕りになったのは同院柳全ほか十八人だったが、事件とは無関係の奉公人は釈放、日道は同年八月鈴ケ森《すずがもり》で打首になった。なお、延命院で妖しい祈禱を受けた女は、大奥の御殿女中梅村《うめむら》、下女ころをはじめ、尾張家若年寄初瀬《はつせ》ほか町家の女房、娘たち五十九人にも及んだが、奉行所は大奥への配慮もあって、押込めその他の実刑が言い渡されたのは七人だけであった。

享和四年、『中山物語』が表沙汰になった。講釈師の瑞龍軒《ずいりゅうけん》が難波町《なにわちょう》の家で密かに『中山物語』を読み、毎夜、多勢の人を集めていたが、この中に公儀の隠密がまぎれ込んでいた。講談の最終日に瑞龍軒は召捕られて投獄。写本焼却、貸本屋過料。これをきっかけに、奉行所の貸本屋に対する扱いがなお厳しくなった。

文化《ぶんか》元年（一八〇四）、『奇妙不測智慧の山』風狂庵撰《せん》、花屋久次郎刊。ここに「人馬の術」が解説されている。『仙術日待種』再刊。

五月、『絵本太閤記《えほんたいこうき》』絶板命令。喜多川哥麿、歌川豊国も太閤時代の武者絵を描いたため手鎖となる。徳川家が天下を取った昔をほじられるのを嫌ったのである。

七月、河原崎座で勝俵蔵作『天竺徳兵衛韓噺《てんじくとくべえいこくばなし》』初演。大当たり。再出世作として主演の尾上松助とともに江戸中の話題となる。

文化二年、『観延政命談《かんえんせいめいだん》』読本十六冊、延命院事件を書いた廉《かど》で、品田郡太夫江戸払い。筆耕者三名押込。貸本屋十五名手鎖。

文化三年五月、浅草大雄山海禅寺《あさくさだいゆうざんかいぜんじ》に写楽の墓が立つ。「斎藤写楽　号東州　称藤十郎　五月十七日没　六十一歳」

六月、狂言作者初代桜田治助没。

九月、喜多川哥麿没。

十月、五代目市川団十郎没。

文化五年二月、初代並木五瓶没。

文化七年十二月、三代目瀬川菊之丞没。

文化八年、勝俵蔵、四代目鶴屋南北を襲名。名声いよいよ高くなる。

同年、『柳多留』五十八篇に十返舎一九が序文を書く。

文化十一年、葛飾北斎『北斎漫画《ほくさいまんが》』刊行、二篇から十篇までは角丸屋甚助《じんすけ》（旧名甚兵衛）より刊行。

文化十二年、『浮世絵類考』の写楽の項に、加藤曳尾庵《かとうえびあん》は「しかしながら筆力雅趣ありて賞すべし」という十七字を書き加えている。
文化十三年九月、山東京伝没。
文化十四年三月、河原崎座で南北作『桜姫東文章《さくらひめあずまぶんしょう》』初演。南北の代表作となる。以来、高貴な姫が遊女に転ずるという主題がしばしば作品に現れるようになる。
文政《ぶんせい》四年（一八二一）、風山漁者《ふうざんぎょしゃ》が『浮世絵類考』を転写した。その写楽の項に「写楽東洲斎と号す。俗名金次《きんじ》。是また歌舞伎役者の似顔を写せしが、……長く世に行なわれずして一両年にて止めたり。隅田川両岸一覧《すみだがわりょうがんいちらん》の作者にてやげん堀不動前通《ぼりふどうまえどお》りに住す」と加筆した。『隅田川両岸一覧』は北斎大成期の作品である。また、北斎の転居癖も有名で生涯のうち百回近く家を替えている。加えて、北斎は幼名時太郎《ときたろう》、後に鉄二郎《てつじろう》、銀次《ぎんじ》とも呼ばれていたという。
このころ、式亭三馬は『浮世絵類考』の写楽の項に「三馬按《あん》ずるに、写楽号東周斎、江戸八丁堀に住す。わずか半年余行なわるるのみ」と書き加える。
文政五年閏正月、式亭三馬没。
七月、富本豊前掾没。以後、富本は衰退、常磐津がこれにかわる。
文政六年、北斎『富《ふ》嶽三十六景《がくさんじゅうろっけい》』を描く。
文政十二年五月、松平定信没。定信の著作は二百点に及んだ。
天保《てんぽう》二年（一八三一）**八月**、十返舎一九没。

天保五年、北斎『富嶽百景《ふがくひゃっけい》』刊行はじまる。初篇の奥付けに角丸屋甚助の名が見える。
天保九年、『柳多留』一六七篇刊行。これが最終篇となった。
天保十二年、次の年にかけて江戸三座は浅草聖天《しょうてん》に移転を命じられ、その地が猿若町《さるわかまち》と名付けられた。
天保十五年、斎藤月岑《さいとうげっしん》『増補浮世絵類考《ぞうほうきよえるいこう》』を書き、写楽の項に「天明寛政中の人、俗称斎藤十郎兵衛、居江戸八丁堀に住す。阿波侯の能役者也」と追補する。写楽が世に現われてちょうど五十年目である。
嘉永《かえい》二年（一八四九）**四月**、北斎没。行年九十歳。
安政《あんせい》元年（一八五四）、半井広明は幕府の厳命により『医心方』三十巻を提出した。老中阿部伊勢守正弘《あべいせのかみまさひろ》の手から医学館へ移され、解読がすすめられたが、特に『房内篇』の脱落が多かった。その後半部「施写第十九」はほとんど意味不明である。書物奉行は寛政期に『房内篇』が紅葉山文庫《もみじやまぶんこ》に収められたのを思い出し、これと校勘して三十巻全部を校刻することができた。今日、伝わっている刊本『医心方』はこのとき完成された。
安政、文久《ぶんきゅう》期に蜂須賀家抱えの阿波の四天王（鬼面山《きめんざん》、大鳴門《おおなると》、陣幕《じんまく》、虹《にじ》ケ嶽《たけ》）活躍する。
明治《めいじ》元年（一八六八）、新政府は出版物の無許可発行を禁止。
明治十一年、河竹黙阿弥《かわたけもくあみ》作『日月星享和政談《じつげつせいきょうわせいだん》』東京新富座《しんとみざ》で初演。延命院事件を扱った世話狂言である。

明治十七年、明治天皇は閑院宮典仁親王に慶光《きょうこう》天皇の号を追尊し、光格天皇の意思をとげさせた。尊号問題が起きてから百年近くが過ぎていた。

明治十八年、黙阿弥作『四千両小判梅葉《しせんりょうこばんのうめのは》』東京千歳座《ちとせざ》初演。江戸城の金蔵が破られた芝居である。黙阿弥は江戸時代には書けなかった題材で、数数の名作を残している。

明治四十三年、ドイツの美術研究家ユリウス　クルト『ＳＨＡＲＡＫＵ』ミュンヘン　レクス社より刊行。写楽は寛政七年以降、歌舞伎堂艶鏡の名を使うようになった、という説を述べる。

それまで、浮世絵の専門家以外、写楽という名も知らなかった日本人は、ヴェラスケスやレンブラントとともに、世界三大肖像画家の一人として外国人のクルトが写楽の名をあげたことにびっくり仰天し、写楽が再評価されるようになった。

後にクルトの説、歌舞伎堂艶鏡は狂言作者中村重助と判明したが、以来、写楽の謎に挑んだ夥《おびただ》しい写楽論が発表され、考えられるかぎりの仮説が登場した。その主だった説を紹介すると、

大正九年（一九二〇）、仲田《なかだ》勝之助《かつのすけ》の能役者「春藤又左衛門《しゅんどうまたざえもん》」説（『美術画報』「東洲斎写楽」）

昭和五年（一九三〇）、野口《のぐち》米次郎《よねじろう》「アマチュア絵師」説（限定私家版『東洲斎写楽』）

昭和十一年、森清太郎《もりせいたろう》「貴人の画号」説（『浮世絵界』「写楽について」）

昭和二十三年、三隅貞吉《みすみさだきち》の似顔絵師「流光斎如圭《りゅうこうさいじょけい》」説（『日本美術・工芸』「写楽の新研究」）

昭和二十七年、一夜間高校生、毎日の登校途中神保町《じんぼうちょう》の古本屋で写楽の板画を見、たちまち取り憑かれて無謀にも写楽論を書き生徒会雑誌に発表（『九段』第四号「東洲斎写楽」）

昭和三十一年、横山隆一《よこやまりゅういち》「蔦屋重三郎」説（『週刊朝日』「珍・写楽考」）

昭和三十二年、田口洌三郎《たぐちりゅうざぶろう》「円山応挙《まるやまおうきょ》」説（『神戸新聞』「写楽はだれか」正続）

昭和三十七年、松本清張《まつもとせいちょう》「能役者斎藤十郎兵衛」説（『芸術新潮』「小説日本芸譚《げいたん》 写楽」）

昭和四十一年、池上浩山人《いけがみこうさんじん》「谷文晁」説（『萌春』「写楽の臆説」）

昭和四十一年、中村正義《なかむらまさよし》「蒔絵師観松斎《かんしょうさい》 桃葉の社中」説（『浮世絵』「写楽蒔絵師説」）

昭和四十二年、榎本雄斎《えのもとゆうさい》「蔦重」説（『浮世絵芸術』「蔦屋重三郎の回想」）

昭和四十二年、石沢英太郎《いしざわえいたろう》「歌川豊国」説（『推理ストーリー』「秘画」）

昭和四十三年、由良哲次《ゆらてつじ》「葛飾北斎」説（『芸術新潮』「写楽は北斎と同一人である」）

昭和四十四年、福富太郎《ふくとみたろう》「司馬江漢《しばこうかん》」説（画文堂『写楽を捉えた』）

昭和四十四年、酒井藤吉《さかいとうきち》「俳人谷素外《たにそがい》」説（『読売新聞』「〝写楽〟実は俳人〝谷素外〟」）

昭和四十五年、中村正義「根岸優婆塞《ねぎしうばそく》」説（日本芸術振興会『写楽』）

昭和四十八年、宗谷《そうや》真爾《しんじ》「十返舎一九ら共同制作」説（『国文学』十二月号）
昭和五十六年、谷峯蔵《たにみねぞう》「山東京伝」説（文藝春秋『写楽新考—写楽は京伝だった』）
昭和五十八年、石《いし》ノ森章太郎《もりしょうたろう》「喜多川歌麿」説（中央公論社『死《し》やらく生《せい》—佐武《さぶ》と市《いち》捕物控』）
昭和五十八年、高橋克彦《たかはしかつひこ》「秋田蘭画絵師」説（講談社『写楽殺人事件』）
昭和五十九年、池田《いけだ》満《ま》寿《す》夫《お》「中村此蔵」説（日本放送出版協会『これが写楽だ』）
昭和六十年、梅原猛《うめはらたけし》「歌川豊国」説（『毎日新聞』「写楽が豊国である理由」上下）
昭和六十年、六代目歌川豊国は歌川家口伝の「東国屋庄六」説を発表（『毎日新聞』「『写楽』にまた新説」）庄六の足の指は六本あった、という。
昭和六十年、中右《なかう》瑛《えい》「鳥居《とりい》清政《きよまさ》」説（里文出版『写楽は十八歳だった』）
昭和六十年、中島節子《なかじませつこ》「オランダ人」説。写楽はシャーロックだという（『芸術公論』「東洲斎写楽はオランダ人だった」）
昭和六十二年、渡辺保《わたなべたもつ》「篠田《しのだ》金次《きんじ》」説（講談社『東洲斎写楽』）
平成五年（一九九三）、写楽論を生徒会雑誌に発表した高校生は泡坂妻夫《あわさかつまお》となり写楽を主題にした小説を書く。題して『写楽百面相』。

解説

澤田瞳子

東洲斎写楽《とうしゆうさいしやらく》。江戸時代後期の寛政《かんせい》六年（一七九四）に突如姿を現し、翌年までのわずか十か月の間に百数十点の浮世絵を次々と板行した謎の絵師。その後、忽然と行方を晦《くら》ませて沈黙を守った彼の名は、日本美術にさして馴染《なじ》みのない方でも、一度は聞いたことがおありであろう。

彼の作品の中でも、ことに役者の顔の特徴やポーズを大胆にデフォルメした大首絵シリーズの一枚「三代目大谷鬼次《おおたにおにじ》の奴江戸兵衛《やっこえどべえ》」は、テレビCMやポスターなどにも多用され、江戸の粋のシンボル的存在として扱われている。またACジャパンは二〇一五年、この作品をアニメーション化して、脳卒中の症状を伝えるテレビCMを作成しており、それもこれも写楽の作品が多くの人々に知られていればこその登用と言える。

写楽の正体については、その活躍から約五十年後、幕末の考証家・斎藤月岑《さいとうげつしん》が著作『増補浮世絵類考』にて、江戸・八丁堀《はっちょうぼり》在住の徳島藩お抱え能役者・斎藤十郎兵衛《さいとうじゅうろべえ》なる男と記した。

この斎藤が実在の人物であることは近年の研究ですでに明らかにされているが、一方で斎藤十郎兵衛と東洲斎写楽が確実に同一人物であると結論づける証拠は、いまだ発見されていない。

そんなミステリアスさが、人々を引き付けるのに違いない。一九八三年度の江戸川乱歩賞《えどがわらんぽ》受賞作である高橋克彦《たかはしかつひこ》の『写楽殺人事件』を始め、皆川博子《みながわひろこ》の『写楽』、島田荘司《しまだそうじ》の『写楽 閉じた国の幻』など、写楽を主題とする小説は数多い。近年では二〇二二年、第十四回角川春樹《かどかわはるき》小説賞を受賞した森明日香《もりあすか》の『写楽女《しゃらくめ》』が、不遇の絵師として生きる写楽をかたわらに寄り添い続けた女中の目から描き、新たな写楽像を提示した。

本作『写楽百面相』は、『誹風柳多留《はいふうやなぎだる》』の板元の若旦那・花屋二三《はなやにさ》を主人公に、強烈な役者絵を描く画人・写楽の謎を追う歴史時代ミステリ。二三が最初に写楽の絵を知るきっかけとなる芸者・卯兵衛《うへえ》の失踪、人の痕跡が残る不可思議な雪達磨《ゆきだるま》……数々の謎は、やがて公儀と朝廷をも巻き込む一大事件へとつながっていく。歴史好きからすれば、「あの歴史的事件がまさかこんなところで！」と驚かされるが、なあにネタ元を知らずとも心配ご無用。虚実をないまぜにする泡坂《あわさか》の巧みな手妻は、史実と創作の境目すらを曖昧模糊《あいまいもこ》と晦ませる。そしてその道中をまるで歌舞伎の花道のごとく鮮《あざ》やかに彩《いろど》るのは、いたるところにちりばめられた濃密なる江戸の風情である。

葛飾北斎《かつしかほくさい》や十返舎一九《じっぺんしゃいっく》、蔦屋重三郎《つたやじゅうざぶろう》といった当時の著名人が次々と登場する華やかさもさることながら、浮世絵は言うに及ばず、芝居や川柳、相撲や手妻といった数々の江戸情緒には目を瞠《みは》らずにはいられない。わき役のちょっとしたやりとりにすら、「だって、相撲場へ女は入れねえもの」「なぜ女は千秋楽のほかは入れねえんだ」などといった風俗描写が顔を出し、物語を引き締める。「ヒ」と「シ」の発音が曖昧な江戸出身者の特徴を謎の一つとして活かしている点も、いかにも東京・神田《かんだ》の紋章上絵師《もんしょううわえし》の家の生まれである筆者ならではであろう。

家業のかたわら、四十三歳で作家デビューした泡坂はかねて奇術師としても活躍しており、一九六九年には創作奇術に貢献した人物に与えられる石田天海《いしだてんかい》賞を、本名・厚川昌男《あつかわまさお》名義で受賞している。泡坂妻夫《つまお》というペンネームが本名のアナグラムであることは、泡坂ファンにはもはや常識と言ってもいい。

そんな泡坂の遊び心は本作の随所に遺憾なく発揮されており、たとえば全十章からなるタイトルには、「一九温泉」「久二郎代参」から「消えた十郎兵衛」と一から十までの数字が順番にちりばめられている。その上で改めて『写楽百面相』の題名に目をやれば、まるでぐるぐると回る謎の坩堝《るつぼ》の中に自分自身が放り込まれているような錯覚すら抱かずにはいられない。

とはいえ冷静に分析すれば、歴史ミステリの分野においては、極めて個人的と思われた謎が実は政局すら揺るがす大いなる陰謀へとつながっていくとの展開は、決して珍しいものではない。ただそんな中にあって『写楽百面相』がありきたりの物語に堕さぬのは、物語の軸に極めて純朴な個人の感情を据え、その喜怒哀楽を物語の終末まで常に凝視しているためである。

主人公の二三は、行方不明となった卯兵衛に一途な情けをかけ続ける。そして謎の中心人物たる卯兵衛の来し方は純粋すぎる恋情に貫かれ、周囲の胸を痛ませるほどのひたむきさを見せる。

——こしかたを思うなみだは耳へ入り

卯兵衛が口ずさんだこの川柳は、あおむけに寝ている最中の涙を捉えたもの。臥所《ふしど》の中で忍び泣くしかない彼女の境遇は、本作に一種の悲恋物語的側面すら与えている。

その上で卯兵衛に対峙する男たちへと目を転じれば、彼らは己を取り巻く権力の強大さを知りつつも、それぞれなりの反骨精神を貫く。その生き様に我々は改めて、本書の軸が那辺《なへん》にあるかをつくづく悟らされるのである。

——写楽は写楽であり、すでに斎藤十郎兵衛でもなく北斎でもなく一九でもなく蔦重でもない。江戸町人を代表する心である。

この一文には、筆者が描こうとした本作の真髄が明確に込められている。個人の思いから始まった写楽を取り巻く謎は、やがて歴史をも動かす陰謀を暴きながらも、最終的には一人一人の心の奥底にある純なる思いに光を当てる。その揺らぎのなさがあればこそ、我々はこの物語に強く心を打たれるのである。

ところでこれは極めて恣意《しい》的な感想であるが、本作に登場する彫師にして戯作者たる勝俵《かつひょう》蔵《ぞう》が、わたしにはどうも筆者自身の写し絵と読めてならない。


「……仕事が二つもあっちゃ、大変でしょう」

「うん。どうしてもどこかが疎かになるな。ところが、こういう彫師は手抜きができねえ。好きな芝居だって同じだ。とすると、人付き合いだろう。仲間が飲んだり遊んだりしている分、働かなきゃならねえから、当然、人付き合いも悪くなる。(後略)」


もっとも文芸評論家・権田萬治《ごんだまんじ》氏の「泡坂妻夫と雑誌『幻影城』」(泡坂妻夫『亜愛一郎《ああいいちろう》の狼狽《ろうばい》』創元推理文庫収録)を読む限りでは、泡坂は酒席においては人付き合いのいい人物だったらしい。飲み屋のハシゴが大好きだった『幻影城』編集長・島崎博《しまざきひろし》に従って、「いつもにこやかな微笑を絶やさず、時には新内をうなりながら、いかにも楽しそうに酒を飲んでいた」との姿が記録されている。しかしだからこそ現実の泡坂の人付き合いを知った上で、改めて勝俵蔵の人物評を読み返せば、これは複数の顔を持つ泡坂が自身に課していた理想の作家像とも読み取れるではないか。

加えて本作は最終章においてがらりと趣《おもむ》きが変わり、それまで叙情豊かに紡がれていた物語が、突如、淡々とした編年体的記述へと変化する。ふむふむ、写楽を巡る「歴史」はこう続くのかと戸惑いながらそれを読み進めた読者は、最後の一行を目にした時、改めて自らが歴史と謎の大いなる坩堝に放り込まれていると気づき、必ずや驚きの声を上げるであろう。結局、我々は写楽の謎を追ったつもりで、実は稀代のマジシャンたる泡坂妻夫の掌の上で転がされていたわけである。

ちなみに前述の勝俵蔵は、後に『東海道四谷怪談』『桜姫東文章《さくらひめあずまぶんしょう》』などの名作を記す四代目鶴屋《つるや》南北《なんぼく》となる。事件の真相を暴く場に立ち会った彼は、「芝居だと、これで終りにはならないんだがな」とつぶやき、無念を残したであろう者たちに思いを馳せる。その上で最終章において明かされる俵蔵の事績を考えれば、彼が自らの作品に描こうとした思いが——そして泡坂妻夫が本作に込めた思いがありありと浮かび上がって来る。

写楽を巡る謎は大小さまざまな謎をも飲み込む混沌と化した末、最終的に一人一人の生き様というもっとも身近で、それがゆえに目を背けることができぬ事実を読者に突き付ける。江戸情緒に彩られた鮮やかな手妻を、存分に堪能できる一冊である。

『写楽百面相』は一九九三年に新潮社より単行本版が、一九九六年に新潮文庫版が刊行されました。なお、本書は二〇〇五年刊の文春文庫版を底本としました。

現在からすれば穏当を欠く表現がありますが、著者が他界して久しく、作品内容の時代背景を鑑みて、原文のまま収録しました。

検印
廃止

著者紹介　1933年東京生まれ。奇術師として69年に石田天海賞を受賞。75年「DL2号機事件」で幻影城新人賞佳作入選。78年『乱れからくり』で第31回日本推理作家協会賞、88年『折鶴』で第16回泉鏡花文学賞、90年『蔭桔梗』で第103回直木賞を受賞。2009年没。

写楽百面相

2024年9月27日　初版

著者　泡《あわ》坂《さか》妻《つま》夫《お》

発行所（株）東京創元社
代表者　渋谷健太郎

162-0814/東京都新宿区新小川町1-5
電話　03·3268·8231-営業部
03·3268·8204-編集部
URL　http://www.tsogen.co.jp
暁印刷・本間製本

乱丁・落丁本は、ご面倒ですが小社までご送付ください。送料小社負担にてお取替えいたします。

ISBN978-4-488-40231-0　C0193